Échec à la Reine

DU MÊME AUTEUR

Les enquêtes du capitaine Sabre

n°1 - Les diamants de Waterloo

n°2 - Le soldat d'étain assassiné

Les enquêtes de l'apicultrice

n°1 - Échec à la reine

n°2 - La fumée du Diable

n°3 - Confession d'un pot de miel

n°4 - Abeilles, crimes et champagne

n°5 - Dix petits frelons

n°6 - Mort d'une bougie

n°7 - Une coccinelle sur la lande

Retrouvez ces ouvrages sur www.palemon.fr.

CE LIVRE EST UN ROMAN.
Toute ressemblance avec des personnes, des noms propres, des lieux privés, des noms de firmes, des situations existant ou ayant existé, ne saurait être que le fait du hasard.

VALÉRIE VALEIX

Échec à la Reine

ÉDITIONS DU PALÉMON
ZI de Kernevez - 11 B rue Röntgen - 29 000 QUIMPER

Remerciements

À ma fille Audrey, la plus jolie de mes abeilles,

À ma grand-mère, lectrice-correctrice implacable,

À mon mari, soutien infaillible,

À mon oncle pour la logistique préparatoire,

Enfin à Yves Berthonneau, ancien commandant de gendarmerie, et André Nisslé, linguiste alsacien, co-pilotes du gendarme Steinberger.

Première partie

Intrigue à Rocamadour

Une étrange invitation

La récolte d'été promettait d'être une réussite. À voir les nuages d'abeilles s'affairer devant chaque entrée de ruches, ces dernières croulant sous le poids des deux hausses remplies de miel, Audrey pensa qu'il ne faudrait pas tarder à poser les chasse-abeilles. Ces grilles de plastique perforées leur permettaient de redescendre des hausses vers le corps de ruche et non d'y remonter. C'était à la fois simple et génial et surtout cela évitait les hostilités lorsque l'apiculteur venait récupérer le butin sucré.

Au décès de ses grands-parents, cinq ans plutôt, Audrey avait hérité de leur ferme, d'une centaine de vaches laitières et d'une vingtaine de ruches ; sur les dix-neuf hectares, quinze avaient été vendus pour dédommager ses parents et sa sœur. Elle n'avait pas non plus conservé les bovins. Le produit de leur vente avait permis d'agrandir le rucher et de renouveler le matériel apicole. Depuis, la jeune femme s'était donné pour mission de sauver « Le Soldat

Abeille » sans lequel, selon la prophétie d'Einstein, l'homme n'aurait plus que quelques années à vivre. Quatre, au pire, au mieux selon les scientifiques, avant que des pays n'ayant pour l'heure pas les moyens de se doter des pesticides ne deviennent détenteurs de richesses de premier plan.

Audrey le savait, le chemin serait long et ardu pour convaincre ses contemporains que leur salut résidait entre les pattes de ces infatigables et fragiles pollinisatrices sans lesquelles le rayon fruits et légumes de leur centre commercial favori afficherait une désolante morosité. À cet effet, elle avait abandonné son double pédalier de monitrice d'auto-école à Houdan dans les Yvelines et parcourait le monde depuis cinq ans à la recherche de méthodes de travail moins invasives que celles pratiquées en Europe. Et lorsqu'elle revenait chez elle, elle ne se lassait pas de regarder ses quarante ruches s'étirant en quinconce jusqu'au bois de La Panonie.

Elle s'arracha avec regret à cette contemplation : rentrée la veille de Tasmanie, elle se devait de consigner ses notes et photos sur ordinateur en vue du prochain colloque apicole en Roumanie.

Audrey soupira et rentra à la ferme, une longue bâtisse en pierres blondes au toit recouvert de pierres plates grises, qu'ici, en Quercy, on appelait des lauzes. C'était une demeure de famille remontant à 1572, année où Bernard Astier, de confession protestante, avait miraculeusement échappé au massacre de la Saint-Barthélemy. Il était venu trouver refuge dans une contrée moins hostile à ses convictions. Par prudence il avait construit sa maison à l'écart de toutes voies passagères et, par dérision, l'avait baptisée « Rien ».

Elle pénétra dans la vaste cuisine pourvue d'un énorme cantou[1] dans lequel avait été installé un piano de cuisson dernier cri voisinant avec le ventru fourneau émaillé de sa grand-mère. Elle aimait cette maison hors du temps et n'y avait introduit que l'indispensable : l'ordinateur, qui tel un matou tapi sur la longue table recouverte d'une toile cirée guettait Audrey de sa face de verre noir.

La sonnerie du téléphone retentit, la sauvant des griffes du Mac.

À l'autre bout du fil, la voix chaleureuse de Janissou Laborde, son maître de stage et ami, surnommé par ses proches « le papé ». Audrey l'adorait et le considérait comme un père. Elle le revit en image, petit et sec avec une épaisse chevelure de neige.

— Enfin te voilà, coquine. Il faudra que tu m'expliques ce besoin de courir le monde alors que tu l'as dans ton jardin ! Où étais-tu déjà ?

— En Tasmanie.

— Autant dire au diable vauvert !

Audrey sourit. En dépit des épreuves ayant jalonné sa vie – Janissou avait perdu en quelques mois son fils unique Charles, Casque Bleu tué en Bosnie et son épouse atteinte d'un cancer – le vieil homme conservait un humour à toute épreuve.

— Papé, la Tasmanie, c'est une île face à l'Australie et ils ont de splendides colonies qui se portent à merveille. Il suffirait de les croiser avec les nôtres et…

— Tu me fais rire. Tes supers abeilles tasmaniennes ne sont rien d'autre que des Noires importées d'Europe au XIXe siècle, donc les mêmes que dans mes ruches…

1. *Cheminée.*

— À la différence que leurs colonies n'ayant pas été hybridées, elles sont telles que débarquant du bateau voilà un peu plus de cent cinquante ans...

— C'est toi qui me parles d'authenticité alors que sur tes quarante ruches, plus de trente sont peuplées de Buckfast[2] (il prononçait « Bouquefass »)?

Il y eut un petit silence qu'Audrey ne chercha pas à combler car elle se sentait un peu vexée de la réaction du papé, lui qui cherchait depuis des années à enrayer l'effondrement des colonies en croisant les divers écotypes de la race européenne.

Il reprit:

— Je les aime bien tes Bucks mais je suis de la vieille école, portée sur la tradition, l'avenir est à l'authenticité, un jour tu reconnaîtras que j'ai raison.

— Pas un jour, papé, maintenant, mais les Bucks, c'est la facilité: douces, propres, peu essaimeuses...

Janissou s'esclaffa:

— Et pourquoi pas une abeille sans dard tant qu'on y est? Quoiqu'elle existe déjà, en Amérique du Sud: la Melipone qui ne survit sous d'autres cieux que les siens et ne produit du miel que de façon anecdotique! Trêve de plaisanteries, tu es allée aux États-Unis, tu as vu où peuvent mener les croisements! Des abeilles tueuses poursuivant leur victime sur plus d'un kilomètre, moi ça ne me fait pas rire. Et même, ça m'inquiète que certains d'entre nous puissent jouer les apprentis-sorciers pour une poignée d'euros.

Audrey convenait qu'il n'avait pas tort. Mais combien de leurs pairs se tracassaient d'un danger

---

2. Où Frère Adam, du nom du moine ayant obtenu cette lignée par croisement à l'abbaye de Buckfast (Angleterre).

lointain, relevant pour l'heure du domaine de la science-fiction. Devant son silence, le papé se radoucit.

— En tout cas, tes balades autour du globe t'ont rendu savante, c'est même pour ça que tous les bergers d'abeilles te contactent quand leurs ouailles vont mal et tu sais pourtant comme ce métier est resté longtemps fermé aux femmes. Ces appels au secours sont autant de reconnaissances ! Et justement, y a les colonies du Bouyssou qui ne se portent pas bien du tout. Pour moi, c'est la loque américaine. Je n'ai pas encore prévenu la préfecture, je préfère être sûr.

— Encore ! Mais on lui a pourtant traité son rucher l'an dernier et renouvelé ses cheptels...

Audrey songea aussitôt combien le mot « traiter » était un euphémisme. Cette maladie contagieuse du couvain[3] causée par une bactérie sporulante réduisait à l'état de bouillie l'ensemble des larves ; il fallait s'y prendre au plus vite pour un transvasement. Faute de quoi, on étouffait la colonie dans la ruche avant de jeter celle-ci dans un grand feu purificateur. Cela avait été le cas des trente ruches de Denis Bouyssou, un petit homme brun pleurant comme un enfant devant le brasier. Mais grâce à la solidarité apicole, il avait pu acquérir dix-neuf nouveaux essaims et autant de ruches.

Le papé expliqua :

— Denis avait caché cinq essaims chez sa mère, qu'il avait transvasés dans de vieilles ruches, ces essaims étaient ceux de son épouse qui, comme tu le sais, a quitté Denis pour un homme de la ville. Alors il a voulu les garder en souvenir.

---

3. Le « couvain » est la zone de la ruche où sont regroupés les œufs, larves et nymphes d'abeilles.

Le papé eut un énorme soupir et poursuivit :

— C'est un enfantillage, je le sais bien, mais le mal est fait, ces cinq ruches ont contaminé les autres. Combien au juste, je ne peux le déterminer avec certitude, il faut que tu viennes, disons demain après-midi. D'ailleurs, je t'invite à souper car j'ai aussi une merveilleuse nouvelle à t'annoncer, je crois bien que j'ai trouvé la solution en matière de sauvegarde. C'est un nouveau miracle de Notre-Dame-de-Rocamadour.

Audrey connaissait la piété du papé et ne s'étonna pas qu'il associe la Vierge Noire à sa découverte. La curiosité de la jeune femme se mit en éveil.

— Et de quel genre, ce miracle ?

— Pour le savoir, il te faudra venir. Je te dirai tout pendant que nous dînerons. Avant cela, nous irons chez Denis et ce ne sera pas une partie de plaisir. Au fait, prends quelques affaires, tu dormiras dans la chambre de Charles car j'ai posé les chasse-abeilles ce matin pour que demain tu puisses m'aider à récolter. Le plaisir de la miellée est toujours intact et mon cœur vaillant, mais mon corps, lui, ne se lasse pas de me rappeler que je ne suis plus un perdreau de l'année !

Nouveau soupir à éteindre les chandelles qui fit sourire Audrey lorsqu'elle raccrocha le combiné : le papé n'était peut-être plus aussi vif physiquement, il allait sur ses soixante-dix-huit ans, mais il n'en restait pas moins pragmatique. Récolter des hausses d'une douzaine de kilos chacune était une épreuve physique. Ce n'était pas une petite affaire non plus que d'extraire le miel des cadres de chacune de ces hausses dans le séculaire extracteur manuel de Janissou, qui avait toujours refusé d'investir dans un électrique. Sans oublier l'opération de désoperculation qui consistait à libérer le précieux nectar de sa couche protectrice de cire à l'aide d'un grand couteau. Mais une fois celle-ci ôtée, quelle magie de voir couler l'onctueuse cascade dorée et parfumée. Quelle volupté de tremper son doigt dans ce premier jet précieux, fruit d'un travail collectif. On le portait à sa bouche avec une jouissance enfantine…

Audrey s'en faisait une joie, pour elle comme pour Janissou. Quel dommage que celui-ci n'ait pas de couteau électrique, lequel, chauffant la cire, permettait une découpe plus propre, presque artistique. Là encore la sentence du papé était tombée : « le couteau électrique, c'est pour ceux qui ont deux mains gauches ». Et tant pis pour le gain de temps !

Le lendemain après-midi, Audrey jetait à l'arrière de sa voiture un sac de toile rempli de quelques affaires ainsi que sa tenue d'apicultrice. Ce n'était pas n'importe quelle voiture. Tout d'abord, c'était celle de son grand-père Louis. Ensuite c'était une « deuche » autrement dit une 2 CV, fourgonnette, grise de type AZ avec capot ondulé et « portes suicide » c'est-à-dire à ouverture inversée. Louis l'avait achetée au salon de l'Automobile 1960, unique fois où il avait mis les pieds à Paris. Il dut cependant patienter plusieurs mois avant de parader avec sa nouvelle acquisition dans les environs de Rocamadour : les usines de Levallois avaient beau tourner à plein régime, cela n'empêchait pas les listes d'attente !

Au volant, Audrey ne passait pas inaperçue. Outre que la deuche siglée « Miellerie du Quercy » n'avançait pas bien vite, la jeune femme était souvent sollicitée par les nostalgiques de la marque qui en profitaient pour conter fleurette à cette grande fille au visage éclairé d'une paire d'yeux noirs étonnants chez une blonde. Ses jeans-baskets et chemises blanches ainsi que sa casquette d'apicultrice posée sur sa longue chevelure de lin complétaient cette image bohème. Ce qui ravissait Audrey. Les abeilles avaient donné un sens à sa vie, une vie sans horaires et sans contraintes autres que celles des saisons. Et elle n'aurait renoncé à cette vie-là pour rien au monde.

Elle pesta :

— Dieu quelle chaleur et quel monde ! À cette allure-là, jamais je ne parviendrai chez le papé.

Le trajet n'était pas long entre sa ferme et celle de Janissou, à peine six kilomètres de voies tortueuses à travers le causse. Mais en ce début août, les touristes déambulaient dans une joyeuse pagaille sur les routes écrasées de soleil. Et il en serait ainsi jusqu'à la mi-octobre. Sans parler des pèlerins en route pour Saint-Jacques-de-Compostelle dont Rocamadour et sa vierge noire étaient une étape incontournable. Eux cheminaient toute l'année. Audrey avait souvent dîné avec l'un de ces pénitents, dans la maison de Janissou dont la porte s'ornait fièrement d'une coquille Saint-Jacques, signe que le papé était un hospitalier. Lui aussi avait fait plusieurs fois le pèlerinage mais montrait peu ses créanciales, carnets de routes tamponnés par les hospitaliers français et espagnols. Il avait appris à Audrey à faire la différence entre les pèlerins possédant la créanciale, accordée par l'Église, et les détenteurs de crédentiales, délivrées par une association jacquaire. Il surnommait ceux-ci les « ajacs », appellation accompagnée d'un sourire vaguement narquois indiquant que son respect allait vers ceux adoubés par l'Église.

Située à l'écart du hameau de l'Hospitalet, signifiant petit hôpital en occitan, la maison du papé bordait la route de Rocamadour. C'était un vaste corps de ferme flanqué d'un pigeonnier. À l'arrière du bâtiment, deux granges encadraient un jardin de curé. Carrés des simples, dahlias et roses trémières multicolores y abondaient pour le plus grand plaisir des abeilles, bourdons et autres papillons. Ce jardin donnait sur un terrain en pente, circonscrit de murs en pierres sèches, le rucher du papé. On y accédait par un chemin semé de petits cailloux blancs et une très ancienne porte en bois cloutée datant des Templiers, récupérée par le père de Janissou dans les ruines de l'ancien hôpital médiéval. Durant de nombreuses années, ces ruines avaient alimenté les chantiers locaux. Le plan de sauvegarde des monuments, émis par Malraux au début des années soixante, avait mis un bienheureux coup d'arrêt à cette manne ; à Rocamadour comme ailleurs.

Audrey stationna la 2 CV devant le pigeonnier, à côté de la Renault 4L Break beige du papé, et marcha jusqu'à la porte d'entrée en bois autour de laquelle un rosier rouge sang déployait sa grâce épineuse. Elle s'empara du heurtoir en forme de main, toqua, ce qui fit tressauter la coquille Saint-Jacques clouée au-dessus. Personne ne répondit, pas même Major, le chien de berger noir et banc. Pourtant la voiture du papé était là. La jeune femme s'en étonna : Janissou l'attendait. En outre, il se déplaçait peu, notamment pendant la saison touristique.

Audrey passa en revue les maisons alentour. En face, de l'autre côté de la route, se trouvait une chèvrerie tenue par Aby, une jeune Américaine. L'autre, voisine d'une centaine de mètres de celle de Janissou, appartenait à un couple d'avocats parisiens. On les voyait peu. En revanche, Audrey connaissait bien leur fils, le petit Ludovic, qui passait là toutes ses vacances en compagnie de sa jeune fille au pair, jamais la même d'une année sur l'autre.

Elle frappa de nouveau et de nouveau le silence lui répondit. Audrey hésita, puis traversa la route pour cogner contre la porte d'Aby. Un moment passa avant qu'une jeune femme, coiffée d'une charlotte et accompagnée d'un effluve caprine, lui ouvre :

— Hello Aby, j'ai rendez-vous avec Janissou, sa voiture est-là mais il n'y a personne. Est-ce que quelqu'un est venu le chercher ?

— Je ne sais pas, ce matin j'ai trait mes chèvres et j'ai passé tout l'après-midi dans le labo à faire mes fromages. Je ne peux pas t'aider. Je suis désolée.

Quoique teinté d'un accent prononcé, le français d'Aby était fluide. Fort heureusement d'ailleurs car dans la région, en dépit d'une importante clientèle anglophone, ils étaient rares à parler la langue de Shakespeare ou de Washington.

Voilà deux ans qu'Aby Lewis avait débarqué de son Boston natal avec beaucoup de dollars en poche. Elle avait ainsi pu acquérir une étable transformée à grands frais en bergerie modèle et un beau troupeau de chèvres.

Après une rapide formation, la jeune Américaine était devenue familière du paysage local. Toutefois on savait peu de choses sur elle, seulement qu'elle était fille unique, que sa mère était décédée lorsqu'elle avait trois ans et que son père, un directeur de musée, était très occupé. Quant à la raison de son installation dans une contrée si éloignée de la sienne, elle relevait du secret, Aby fuyant toute question ou allusion s'y rapportant.

— As-tu essayé d'appeler chez lui ?

Audrey se frappa le front :

— Comment n'y ai-je pas songé plutôt ? Je vais même aller appeler devant chez lui.

— Je voudrais bien aller avec toi mais j'ai commencé le moulage du caillé…

— Je comprends, à bientôt Aby.

— Bye Audrey.

Parvenue devant la maison du papé, Audrey composa sur son portable le numéro de Janissou. De l'autre côté du mur, dans la cuisine, une sonnerie résonna une dizaine de fois dans le vide. Une angoisse étreignit alors le cœur d'Audrey : et si le papé avait eu un malaise ? Après tout, le chien était peut-être enfermé dans l'une des granges et le papé étendu dans son rucher ou même ailleurs ; dans les vieilles fermes, les endroits pour se rompre le cou ne manquaient pas. Elle aurait pu appeler Denis Bouyssou, chez lequel le papé voulait l'emmener. Peut-être était-il passé chercher Janissou en avance…

Mais Denis, geignard patenté, lui ferait perdre un temps précieux en jérémiades, et une petite voix lui disait que quelque chose clochait.

Audrey se décida à tenter d'entrer, seulement voilà, même si la porte n'était pas fermée à clef, elle ne s'ouvrait que de l'intérieur. Ne restait qu'une solution : escalader un des murs du rucher et traverser celui-ci avec précautions à une heure de fort trafic aérien, espérer que la porte donnant sur le jardin de curé soit ouverte, enfin inspecter les granges et la maison. Trois fois rien pour cette grande fille, peu rompue aux activités sportives hormis la marche à pied! Cela se passa à peu près comme ça, si on exclut le fait que la porte templière étant verrouillée, il fallut à Audrey franchir un nouveau mur, talonnée par une nuée d'abeilles contrariées d'être dérangées dans leur labeur. Enfin elle se laissa tomber assez lourdement, les mains écorchées, sur un bouquet de roses trémières jaunes.

Elle se releva en maugréant son juron favori :

— La vache. L'agressivité de cette race m'étonnera toujours. Et Janissou qui en fait l'apologie!

Le papé était en effet un inconditionnel de l'Abeille Noire, présente en Europe depuis la nuit des temps, définie par son corps trapu foncé (bien éloignée de Maya l'Abeille!). Elle savait s'adapter à divers climats. Pourtant, cette grande travailleuse disparaissait peu à peu, victime des hybridations, des maladies, des traitements phytosanitaires, des monocultures intensives malmenant son système digestif sans parler des prédateurs venus d'ailleurs comme le frelon asiatique.

Tout en se frottant les mains et les bras, Audrey inspecta les granges. La première abritait la miellerie de laquelle s'échappa un parfum caractéristique. Un rapide coup d'œil circulaire lui indiqua que le papé ne gisait pas là. L'autre recelait du bric-à-brac : charrette, meubles divers, pendule, vieux outils entassés dans une odeur de poussière. Là encore, ni papé, ni chien. Audrey traversa rapidement le jardin et pénétra dans la maison. La cuisine, nommée « souillarde » par les anciens, était une pièce de belle taille où Janissou aimait à se tenir. Depuis la mort de sa femme, il y avait installé un grand lit bateau mangeant tout un pan de mur mais lui permettant l'hiver de dormir au chaud. Au pied du lit, un panier en osier garni d'une vieille couverture rouge, la couche de Major. Vide.

La maison était silencieuse, toute forme de vie semblait l'avoir désertée, remplacée par un calme pesant. Audrey fit rapidement le tour du logis et pénétra seulement en dernier dans la salle à manger où elle fut accueillie par le tic-tac mélancolique de l'horloge, ce « Dieu sinistre, effrayant, impassible » selon Baudelaire dont le doigt menaçant nous disait « *Souviens-toi* ».

La table était dressée pour deux personnes, preuve que Janissou l'attendait. Des chandelles étaient allumées, conférant à la pièce aux fenêtres étroites une atmosphère vaguement irréelle. Un grincement assorti d'un claquement de porte fit sursauter la jeune femme. Alors seulement elle vit, et ce qu'elle vit noua une boule d'angoisse dans sa gorge.

Où le mystère s'épaissit

Six heures sonnèrent au cadran du « Dieu sinistre ». Audrey, comme paralysée, laissa s'égrener les battements du temps avant de se saisir de l'enveloppe, adressée à son nom, posée sur l'une des deux assiettes en porcelaine de Limoges. Avant d'avoir lu et sans qu'elle sût pourquoi, elle subodora quelque mauvaise nouvelle… Ce fut seulement lorsque la pendule se tut qu'elle s'empara du pli d'une main tremblante. Elle le décacheta maladroitement et déchiffra son contenu avec fébrilité. Au fur et à mesure de sa lecture, ses sourcils remontaient au milieu de son front avant de redescendre en se fronçant, accompagnés d'un « la vache ».

Soudain, on frappa trois coups légers à la porte d'entrée. Audrey souffla sur les bougies, escamota rapidement la lettre dans la poche arrière de son jean et alla ouvrir. C'était Ludovic, le petit Parisien, tenant Major en laisse. Audrey en éprouva un certain réconfort : au moins l'une des énigmes était résolue. Le reste avait forcément son explication. Mais elle doutait que le petit garçon de huit ans puisse lui fournir le moindre éclaircissement, il était mutique et depuis que ses parents avaient acheté la maison voisine, il y avait environ trois ans, personne n'avait pu lui tirer un mot. S'ennuyant à mourir en la seule compagnie de ses diverses filles au pair, Ludovic passait beaucoup de temps avec Aby et ses chèvres ou bien avec le papé et ses abeilles ou encore s'asseyait de longs moments auprès du chien Major dont il flattait la soyeuse encolure noire et blanche. Tous avaient appris à composer avec son silence et son regard pénétrant qui ne vous laissait jamais indifférent.

Quant au papé, il adorait le gamin et lui racontait des histoires d'abeilles avec le secret espoir d'en faire un apiculteur nouvelle génération.

— Bonjour Ludo, dit Audrey le plus doucement qu'elle put.

Pour toute réponse Ludovic sourit et ouvrit son poing. La laisse du chien s'échappa, Major disparut vers la cuisine.

— Sais-tu où est le papé? Je l'attends et je m'inquiète!

Ce disant, Audrey scrutait le visage de l'enfant à la recherche d'indices manifestés par ses interrogations. Ses yeux, d'un vert émeraude, qui ne tarderaient pas à faire chavirer les filles pensait souvent Audrey, s'écarquillèrent avant qu'une onde de crainte ne les voile. Ce fut assez rapide mais la jeune femme s'en aperçut, s'agenouilla et insista:

— Ludo, si tu as vu quelque chose ou quelqu'un, il faut me le dire. C'est important. Tu comprends?

Ludovic se raidit, détourna la tête. Pourtant Audrey l'aurait juré, il avait vu quelque chose. Ses yeux avaient exprimé la peur. Mais la peur de qui ou de quoi ?

Elle posa ses mains sur les bras de Ludovic, espérant par ce contact le faire réagir. Peine perdue. Elle haussa le ton :

— Tu comprends ?

Ludovic lui lança un long regard réprobateur qui calma instantanément Audrey. Elle s'en voulut de le brusquer ainsi. Cela allait à l'encontre des enseignements de l'apiculture : patience, observation et humilité.

— J'ai une idée, lança-t-elle sur un ton volontairement joyeux. Viens avec moi, je vais te donner du papier et des crayons de couleurs et tu vas me dessiner ce que tu as fait lorsque tu es venu chercher Major…

Elle lui prit la main qui était chaude et douce mais soudain, Ludovic se dégagea et fit demi-tour avant de s'enfuir à toutes jambes en direction de chez lui. Audrey renonça à le poursuivre.

Un brin décontenancée par l'attitude de Ludo bien qu'elle connût les façons d'agir parfois étranges du garçonnet, elle referma la porte puis rebroussa chemin vers la cuisine où elle retrouva Major. Assis sur son arrière-train, le chien dardait sur elle ses prunelles dans lesquelles on pouvait clairement lire « Où est mon maître et que lui est-il arrivé ? ».

Ce à quoi Audrey se surprit à lui répondre comme elle l'aurait fait à un humain, en écartant les bras, ce qui traduisait un vide d'ignorance :

— Mon pauvre ami, je ne comprends rien à ce qui se passe ici mais je te promets de faire toute la lumière sur ce mystère car je ne crois pas un traître mot de ce qu'il y a écrit là-dedans ! dit-elle en sortant la lettre de sa poche et en l'agitant devant le museau du chien.

Rassuré sans doute, Major inclina la tête, émit une petite plainte et alla se coucher en boule dans son panier tandis qu'Audrey s'interrogeait sur la conduite à tenir. Pourquoi ne pas contacter l'adjudant-chef Lebel, de la gendarmerie de Rocamadour ? Le vieux gendarme proche de la retraite était un ami de longue date de Janissou et, par là même, des apiculteurs locaux. À eux tous, ils avaient fondé le Cercle des Amateurs de Bons Miels dont la mission était de servir le prestige, diffuser et défendre la tradition et les qualités du miel de causse : tout un programme !

En tant que Grand Maître, Lebel ne ratait aucune des « Abeillades », auxquelles, en cavalier émérite, il se rendait à cheval. Cette fête, dédiée au miel, aux produits de la ruche et aux abeilles, avait lieu tous les ans à la mi-août.

Justement, la prochaine édition n'allait pas tarder. Comme à chaque fois, Audrey y déploierait ses talents d'oratrice en matière de préservation, ruchette d'observation à l'appui. Devant ce cadre transparent garni d'une myriade d'abeilles vaquant à leurs occupations, les enfants se tenaient cois. Et les parents aussi, permettant ainsi une plus ample sensibilisation.

Audrey sortit son portable et allait composer le numéro de la gendarmerie lorsque de nouveaux coups, virulents cette fois, retentirent. Dans son panier, Major redressa la tête en couchant les oreilles et gronda doucement. Depuis les fenêtres de la cuisine, Audrey aperçut la silhouette trapue du visiteur qu'elle reconnut aisément.

— Du calme Major, c'est Denis Bouyssou chez lequel nous devions nous rendre avec ton maître pour constater l'état de ses ruches. Qui sait, il a peut-être la solution à notre énigme…

Mais le petit homme rond à couronne de cheveux très bruns n'en avait pas, il venait même aux nouvelles :

— Janissou m'avait dit que vous passeriez vers les seize heures trente et il est un peu plus de dix-huit heures, je m'inquiétais…

— Pourquoi tu n'as pas appelé ?

— Mais j'ai appelé ! s'indigna Bouyssou. Au moins cinq fois, personne ne répond. Donc me voilà. Alors où il est Janissou ?

— Je suis comme toi, je n'en sais rien. Il m'a invitée à dîner et nous devions passer chez toi avant et quand j'arrive, plus de papé.

Bouyssou tira une chaise et s'y laissa tomber avec lassitude. Il paraissait décomposé et marmotta :

— Qu'est-ce qu'ils en ont fait ?

— Quoi, qu'est-ce que tu dis ? De qui parles-tu ?

— De personne… Je disais « où peut-il bien être fourré ? » Pourtant sa voiture est là…

Audrey aurait juré avoir entendu autre chose. Elle lui servit un verre d'eau et observa le chien. La tête posée sur le rebord de son panier, il tremblait par vagues.

Denis Bouyssou s'en aperçut aussi :

— Cette pauvre bête, qu'est-ce qu'elle va devenir sans lui ? Sûrement elle va se laisser mourir.

— Je vais m'en occuper ainsi que des ruches en attendant le retour du papé.

— Il n'a pas laissé un mot d'explication ? En général quand on s'en va comme ça, on dit pourquoi…

Audrey s'apprêtait à lui montrer la supposée lettre d'explications du papé quand une intuition lui commanda de n'en rien faire.

Près d'elle, Denis, un peu ragaillardi par le verre d'eau, insistait :

— Il a forcément laissé un mot, une volonté. Ses ruches, il y tenait tellement, il ne peut pas n'avoir laissé aucune instruction à leur sujet. Ce n'est pas le genre de Janissou, ça !

Il accompagna cette sentence d'un coup de poing sur la table qui fit sursauter Major dans son panier. Puis il se leva brusquement et, ouvrant l'un des tiroirs du bahut en noyer, en sortit le contenu qu'il jeta sur le plateau du meuble.

Audrey s'en irrita :

— Qu'est-ce que tu fais, là, Denis ?

— Je cherche…

— Quoi ?

— Une explication, il y en a forcément une !

Poursuivant ses investigations, il ouvrit le second tiroir.

Audrey s'interposa :

— Pour le moment, il est juste absent, il peut revenir d'un instant à l'autre, il n'aimerait pas du tout te voir fouiner chez lui.

Contre toute attente, le petit homme fondit en larmes, bafouilla des excuses :

— Je… suis désolé. Mes ruches malades me mettent à cran ! Et avec ça Justine qui est venue passer les vacances chez ses parents avec son nouveau mari. Oh je ne m'en remettrai pas, c'est sûr…

Bouyssou sortit un mouchoir à carreaux dans lequel il se moucha bruyamment.

— De quoi tu ne te remettras pas ? De tes ruches que tu as laissé contaminer ou de ton ex-femme de retour au pays ?

— Des deux ! Quand je vais au café du village, je les trouve à se goberger à la terrasse. C'est un crève-cœur pour moi. Je l'aime toujours tu comprends. Et mes ruches qui se meurent… Je pourrais en racheter mais avec quoi ? Je suis au fond du trou. À moins que…

— Que quoi ?

— Si tu me donnais celles de Janissou ?

Audrey eut un haut-le-cœur tandis que le doute s'immisçait en elle :

— Que je te donne les ruches de Janissou ? Il n'est absent que depuis quelques heures et tu spécules déjà sur sa succession, tu perds la raison Denis ! C'est d'avoir revu Justine ? D'abord je n'en suis pas légataire et quand bien même, qu'est-ce qui te laisse penser que Janissou voudrait te donner ses ruches ?

L'autre se troubla, sa face rubiconde devint pâle :

— Ben, j'en sais rien mais toi tu en as quarante en bonne santé alors vingt de plus ou de moins qu'est-ce que ça peut te faire ? Et puis si tu veux je te laisse les deux ruches éleveuses.

— Tu es trop bon !

— Sans rire, en plus tu es toujours par monts et par vaux, ça te ferait du travail en plus tandis que moi, je suis dans la mélasse…

— Par ta faute Denis, ta seule et unique faute. D'ailleurs on va aller les inspecter tes ruches et ensuite on passera à la gendarmerie signaler la disparition de Janissou.

De nouveau Bouyssou se troubla :

— Oh pour mes ruches ça peut attendre.

Audrey bouillait intérieurement devant le comportement léger de l'apiculteur certes malheureux mais dont les déboires ne justifiaient en rien qu'on ne tente pas de sauver ce qui pouvait l'être.

Insensible aux agitations intimes d'Audrey, Denis Bouyssou poursuivait :

— Pour la gendarmerie, ça peut aussi attendre demain… Après tout, il peut rentrer d'un instant à l'autre, c'est toi-même qui l'as dit tout à l'heure.

— C'est vrai mais on ne va quand même pas rester sans rien faire. On va interroger les gens qu'on connaît dès ce soir. Tu files au musée des Arts Populaires et moi je contacte les collègues…

— Le musée, il est fermé à cette heure-ci, objecta Denis.

— Exact, alors trouve le répertoire et appelle la directrice chez elle à Gramat, on ne sait jamais.

Élisabeth Neyrat qui dirigeait le musée de l'Hospitalet n'avait pas vu le vieil homme depuis plusieurs jours. Du côté des amis apiculteurs, Raoul Mallet et Fernand Béziat, habitant les villages voisins, on n'en apprit guère plus si ce n'est que Janissou leur avait téléphoné à tous deux l'avant-veille pour évoquer le cas de loque américaine présente dans le rucher de Denis Bouyssou. Ce qui attira une remarque acerbe de l'intéressé :

— Et pourquoi pas un encart dans la Dépêche tant qu'on y est ?

Audrey préféra ne pas relever, l'homme paraissait assez accablé comme ça.

Elle poursuivit ses recherches auprès d'Alain Faure, un viticulteur louant des parcelles à Janissou sur la commune d'Alvignac, située à quelques kilomètres de Rocamadour. Mais là encore elle fit chou blanc, ce qui augmenta d'un cran ses appréhensions d'autant que la nuit commençait à tomber. Mais où son vieux maître avait-il bien pu passer ?

— J'appelle Lebel ! lança-t-elle à Denis en composant la ligne directe de l'adjudant-chef.

— Oh, c'est-à-dire que…

— Que quoi ? Il fera totalement nuit dans moins d'une heure et il n'est toujours pas là… Allô, adjudant Lebel ?

À l'autre bout du fil, une voix puissante et sèche accompagnée d'un vague accent se fit entendre :

— Non, lieutenant Steinberger, c'est à quel sujet ?

Audrey grimaça, masquant le combiné de sa main, et se pencha vers Bouyssou recroquevillé sur sa chaise :

— Mais ce n'est pas Lebel ?

— Hé non, c'est ça que je voulais te dire…

— Je vous rappelle, jeta-t-elle à son interlocuteur.

Puis elle houspilla Denis :

— Tu ne pouvais pas le dire avant ! Qu'est-ce qui s'est passé, pourquoi Lebel n'est plus là et qu'est-ce que c'est que ce Chainbeger ?

— « Chtaïnberger », corrigea Bouyssou. Va falloir apprendre à prononcer son nom correctement parce que m'est avis qu'il est là pour un moment. Lebel, il est tombé de cheval quelques jours après ton départ pour l'Australie et il s'est salement amoché, alors ils l'ont mis à la retraite. Il est reparti chez lui en Bretagne. Le nouveau, c'est Antoine Steinberger, sorti premier de sa promo, c'est de la chance non ?

— Si on veut… Mais d'où arrive-t-il avec un nom pareil ?

— D'Alsace, de Strasbourg je crois.

— Et il est comment ce… Steinberger ? Disponible comme l'était Lebel ?

— Ah ça non ! Il m'arrive de partager un petit apéro avec quelques gars de sa brigade, tout petit l'apéro et encore pas tout le temps.

Audrey ne savait si elle devait rire ou se fâcher des mensonges éhontés du replet apiculteur, étant de notoriété publique qu'il avait un penchant pour la dive bouteille, penchant que sa femme avait fini par trouver insupportable de même que ses abeilles qui le punissaient en le piquant à outrance. Mais l'alcool devait être un sérieux anesthésiant, et en dépit de dizaines de piqûres journalières sur les bras et les jambes, il s'obstinait à se rendre au rucher peu couvert, il ne paraissait pas souffrir outre mesure. Encouragé par le silence d'Audrey et emporté par un certain lyrisme, Bouyssou poursuivait :

— Il n'est pas apprécié par tous ses gars, loin de là ! Certains le surnomment, en douce hein, l'Ours boche ou la saucisse…

— La saucisse ?

— De Strasbourg ! Parce qu'il est très grand et un peu rouquin comme une saucisse, tu vois ?

— Je vois surtout que ça manque de charme comme accueil ! Quoi d'autre ? Est-il marié ?

— Oui, avec son métier.

Audrey haussa les épaules.

— Je ne plaisante pas. C'est un ancien d'Afghanistan, il est l'un des cinq rescapés de sa compagnie décimée lors d'une mission qui a mal tourné. Même que son frère y est resté…

— Tué ?

Denis se pencha avec une mine gourmande :

— Pire, porté disparu !

— Oh…

— Certains disent qu'il n'a pas toute sa tête, souffla Denis en tournant son index sur sa tempe. Ses gars en ont la frousse. Paraît que c'est un intransigeant qui ne vit que dans l'espoir de son retour chez lui, dans l'Est. En attendant, il passe son temps libre à se balader dans le causse en lisant des poèmes…

— Chic, un érudit. Il n'est donc pas si fou que ça…

— En allemand, les poèmes, en allemand…

— Tu veux sans doute dire en alsacien ?

— Appelle ça comme tu veux… Mais surtout…

Denis laissa planer quelques instants qui impatientèrent Audrey :

— Surtout quoi ?

— Il a horreur du miel !

— Et alors ? Je ne vois pas le rapport avec notre affaire.

— Alors les petits arrangements au coin du feu à déguster les tartines de miel avec l'adjudant-chef en Grand Maître, c'est fini. Voilà.

— Denis, tu m'agaces, on dirait que ça t'amuse. Je ne vais pas lui parler miel, à Steinberger, mais disparition inquiétante. Laisse-moi faire.

— À ta guise… N'empêche qu'il a eu affaire aux talibans, alors c'est pas toi ou moi qui allons l'impressionner !

— C'est ce qu'on va voir !

Bouyssou s'inclina dans un sourire narquois et la laissa recomposer le numéro de la gendarmerie.

Au bout de deux sonneries, la voix forte retentit de nouveau :

— Gendarmerie de Rocamadour, lieutenant Steinberger à votre écoute, que puis-je pour vous ?

— Ici Audrey Astier, apicultrice à Roumégouse. Je vous signale une disparition inquiétante... Comment, quel âge a l'enfant ? Mais ce n'est pas un enfant, c'est une personne âgée, soixante-dix-huit ans et...

Au fil de la conversation, Denis Bouyssou voyait la jeune femme s'empourprer. Il devina que les choses n'allaient pas aussi bon train qu'elle l'avait suggéré. Il sourit. Après tout pourquoi n'y aurait-il que lui à qui rien ne réussissait ? Près de lui, le ton montait et il s'en réjouissait :

— Non ce n'est pas mon père, ni mon oncle, ni personne de ma famille et alors ? S'il a la maladie d'Alzheimer ? Bien sûr que non...

Il y eut un silence, puis Audrey reprit en tâchant de maîtriser sa colère face au nouveau lieutenant qu'elle n'était pas loin, elle aussi, de qualifier d'ours boche :

— Bien entendu je ne peux l'affirmer, je ne suis pas son médecin traitant mais je le fréquente assez régulièrement pour assurer qu'il n'en présente aucun trouble... Il n'est pas non plus sous tutelle...

Elle songea à évoquer le message de départ de Janissou soigneusement enfoui dans sa poche mais elle se ravisa, pas comme ça, pas devant Denis. Et puis ça encouragerait l'indocile pandore à ne démarrer aucune recherche. Il y eut un nouveau silence avant qu'Audrey conclue froidement :

— Je vois, je vous remercie.

Elle tira une chaise et s'assit face à Bouyssou. Dépitée par l'attitude du nouveau gendarme en chef, elle songea que, sans Lebel, c'en était un peu fait de la douceur de vivre quercynoise.

La voix de Denis la tira de son abattement :

— L'est pas commode, hé ?

— Le mot est faible. Il refuse de déclencher des recherches maintenant. Il faut attendre et porter plainte. Quelqu'un de la famille serait mieux.

— Son frère est mort en déportation sans être marié et lui il n'a plus ni femme, ni fils, alors…

— Alors, j'irai. Je vais rentrer chez moi ce soir, je reviendrai demain récolter car le papé m'a dit avoir posé les chasse-abeilles, je serai chez toi à la première heure pour la visite sanitaire.

Ce programme ne plaisait pas plus que ça au malheureux Bouyssou. Mais il n'avait pas le choix : la jeune femme avait un caractère bien trempé, il en irait comme elle avait dit. Audrey ne s'aperçut pas du désarroi de son interlocuteur, elle était fatiguée et elle avait faim. Elle était donc assez pressée de voir Denis s'en aller. Mais il était dit que ce jour-là, rien ne se passerait comme prévu. Après avoir copieusement servi Major en croquettes en lui recommandant de bien garder la maison, elle poussa littéralement l'apiculteur sur le perron et c'est au moment où elle faisait tourner la grosse clef dans la serrure qu'une voix surgit de la nuit :

— Attendez, ne partez pas.

Cette voix appartenait à un jeune homme, âgé de vingt ans tout au plus. À la fois frêle et musclé, il était tout de noir vêtu et à son bourdon, grand bâton de marche, ils reconnurent un pèlerin.

Mais quel pèlerin ! D'une beauté troublante avec une épaisse chevelure aile de corbeau sous laquelle des yeux de braise affichaient assez peu de cette humilité seyant au voyageur spirituel.

— Je cherche la maison de Janissou Laborde et je crois bien que je l'ai enfin trouvée, dit-il en désignant du menton la coquille sur la porte.

— En effet, mais le maître des lieux est absent pour quelques jours et je ne suis que de passage pour m'occuper de son chien et de ses abeilles.

— Vous être apicultrice ? Je possède quelques ruches chez ma mère à Menton. Vous n'allez pas me laisser dormir dehors, je suis fatigué, j'ai besoin de repos. Je m'appelle Virginio Rossi, voici ma créanciale.

Audrey prit le carnet sur la couverture duquel un pont symbolisait les passages sur le chemin de la foi et l'ouvrit. Elle sortit sa petite lampe-torche, très utile dans les campagnes, et constata qu'il arrivait de Conques, dans l'Aveyron voisin ; il avait donc environ quatre-vingt-dix kilomètres dans les jambes.

— C'est bon, fit-elle en réprimant un soupir et en lui rendant le carnet, je vous loge pour la nuit. Tu peux rentrer Denis, on fait comme on a dit. À demain.

Tandis que l'apiculteur accablé regagnait sa voiture, Audrey fit entrer Virginio dans la maison.

Il posa son sac dans l'entrée ; un sac en toile à rabat de type militaire constellé de médailles religieuses. Dans la cuisine, alors qu'il se lavait soigneusement les mains, Audrey le prévint :

— J'ai peu à vous offrir, je n'ai pas l'habitude de m'occuper des pèlerins et je ne suis pas chez moi.

Elle n'avait surtout pas le cœur à cuisiner.

— Vous n'auriez qu'une tranche de pain et un verre d'eau que ce serait parfait.

Audrey avait quand même plus que ça : des délicieux petits fromages de chèvre frais, ceux d'Aby, quelques rondelles de saucisson et du miel. Une grosse miche de pain de campagne accompagnait le tout, arrosé d'un petit vin du Quercy, fourni par Alain Faure, le viticulteur louant des terres au papé.

Virginio n'était pas causant. Cela convenait parfaitement à Audrey qui avait tout sauf envie de faire la conversation. Tandis qu'il étalait une copieuse rasade de miel sur une tartine préalablement beurrée, la jeune femme gagna le vestibule abritant un beau buffet en noyer sculpté. De l'un des tiroirs, elle sortit le carnet dans lequel Janissou consignait le nom des pèlerins ayant réservé l'une de ses chambres. Ces réservations, fortement recommandées, évitaient les repas frugaux comme celui de ce soir. Elle feuilleta les pages mais n'y trouva pas le nom de Virginio Rossi, ni à la date du jour, ni à celle du lendemain. Le nom d'un couple était inscrit pour le samedi suivant. Audrey songea qu'au train où allaient les choses, il faudrait les décommander, elle n'aurait ni le temps, ni l'envie de jouer les hospitalières.

— Pouvez-vous me montrer ma chambre ?

Audrey sursauta, elle n'avait pas entendu le jeune homme arriver. Il empoigna son sac avec légèreté. Vu de près, ce sac ne ressemblait en rien à celui, lourd et rebondi, du pèlerin classique, le strict minimum atteignant facilement les huit kilos.

— Vous n'aviez pas réservé ? demanda Audrey pour secouer son trouble.

— Non, je sais que j'aurais dû mais la batterie de mon téléphone était à plat. D'ailleurs vous me montrerez la prise pour recharger.

— Bien sûr.

Un moment plus tard, Audrey lui fourrait dans les bras un jeu de gros draps tirés d'une antique armoire bordelaise. Les draps sentaient bien un peu le renfermé mais il ne fit aucune remarque et suivit docilement son hôtesse à l'étage où elle lui ouvrit la chambre d'ami de la maisonnée, autrefois celle de la mère de Janissou.

— Vous avez une prise à côté de votre table de nuit. Ma chambre est au bout du couloir, mon nom c'est Audrey… Audrey Astier. Pour les toilettes et la salle d'eau, il faut redescendre dans le pigeonnier. À quelle heure souhaitez-vous partir, donc déjeuner ?

— À la même que vous.

— Six heures trente alors ?

— Six heures trente, c'est parfait. Bonne nuit Audrey et merci.

Un dernier sourire et il lui fermait quasiment la porte au nez. Audrey ne s'en formalisa pas, trop heureuse de sauter dans son pyjama fleuri et de regagner son lit.

Nuit blanche

Un quart d'heure plus tard, Audrey se glissait dans les draps frais de l'énorme lit bateau de feu Charles Laborde, le fils de Janissou. La chambre conservait peu de souvenirs du disparu. Charles, soldat de métier au service de l'ONU, avait quitté le nid familial depuis longtemps quand il avait été abattu par un sniper lors du siège de Sarajevo, ceci au mépris des conventions internationales, les Casques Bleus étant-là pour le maintien de la paix, non pour se battre. Ils furent pourtant plus de quatre-vingts soldats de la paix à perdre la vie dans le conflit de Bosnie-Herzégovine... Si n'était ce portrait photographique du sergent Laborde sur fond de drapeau de l'ONU, Audrey aurait gardé de Charles une image assez vague. Elle était une enfant lors de sa disparition qui précéda de peu celle de l'épouse de Janissou, Mélanie. Atteinte d'un cancer, la mort de son fils la plongea dans un profond désarroi, elle refusa tout simplement de se faire soigner afin de rejoindre « son petit » au plus vite.

Toutes les piqûres au venin d'abeille pour relancer son système immunitaire échouèrent, à peine quatre mois s'écoulèrent entre les deux décès.

Audrey soupira en songeant à cette folle journée. Elle eut à nouveau une pensée inquiète pour le pauvre Janissou. Dieu seul savait ce qui avait pu lui arriver mais, à la façon dont son cœur se serrait, sûrement rien de bon. Elle prit sur le chevet l'enveloppe à son nom, trouvée plus tôt près de son assiette, et l'examina enfin tranquillement. L'enveloppe elle-même ne révéla pas grand-chose : sa taille carrée sentait la facture bon marché, déjà un peu ancienne au vu de son rabat en V à humecter. Le prénom Audrey y était inscrit en lettres penchées à l'encre noire. À l'intérieur une page blanche ordinaire sur laquelle le texte avait été tapé à la machine à écrire, en petits caractères noirs. Or Audrey n'avait jamais vu un tel engin chez le papé, même s'il est vrai qu'elle n'avait pas accès à tous ses placards, encore moins au bric-à-brac de la grange. Elle relut le texte, qui se voulait explicatif mais laissait perplexe.

Ma chère enfant,

Je suis atteint d'une maladie incurable, j'ai donc décidé de rejoindre Mélanie et Charles. Comme le suicide est contraire à mes convictions religieuses, je pars sur le chemin de Compostelle où la mort me prendra quand elle le jugera bon. Je lègue tous mes biens à l'Apis Dei, une fondation au service des Abeilles qui a grand besoin de secours pour poursuivre le combat que tu sais : endiguer coûte que coûte l'effondrement des colonies.

Avec mon affection.

Janissou.

Les déductions, contradictoires, se bousculaient dans la tête d'Audrey. D'abord, jamais le papé ne l'avait appelée « chère enfant » mais toujours « petite » ou « ma belle ». Il ne signait pas non plus de son prénom entier mais d'un « J ». Ensuite, si réellement il avait été aussi malade que cette lettre l'affirmait, pourquoi une telle mise en scène, d'autant que, ne possédant pas la clef de la maison, elle n'était pas supposée y avoir accès. Il aurait pu le lui dire simplement de vive voix. Au lieu de quoi, il avait pris ce ton enjoué comme à chaque fois qu'il l'invitait. Rien non plus au sujet de sa découverte évoquée avec elle au téléphone, découverte suffisamment importante pour être qualifiée par Janissou de « miracle de Notre-Dame-de-Rocamadour ». Et il aurait emporté ce prodige avec lui sur les grands chemins, donc au néant ? Enfin et surtout, quelle était cette mystérieuse Fondation au service des Abeilles au profit de laquelle Janissou se dépouillait de tous ses biens ? Jamais le papé ne lui en avait parlé. Audrey répéta à mi-voix :

— *Apis Dei, Apis Dei*…

Elle traduisit facilement la locution latine, « *Abeille de Dieu* », sans que cela lui apporte plus de clarté.

— C'est là qu'internet serait bien utile soliloqua-t-elle. Bon, je verrai ça en rentrant chez moi. De toute façon, personne n'est au courant de l'existence de cette lettre, hors son émetteur que j'ai bien l'intention d'identifier. Demain apportera peut-être un lot de nouvelles, bonnes si possible. Ah oui, j'appellerai aussi Lebel chez lui à La Trinité, il sera sûrement de bon conseil. Et maintenant tâchons de dormir, la journée sera rude.

Mais ce n'était pas chose si aisée en dépit de la fatigue accumulée par une soirée consacrée aux recherches et les supputations quant à la disparition du papé. La tête de la jeune femme devint comme une station de métro à l'heure de pointe, des pensées décousues s'y bousculèrent un bon moment avant qu'elle ne sombre dans un sommeil tout aussi agité.

Un aboiement l'en tira brusquement. Audrey se redressa d'un jet sur son lit et tâtonna pour allumer la lampe de chevet. Sa montre indiquait deux heures quinze. Elle bougonna contre Major de l'avoir ainsi réveillée, maintenant elle n'allait plus pouvoir se rendormir. Elle fit quand même une tentative et éteignit la lumière. Une fois dans l'obscurité elle se demanda si Virginio avait été lui aussi tiré de son sommeil du juste. Si oui, il n'allait pas être frais pour son périple du lendemain jusqu'à au moins Cazals, peut-être même Montcabrier, une assez longue étape, même pour un homme aussi jeune…

Un nouvel aboiement déchira la nuit, interrompant ses cogitations. Son cœur suspendit un battement. Elle sauta hors du lit, ouvrit la porte et scruta les bruits. Un silence vivant, habité par des forces latentes, lui répondit.

« Ce doit être Virginio qui est allé aux toilettes et aura dérangé le chien ».

Pas vraiment rassurée, elle décida d'en avoir le cœur net en se rendant sur les lieux de pêche. C'est pieds nus et dans le noir qu'elle descendit le plus doucement possible, tâchant de ne pas faire craquer le vieil escalier de bois en colimaçon. Le rez-de-chaussée était lui aussi plongé dans les ténèbres. Elle aperçut du côté de la salle à manger une brève lueur verte, celle d'un téléphone portable qu'on éteint d'un clic. Quelqu'un était là et ce quelqu'un devait être tenu en respect par le chien. Empoignant au passage le bourdon de Virginio, Audrey gagna rapidement la grande salle, éleva son bâton bien haut, banda ses muscles et appuya sur l'interrupteur. La lumière éclaira une étrange scène : Virginio Rossi, en caleçon à petits pois et tee-shirt noir à manches longues, était acculé au mur face à un Major droit comme un « I » sur son postérieur et les babines retroussées sur des dents aiguisées comme des rasoirs.

— La vache ! J'ai failli vous casser la tête. Qu'est-ce que vous faites là ?

— Je me demande, moi, ce que c'est que cette maison où le chien veut me dévorer et l'hôtesse m'assommer. Tout ça parce que je cherche les toilettes et que, fatigué par ma route, je me suis trompé de côté.

Le ton était agressif. Décontenancée par l'attitude, pour le moins ambiguë, du jeune homme, Audrey bredouilla :

— Fatigué au point de confondre l'Est et l'Ouest ? Je vous ai dit le pigeonnier, donc à droite en descendant l'escalier.

— Dans le noir, je me repère mal.

— Dans ce cas, il fallait allumer.

— Et risquer de vous réveiller ? J'ai bien saisi que vous me receviez à contrecœur, je n'allais pas en plus gâcher votre nuit.

Le jeune homme, aux traits tirés par la colère, avait une repartie impressionnante. Il dardait sur elle ses prunelles de braise qui achevèrent de la troubler.

— Si cela ne vous ennuie pas, j'aimerais assez soulager ma vessie et regagner mon lit.

— Oui bien sûr, paix là, Major.

Le chien coucha les oreilles mais recula néanmoins.

Virginio passa devant eux avec la mine d'un prince déchu. Elle remarqua une chose étonnante chez un homme aussi brun : ses jambes étaient parfaitement imberbes.

— Je suis désolée, souffla-t-elle.

— Bonne nuit Audrey, si vous pouvez encore dormir…

Tandis qu'il quittait la pièce, elle y jeta un rapide coup d'œil. Rien ne paraissait avoir été dérangé. Après tout, il disait peut-être vrai : fatigué et désorienté, il s'était égaré dans une maison qu'il ne connaissait pas. Il subsistait néanmoins un doute qui empêcha Audrey de fermer l'œil jusqu'au matin. Aussi n'était-il même pas six heures lorsqu'elle ouvrit la porte du jardin au chien et qu'elle prépara le petit-déjeuner. Il faisait encore nuit. Tandis que le café passait, elle posa sur la table ronde recouverte d'une toile cirée parsemée de cerises charnues deux gros bols de faïence à fleurettes bleues, un pot de confiture maison de framboises, un autre de prune ainsi qu'un troisième de miel foncé des Causses du Quercy, produit par les abeilles de la maisonnée bien entendu. Il arrivait au papé d'offrir le miel de ses « filles » en « brèche », c'est-à-dire en rayon non désoperculé. Cela faisait toujours son petit effet aux visiteurs qui avaient ainsi l'impression de toucher au mythe en dégustant une sorte de nectar des dieux. Audrey s'amusait toujours de leur candeur mais appréciait le miel filtré, celui en rayon avait trop le goût de cire.

— Voilà, dit-elle en déposant une assiette de fromages de chèvre et une belle motte de beurre ainsi qu'une grosse miche de pain bis. À présent, il peut descendre.

Le jeune Virginio se matérialisa quelques minutes plus tard, habillé de noir comme lors de son arrivée avec un pull à manches longues, ce qui détonnait chez ce genre de voyageur. À son cou brillait la « sportelle », la médaille du pèlerin de Rocamadour. Il était aussi accompagné d'une forte odeur d'eau de Cologne qui déplut à Audrey de si bon matin.

— Vous êtes comme moi, vous n'avez pas pu vous rendormir ? lança-t-il assez joyeusement.

— Effectivement la nuit a été courte ou plutôt longue quand on cherche le sommeil. Je vous sers du café ?

Il opina du chef en tirant une chaise face à elle.

Tandis qu'elle versait l'odorant breuvage dans son bol, elle essaya d'engager la conversation :

— Vous êtes bien jeune pour un tel voyage…

— Pourquoi, il y a un âge requis ?

— En quelque sorte, celui de la sagesse et de la capacité à se remettre en question.

— Qui se situe à quelle fourchette ?

— La quarantaine bien sonnée !

— Je suis très croyant et j'ai une passion pour le Moyen-Âge. Le pèlerinage est une façon de concilier les deux.

Virginio la fixa alors tout en trempant sa tartine dégoulinante de miel dans son café au lait. Il prit le temps de déguster sa bouchée avant de demander :

— Avez-vous fait le pèlerinage de Saint-Jacques, Audrey ?

Elle n'était pas insensible au charme du jeune Mentonnais, et puis elle aimait la façon dont il prononçait son nom. Elle se morigéna, cette inclinaison pour un parfait inconnu, qui plus est de dix ans son cadet, était parfaitement stupide. Elle chassa cette idée en songeant à la longue journée de travail qui l'attendait.

— Je n'ai jamais fait le chemin et je ne pense pas en avoir un jour le temps, j'ai quarante ruches à gérer, je suis aussi agent sanitaire…

— Beaucoup de maladies dans votre coin ?

— De la loque américaine, un peu de nosémose, varroa[4], les frelons asiatiques et européens et bien entendu des pertes dues aux pesticides. Et vous ?

— Pareil.

Virginio changea brusquement de sujet :

— D'où vient cet accent pointu ? Vous n'êtes pas d'ici, j'en jurerais…

— Je suis de région parisienne, Houdan pour être exacte. Mes grands-parents avaient une ferme dans le coin, ils étaient éleveurs de vaches et aussi apiculteurs, ils m'ont légué les bâtiments et le rucher que j'ai développé.

— Et votre ami, monsieur Laborde, il sera absent longtemps ?

— Quelques jours tout au plus. Vous le connaissez ?

— Pas personnellement mais des amis qui ont fait le chemin l'an dernier m'ont chaudement recommandé son adresse. Je regrette de ne pouvoir faire sa connaissance.

---

4. Pou de l'abeille, en provenance d'Asie. À équivalence humaine, il aurait la taille d'un lapin.

— Je le regrette aussi, je ne suis pas sûre d'être à la hauteur pour accueillir les pèlerins alors que lui excelle dans ce rôle. Je dois d'ailleurs décommander les prochains.

Virginio s'indigna gentiment et lui adressa un sourire enjôleur :

— Quelle idée Audrey, vous avez été parfaite.

Il eut un soupir :

— J'aurais aimé visiter le rucher de monsieur Laborde ou le vôtre, hélas une longue route m'attend et je ne peux m'attarder davantage malgré tout le désir que j'en ai.

La main de Virginio frôla délibérément la sienne. Audrey en fut extrêmement troublée car sa dernière rencontre amoureuse remontait à quelques mois. Blake, un stagiaire américain. Avec Blake, tout était simple, il disait « J'ai envie de toi maintenant », « J'ai faim » ou encore « J'ai soif ». On savait à quoi s'en tenir ce qui était loin d'être le cas avec Virginio. Il est vrai que Blake avait quarante-cinq ans, une femme et trois enfants, bref, pas de temps à perdre.

Audrey ferma les yeux pour goûter la sensation bien féminine d'être désirée par un homme mais elle fut de courte durée. Le jeune homme repoussa bruyamment sa chaise sur le carrelage et se leva :

— Je dois partir maintenant. Pouvez-vous tamponner ma créanciale ?

— Bien sûr.

Audrey alla chercher les tampons et le coussin encreur, oblitéra les cases requises et rendit le carnet à Virginio qui empoigna son sac.

— Eh bien, bonne route ! dit-elle en lui tendant sa main qu'il serra énergiquement.

— Adieu Audrey, Dieu vous garde.

Il quitta la maison de Janissou sans se retourner.

La jeune femme resta un moment à regarder s'éloigner la silhouette de l'énigmatique Virginio. Quand il disparut de son champ de vision, elle retourna à la cuisine, débarrassa la table et fit la vaisselle.

Puis elle téléphona à Lebel, l'ancien adjudant-chef de la gendarmerie de Rocamadour. Mais celui-ci, si ravi qu'il fut de l'entendre, ne put que confirmer les dires de son jeune remplaçant. En l'absence de preuves, personne dépressive ou menacée, on parlait de « Procédure d'absence » et non de « Disparition préoccupante ». C'est seulement cette dernière dénomination qui permettait d'ouvrir une enquête judiciaire pour un majeur. Et selon Lebel, le parquet ne la suivrait pas si elle n'apportait pas un élément de preuve.

— Et de quel genre, cet élément de preuve ?

— Des lettres de corbeau par exemple.

Audrey évoqua celle soi-disant laissée par Janissou, à laquelle elle ne croyait pas du tout. Elle lut le texte à Lebel qui souffla bruyamment dans le combiné :

— Mille sabords, je n'y crois pas non plus. Mais ce mauvais papier contentera n'importe quel magistrat. Je suis très inquiet, Audrey, cette lettre ne me dit rien qui vaille. Néanmoins, tu vas devoir te débrouiller seule car avec cette fichue fracture du col de fémur, je suis cloué sur ce lit. La première chose est de tout savoir sur cette fondation, là je suis peut-être encore bon à quelque chose, je vais faire jouer mes circuits. Cherche de ton côté, on se rappelle.

Audrey remercia chaleureusement Lebel. Elle se sentait un peu moins seule, elle savait qu'il ferait tout pour lui prêter main-forte, même « cloué au lit ». Elle le revit un instant, parfaite quoique grisonnante incarnation du capitaine Haddock, dont il aimait emprunter les jurons.

— Audrey, sois prudente avec mon remplaçant, il est plus gradé que moi.

— Et alors ?

— Alors ce joyeux drille est imbu de sa promotion. Et puis ses états de service en Afghanistan lui donnent une valeur terrible aux yeux de ses gars : il a vu et fait des choses qu'aucun d'entre eux ne verra jamais que dans les films, même si la réalité est bien éloignée de l'image du héros valeureux. La guerre comme le mariage, vois-tu, c'est une forteresse dans laquelle ceux qui se trouvent à l'intérieur veulent en sortir et ceux à l'extérieur y rentrer.

— Bouyssou dit qu'il en aurait gardé des séquelles ?

— Une sorte de syndrome Afghanistan ? Très possible, l'armée américaine le reconnaît pour les siens mais notre Grande Muette n'en est pas encore là, quoiqu'elle l'admette à demi-mot en faisant passer nos troupes par un sas de décompression à Chypre depuis quelques années.

— Il y a surtout que son frère a été porté disparu lors d'une mission commune.

— Ah ! Manipule-le avec précautions alors, comme tu le ferais avec tes abeilles.

— Je vois.

Elle soupira en raccrochant. Si seulement Lebel était cloué au lit dans le coin !

Elle décommanda le couple de pèlerins censés passer la nuit chez Janissou le lendemain sans entrer dans les détails de son absence. Inutile d'ameuter la communauté des voyageurs spirituels, cela ne ramènerait pas le papé et risquait de brouiller les pistes. Audrey pensa d'ailleurs les rassembler comme elle l'avait vu faire dans les feuilletons policiers américains. Elle prit une feuille blanche, qu'elle scotcha sur la porte du frigo, et y inscrivit les faits et indices à sa disposition, à vrai dire assez maigres :

– *Samedi 2 août, soir : appel du papé, il m'invite à souper pour le lendemain et programme une visite sanitaire chez Bouyssou.*
– *Dimanche 3 août, 16 h : j'arrive chez le papé. Il est absent.*
Interroge Aby : rien.
Trouve une lettre de départ en forme de testament.
18 h : Bouyssou débarque : dit ne rien savoir et réclame les ruches du papé.
Recherche auprès des proches : rien.
Appel au remplaçant de Lebel : rien.
21 h : arrivée d'un pèlerin, Virginio Rossi.
Nuit : retrouve Virginio dans la grande salle, dit qu'il s'est perdu.
Apis Dei ? Janissou leur lègue ses biens.
– *Lundi 4 août, matin : appel à Lebel.*

Elle prit une chaise et s'assit face au frigo, tâchant d'interpréter ses notes en croquant une nouvelle tartine de confiture de framboise. Évidemment, cette glose était encore assez peu consistante et demandait à être étayée. Audrey lui appliqua à voix haute l'universelle question de Cicéron, avocat de Sextus Junior, accusé d'avoir tué son père au motif que celui-ci ne l'aimait pas, « ce qui constitue en soi une excellente raison » songea la jeune femme qui aurait pu, elle aussi, accuser son géniteur de faillite affective à son égard.

— À qui profite le crime, selon toi, Major ?

Le chien dressa ses oreilles, Audrey continua à lui parler :

— Je suis d'accord avec toi, pour l'instant on n'a que des bricoles mais enfin il en ressort tout de même quelque chose ou plutôt quelqu'un : Denis Bouyssou. Il avait une curieuse attitude, le papé n'était absent que depuis quelques heures et déjà il me réclamait ses ruches. Un beau cheptel comme ça, ça va chercher dans les cinquante mille euros facile... La vache, on tue pour moins que ça tous les jours à tous les coins de rue ! Pas vrai, Major ?

Le chien gémit doucement comme pour l'encourager à développer son argumentation.

— Il y a aussi cette mystérieuse fondation au service des abeilles, l'Apis Dei, à laquelle Janissou lègue ses biens : la ferme dans un coin touristique comme le nôtre, les ruches, le matériel. Tablons sur quatre cent mille, au bas mot. Pas mal non plus comme butin ! Il faut aussi creuser de ce côté, il faut...

Major se mit à aboyer deux fois avant de courir vers le couloir. Audrey le retrouva devant la porte d'entrée sous laquelle on avait glissé une feuille de papier colorée. Le chien avait posé sa patte dessus ; les yeux brillants et la tête dressée, il attendait visiblement qu'elle lui commente le dessin.

Audrey ramassa la page et ouvrit d'abord la porte, espérant vaguement que l'expéditeur s'y trouve encore. Mais Ludovic, car il ne pouvait s'agir que de lui, avait déjà disparu. Le trait était assuré, on y reconnaissait clairement Denis Bouyssou et le papé se disputant, puis partant ensemble dans la voiture de Denis.

— Merci Ludo, dit-elle en posant le dessin sur son cœur, tu me donnes une piste même si cela ne constitue pas une preuve que Bouyssou est bien le kidnappeur. Je le crois même incapable de faire du mal à une mouche.

Audrey en était maintenant intimement convaincue : le papé avait été enlevé. Restait à savoir s'il existait une autre raison à cet enlèvement que le crime crapuleux.

— Une douche et je file chez Bouyssou. Il fait beau et chaud, les butineuses doivent déjà être aux champs, la visite sanitaire ne devrait pas trop mal se passer.

L’agression

C’était une pitié que le rucher de Denis Bouyssou. Il ne l’avait jamais conduit très proprement mais là c’était carrément l’anarchie. Ses dix-neuf ruches n’avaient qu’un an d’existence et elles étaient déjà noirâtres, dispersées n’importe comment sous les superbes noyers ayant donné son nom à l’exploitation : le Rucher des Noyers.

Certaines étaient perchées sur des parpaings, d’autres sur des pneus, une renversée sur le flanc. Partout des herbes folles. Ce n’était pas cela qu’Audrey reprocherait à Bouyssou, la nature un peu envahissante constituait une barrière naturelle aux prédateurs en tous genres, notamment le frelon asiatique dont le vol stationnaire devant l’entrée de la ruche permettait de croquer les ouvrières alourdies de pollen. Décapitées et aussitôt dépecées, les malheureuses finissaient en boulettes pour les voraces larves de ce serial killer débarqué d’un conteneur de porcelaines chinoises dans le Lot-et-Garonne une quinzaine d’années plus tôt.

Ce qui choqua Audrey, c'est le pillage régnant. Des cadres pleins de miel avaient été sortis des hausses et disposés contre un arbre ou la ruche elle-même quand ce n'était pas par terre. Et l'odeur du miel attirait tout ce qui comptait d'ailes ou de pattes en matière d'insectes. Autant dire qu'une guerre sans merci était en cours. Audrey s'en indigna auprès du propriétaire en finissant de revêtir sa vareuse intégrale de protection :

— Denis, quelle mouche t'a piqué de sortir ainsi les cadres ? Tu voudrais provoquer une catastrophe que tu ne t'y prendrais pas autrement. Depuis quand c'est comme ça ?

— Depuis hier, je voulais t'aider…

— M'aider ? En provoquant une émeute ? Sans parler de la contagion… Tu sais qu'en tant qu'agent sanitaire, je ne dois pas toucher aux cadres, c'est toi qui dois me les présenter. Ça va être facile de s'approcher maintenant. Enfin, allons-y.

Audrey pressa le soufflet de son enfumoir pour vérifier que le feu n'y était pas crevé. Une fumée blanche et froide en sortit, satisfaisant la jeune femme. Un enfumoir mal allumé vous lâchant au beau milieu d'une visite et c'était l'assurance d'une attaque en règle. Mal garni, il devenait lance-flammes pour un barbecue d'abeilles.

Elle passa ses gants de cuir et s'avança vers la première ruche dont le toit en tôle gisait à terre. Autour d'eux, le bourdonnement était intense. Les abeilles, énervées par l'odeur de miel environnante, se ruèrent sur Bouyssou en chemisette, la tête couverte d'un vieux canotier voilé protégeant à peine son visage et son cou.

— Ah les sales bêtes ! s'écria-t-il en se claquant les bras. Charognes, toutes les mêmes ces bonnes femmes, même pas de reconnaissance…

— Dis donc, Denis, t'as pas bientôt fini de nous rejouer la Femme du Boulanger ? Sors le cinq, ordonna Audrey en l'entourant d'un nuage de fumée pour calmer les assaillantes.

Elle nota déjà la faible activité à l'entrée de la ruche, ce n'était pas bon signe. À l'aide du lève-cadre, une sorte de large tournevis plat, Denis fit sauter la propolis, mastic végétal servant à calfeutrer la ruche. Le cadre se désolidarisa de la boîte ; il le lui présenta à l'horizontale. Audrey observa le couvain en mosaïque. Les larves, normalement d'un blanc nacré, étaient brunes.

Afin de confirmer son diagnostic, elle enfonça une allumette dans l'une des alvéoles et en retira un filament gluant sentant l'ammoniaque. Cette ruche était bien atteinte de loque.

Elle lui fit signe de remettre le cadre en place et de refermer la ruche sur le toit en tôle de laquelle elle fit une croix à la craie, indiquant sa destruction prochaine. Ils passèrent à la suivante qui était aussi dans ce cas, de même que seize autres, ce qui serra le cœur d'Audrey. Les trois dernières, faiblement atteintes, méritaient qu'on tente leur transvasement dans des ruches saines ainsi qu'un traitement antibiotique.

— Où sont les ruches de Justine, celles qui ont contaminé celles-ci ?

— Je les ai étouffées et brûlées hier soir. Par là, dit Bouyssou en rebroussant chemin vers la grange accolée à son mas.

Il disait vrai, Audrey reconnut les divers éléments de ruches noircis par les flammes. À l'écart du rucher, elle défit avec soulagement le haut de sa vareuse, étouffante avec la chaleur, détacha sa queue-de-cheval et secoua ses longs cheveux blonds.

— Pour sauver ces cinq-là, tu en as fait périr seize autres quant aux trois qu'on va transvaser et soigner, je ne garantis pas la réussite. Quoi qu'il en soit, tu as fait bien peu de cas de notre contribution en essaims et ruches... Je ne sais pas si je peux continuer à te faire confiance.

— Si je n'ai plus mes abeilles, je crève, déjà que Justine m'a quitté.

Il recommença à sangloter :

— On était heureux tous les deux à s'occuper de nos ruches, on faisait les marchés, les gens, y venaient autant pour notre bon miel que pour elle, c'est une belle femme, pas vrai ?

Mais Audrey était à cent lieues de la flamboyante madame Bouyssou, de dix ans la cadette de son époux. Tout le monde s'était toujours demandé ce qu'elle avait bien pu trouver à ce quidam dégarni, rond comme un troll, geignard qui plus est.

Tout à l'heure lorsqu'elle était arrivée chez Denis, prétextant une envie pressante, elle l'avait envoyé au rucher préparer les enfumoirs. Elle gagna ainsi dix précieuses minutes pour parcourir le mas de son hôte avec le secret espoir de tomber sur le papé séquestré. Mais du disparu pas la moindre trace. Seule la cave avait échappé à ses recherches : d'abord on y accédait par la terrasse où Bouyssou, toujours entre deux vins, se battait avec les enfumoirs, ensuite cette cave était fermée à clef, clef pendue à un mousqueton accroché à la ceinture de son propriétaire. Pour y être descendue plusieurs fois, elle savait que c'est là qu'était stockée une partie du matériel apicole. La jeune femme en connaissait la configuration. Il y régnait un froid polaire grâce à des murs d'au moins quatre mètres d'épaisseur, capables de réduire à l'état de chuchotement tout hurlement. Il fallait trouver un motif pour s'y rendre. C'est à cela qu'Audrey songeait tandis que Bouyssou chantait les louanges de son épouse infidèle.

— Tous les hommes la regardaient et ça ne me déplaisait pas qu'ils soient jaloux de moi. Et puis, y en a eu un pas comme ceux d'ici, il l'a faite rêver avec son petit salaire d'inspecteur des impôts à Cahors. Un soir que j'étais à visiter deux ruches suspectes, elle n'a pas voulu m'accompagner. Elle a dit qu'elle allait chez ses parents, en fait elle était au restaurant du château de la Trayne, à cent balles le menu. Une bague par là-dessus et c'en était fait de nos six belles années de vie commune… Tu te rends compte, elle a tout fichu en l'air pour un resto et une bagouse. En plus je l'ai vue, elle est même pas belle… lança-t-il en grimaçant.

Audrey avait une belle envie de lui dire que c'était son penchant pour l'alcool qui avait entraîné la jolie Justine au château de la Trayne en compagnie d'un prince peut-être pas charmant mais ayant le mérite de lui rappeler qu'elle était encore jeune et séduisante. Mais il y avait plus urgent que de débattre sur la responsabilité de la débâcle du couple Bouyssou. Janissou agonisait peut-être dans la cave froide et humide de Denis entre les saucissons et les tonnelets d'huile de noix. Les tonnelets d'huile de noix…

Audrey n'était pas loin de crier *eurêka*, venant de trouver le prétexte pour descendre dans le cuvier.

— Dis-moi, Denis, il te reste encore de cette fameuse huile de noix ? Il m'en faudrait…

— Je n'en ai plus et depuis longtemps… grommela-t-il.

— Plus une goutte ?

— Pas la plus petite que je te dis.

Il lui tourna le dos pour rentrer chez lui. Audrey le suivit, intriguée à l'idée qu'il n'ait plus d'huile, lui qui aimait montrer à ses hôtes son cellier regorgeant de victuailles. Mais il paraissait difficile d'insister sans soulever les soupçons, il lui faudrait alléguer une autre raison. Ce n'était pas gagné vu la mine renfrognée de Bouyssou lorsqu'elle pénétra dans l'immense salle à manger pavée de tommettes où il était appuyé contre le manteau du cantou.

L'homme était connu pour être plus têtu qu'une mule, Audrey savait qu'elle n'obtiendrait rien d'un choc frontal. Elle mit du miel dans sa voix pour dire :

— Si tu veux, je reviens en fin d'après-midi avec trois ruches neuves pour les transvasements et je te donne la main.

Bouyssou souleva les épaules.

— Ça veut dire oui ou ça veut dire non ?

— Ça veut dire laisse-moi tranquille, après-tout, je m'en fous qu'elles crèvent. Je veux que Justine revienne.

— Denis, ne pas transvaser c'est la contamination assurée, je te rappelle que c'est une maladie tenace dont les germes survivent plus de trente-cinq ans, soixante-dix même selon les anciens. En outre la loque est classée MRC, article 223-21 du code rural. Ça veut dire qu'elle est contagieuse et pas seulement pour tes ruches mais pour toutes celles des environs dans un rayon de cinq kilomètres. Je dois aviser la préfecture et pas plus tard que maintenant, je suis désolée.

Tandis qu'elle s'approchait de la terrasse pour capter le réseau téléphonique, Bouyssou hurla dans son dos :

— Non, pas la préfecture. Ah charogne va...

Elle n'eut ni le temps de remettre Denis à sa place pour l'avoir insultée, ni de contacter les services requis, elle s'écroula sur le carrelage, victime d'un violent choc sur la tête qui l'expédia dans le noir. Elle entendit dans le lointain une voix vaguement familière mais qu'elle était incapable d'identifier :

— Ne lui faites pas de mal...

— Depuis quand tu aimes les femmes, toi ?

Un rire démoniaque suivit cette réplique. Puis elle n'entendit plus rien, elle avait sombré.

*

Audrey émergea de son sommeil sans rêve une heure plus tard. Lorsqu'elle ouvrit les yeux, elle vit qu'elle était allongée sur un lit dans l'une des chambres du mas. Du temps de Justine Bouyssou, le couple faisait chambre et table d'hôtes. Cette pièce, au papier Toile de Jouy bleu, était précisément réservée aux invités de passage. Comment et pourquoi avait-elle atterri-là ?

Voilà deux questions auxquelles Audrey était, pour l'heure, parfaitement incapable de répondre.

Elle savait juste qu'elle avait un terrible mal de tête ; portant la main, là où ça cognait le plus, à l'arrière de son crâne, elle tâta une belle bosse.

— Allons bon, manquait plus que ça.

Elle s'assit au bord du lit avec beaucoup de difficultés, se demandant quelle heure il pouvait bien être. Elle chercha son portable mais ne le trouva pas. Inspectant autour d'elle, elle remarqua sa vareuse blanche posée sur une commode en pin. On l'avait donc déshabillée. Au prix d'un effort, elle se leva et s'approcha du meuble, souleva sa combinaison pour vérifier que le téléphone n'était pas dessous, ouvrit les tiroirs à tout hasard et même l'armoire : tout se révéla désespérément vide.

C'est alors qu'elle aperçut par la fenêtre le brasier allumé dans le noyeraie. Toutes les ruches, sans exception, flambaient. Le sang d'Audrey ne fit qu'un tour.

— Ah la vache. Ce ne sont pas des pratiques, ça. Ce n'est pas le moment, pas en plein après-midi.

En effet, avant de brûler les ruches malades de loque, il convenait d'euthanasier la colonie au plus tard de la journée, quand toutes les butineuses étaient rentrées. Sans quoi, les ouvrières retardataires tâcheraient de se faire adopter par une ruche du voisinage et propageraient la maladie dans le canton.

— Il est fou ! fulmina Audrey en se précipitant sur la porte qui se révéla fermée à clef.

Elle secoua vigoureusement la poignée, sans résultat. Une fumée blanche assortie d'une odeur de brûlé glissa sous la porte. Un incendie, qui n'avait rien à voir avec celui des ruches, avait été allumé dans la maison. Audrey parvint à ne pas paniquer, elle était même étrangement calme et sereine. À n'en pas douter, il s'agissait d'un incendie criminel qui avait à coup sûr un rapport avec la disparition du papé. Ses investigations gênaient quelqu'un et ce n'était certainement pas l'inconsistant Bouyssou. De cela Audrey était persuadée comme elle était convaincue que Denis était un lien entre le papé et ce quelqu'un, plutôt mal intentionné au premier abord.

Accédant à la minuscule salle d'eau attenante à la chambre, elle mouilla une serviette qu'elle roula en boudin. Placé devant la porte, il contiendrait un certain temps les flammes et les fumées nocives. Puis elle retourna près de la fenêtre pour observer la combustion des ruches non sans un pincement au cœur.

En tant qu'agent sanitaire, elle avait déjà plusieurs fois assisté à ce genre de choses et ne se résolvait pas à la destruction de ces êtres si précieux, par leur activité pollinisatrice, pour la survie de chacun.

Son cœur manqua un battement. À quelques mètres du brasier, Denis Bouyssou allongé sur une chaise longue et un journal posé sur la moitié de son visage poursuivait allègrement sa sieste.

— Alors ça c'est trop fort. Je suis là enfermée et lui tranquille, il pousse son petit roupillon. Ce type est un inconscient.

Elle ouvrit la fenêtre prudemment pour limiter l'appel d'air et cria :

— Denis, Denis, viens m'ouvrir.

Mais elle eut beau s'égosiller, elle n'obtint aucune réponse de l'intéressé. Elle évalua la hauteur entre la fenêtre et le sol : au moins cinq mètres sans rien pour s'accrocher, autant dire mission casse-cou. Elle lança un dernier appel à Denis qui ne bougea pas un orteil.

— Ce bougre fait un coma éthylique. Un de plus. Ah la vache…

Audrey venait de voir que du côté de la porte, la fumée continuait de s'insinuer. Elle prépara un nouveau boudin mouillé et allait l'installer au-dessus de l'autre quand, passant près de la commode, elle accrocha sa vareuse qui chut sur le parquet avec un faible bruit. Quoique bref, elle identifia ce son : celui d'un minuscule lève-cadre en aluminium dont l'un des embouts était crocheté. Il mesurait à peine une douzaine de centimètres contre trente pour les vrais. Un gadget offert par Blake, son amant américain. Audrey le sortit de la poche latérale de sa vareuse et le porta à ses lèvres pour un baiser destiné à Blake. Puis, se ruant sur la porte, elle engagea le crochet dans la serrure et tenta d'actionner le pêne. Mais celui-ci, âgé de trois cents ans d'âge, en avait vu d'autres, il fit de la résistance. Après trois tentatives infructueuses, le crochet plia. Elle le redressa comme elle put, en y laissant deux ongles. Au-dessous d'elle et sur les côtés maintenant, la fumée se faufilait sournoisement.

Audrey n'était pas loin de sombrer dans le désespoir mais se reprit. Tout ne pouvait pas s'arrêter maintenant.

Elle glissa de nouveau son lève-cadre à travers la serrure et le fit tourner avec une douceur d'horloger dont elle ne serait pas crue capable. Un long tour complet à droite ne donna rien. Elle toussait mais reprit patiemment ses essais à gauche. Le premier ne donna rien, le second non plus quant au troisième, ô miracle, un clic sympathique se fit entendre et la porte s'ouvrit. La jeune femme était à deux doigts de chanter l'Alléluia. Empoignant sa vareuse dont elle se masqua le nez, elle se jeta dans le couloir blanc de fumée. La vision n'excédait pas les cinquante centimètres. Elle buta sur un cylindre qu'elle ne chercha pas à identifier, ne souhaitant que sortir de cet endroit abominable. Dévalant les escaliers quatre à quatre, elle déboula dans la salle à manger où les doubles rideaux en coton vert flambaient joyeusement. Et dans le cantou, un feu gigantesque avait été allumé, les flammes énormes et rouges dégageaient une chaleur terrible. Elle se dirigea vers la porte de sortie qu'elle trouva là encore fermée à clef. Mais elle n'eut pas le temps de faire jouer de nouveau son petit lève-cadre. L'ouverture se fit par une formidable poussée dévastant tout sur son passage, y compris Audrey qui tomba à la renverse, à demi assommée. Ensuite les choses allèrent très vite. On l'empoigna vigoureusement et elle fut traînée plus morte que vive sur une chaise de la terrasse. C'est alors qu'un grand escogriffe blond en pantalon marine rentré dans ses rangers, polo bleu ciel et gilet pare-balles, lui demanda :

— Audrey Astier, je suppose ?

— Comment l'avez-vous deviné ? bougonna celle-ci en toussant dans sa vareuse qu'elle n'avait pas lâchée.

Le gendarme porta sa paume sur sa tempe pour un salut :

— Lieutenant Steinberger. Gendarmerie de Gramat-Rocamadour. C'est votre ami Lebel qui m'a dit que je vous trouverais là.

Ce bon Lebel auquel elle avait confié lors de sa conversation téléphonique qu'elle devait aller en visite sanitaire chez Bouyssou que l'ancien gendarme connaissait parfaitement autant pour son miel de causse fortement parfumé que pour ses conduites en état d'ivresse.

— Vous avez appelé Lebel ?

— Pas exactement, c'est lui qui m'a contacté pour, comment dire, me sensibiliser au cas de Janissou Laborde et par conséquent au vôtre.

Un vieil homme s'était littéralement volatilisé depuis bientôt vingt-quatre heures et Steinberger qualifiait cette disparition de « cas » !

Audrey recouvra d'un coup toutes ses forces :

— Adjudant…

— Lieutenant, je vous prie !

— Lieutenant, oui, d'abord ici tout le monde appelle monsieur Laborde « le papé », ensuite il ne serait pas parti à pied, à son âge, sans argent et sans papiers. J'ai la conviction qu'il est passé par ici, d'ailleurs Denis nous attendait.

— Malheureusement ce n'est pas Denis Bouyssou qui pourra confirmer quoi que ce soit, il est mort.

Audrey se leva brusquement :

— Ce n'est pas possible, je l'ai vu dormant sur une chaise longue…

— Oh pour dormir, il dormait… du repos éternel.

— Il est mort de quoi ? Il était encore bien vivant il y a encore de cela deux heures.

— D'après les premières constatations, choc anaphylactique.

— C'est étrange, il était celui d'entre nous qui a été le plus piqué étant donné qu'il ne voulait jamais se couvrir comme il fallait. Il était en quelque sorte, immunisé…

— Je ne vais pas vous apprendre votre métier, vous savez qu'on peut devenir subitement allergique à n'importe quoi, qui plus est au venin. On a relevé une centaine de piqûres. Il a fait un arrêt circulatoire et comme il n'y avait personne pour le secourir… Quand on est arrivé, il était déjà mort et son corps criblé de dards.

— Puis-je le voir ? demanda Audrey qui pensa soudainement que Bouyssou devait être déjà décédé quand elle l'avait appelé par la fenêtre, d'où son silence.

— Impossible, il est en route pour les pompes funèbres, par chance un médecin était dans le coin, il a fait le nécessaire pour la déclaration de décès et l'enlèvement du corps.

Steinberger accepta de lui lire l'ordonnance sur laquelle était inscrite l'heure du trépas : onze heures trente. Elle nota au passage le nom du médecin : docteur Delcroix à Souillac. Soit plus de trente kilomètres du mas Bouyssou.

— Ce n'est pas si près que ça, Souillac, et il débarque comme ça ?

— Pas comme ça, ils étaient chez les parents de madame Delcroix, c'est en se baladant qu'ils ont vu le feu. Ce sont eux qui ont appelé les pompiers. Au fait, que faisiez-vous dans le mas alors que le feu se propageait et que votre ami se mourait ?

Tandis que les soldats du feu terminaient d'éteindre l'incendie à grandes giclées d'eau, Audrey raconta par le menu sa matinée. Elle observa Steinberger en silence tandis qu'il réfléchissait. C'était un homme de très grande taille dégageant une impression d'autorité. Son visage allongé, illuminé d'une paire d'yeux bleu ciel, frangés de cils clairs, était constellé de taches de rousseur se répercutant sur ses bras et ses mains. Une peau laiteuse et des cheveux couleur de blé mûr courts taillés lui conféraient le charme étrange d'un Viking au pays des hommes bruns et râblés. Insensible à cet examen muet, il demanda :

— Qui peut avoir intérêt à vous nuire ?

— Le même qui a enlevé le papé.

— Vous y tenez à la disparition de votre papé.

— Vous avez une autre explication ?

— Qu'il est parti faire une promenade et qu'il a eu une crise cardiaque sur le chemin, il peut aussi être tombé dans un fossé. Les gens âgés sont souvent déraisonnables…

Audrey se leva et se planta devant le gendarme. Elle-même mesurait un mètre soixante-quatorze de sorte qu'elle n'eut pas à le regarder par en dessous, du moins pas trop !

— Lieutenant, il faut absolument visiter la cave, j'ai voulu y descendre tout à l'heure et Bouyssou n'a jamais voulu. Le problème, c'est qu'il gardait la clef à sa ceinture et…

— Oh pour ça… Steinberger fit signe à deux gendarmes de les suivre.

La porte de la cave, si costaude soit-elle, ne fit pas un pli sous les coups de bélier en acier zingué.

Comme Audrey le pensait, l'endroit débordait de provisions dont des tonnelets d'huile de noix que Bouyssou avait prétendu ne plus posséder. Elle s'ouvrit de ce détail à Steinberger qui opina du chef.

Un des deux gendarmes, corpulent et roux comme un écureuil, qu'Audrey avait reconnu comme le gendarme adjoint Marsac, se mit à plaisanter devant des rondelles de saucisson et un verre de vin à moitié vide posés sur un ancien billot de boucher :

— Y en a un qui s'est régalé y a pas très longtemps, même qu'il a oublié son couteau. Un sacré beau couteau, vous avez vu, mon Lieutenant ?

Audrey et Steinberger s'approchèrent du pique-nique improvisé. C'est alors qu'elle reconnut le couteau du papé, celui à lame dentelée dont le manche avait la forme d'une abeille.

À double tranchant

— Et vous allez encore me dire que vous ne croyez pas à l'enlèvement du papé ?

— Affirmatif.

— Dans ce cas, qu'est-ce que son couteau fait dans le cellier de Bouyssou ?

— D'abord, c'est vous qui affirmez qu'il s'agit du couteau de monsieur Laborde. Ensuite, si enlèvement il y avait eu, les criminels n'auraient pas laissé une telle preuve de leur forfait au vu et au su du premier chien coiffé ! Cela ne prouve pas grand-chose sinon que votre papé a passé un bon moment avec Bouyssou à déguster des cochonnailles.

Pour prouver la véracité de sa logique, Steinberger s'empara du couteau et planta la lame dans une rondelle sèche de saucisson qu'il agita sous le nez de la jeune femme. Celle-ci bouillait intérieurement, elle devint rouge pivoine.

— Les empreintes ? Il y en avait probablement et vous venez de les anéantir.

— Très certainement, celles de votre ami ! conclut-il en lui tendant le couteau qui tenait de la dague. Gardez-le, vous le lui rendrez à son retour !

Cette fois Audrey explosa :

— Vous n'êtes bons qu'à mettre des contraventions ? Un vieil homme disparaît sans laisser de trace, on sait qu'il est venu ici, on retrouve son couteau dans la cave et vous vous en tenez à une partie de casse-croûte ? Je vais contacter votre hiérarchie.

La menace, loin d'émouvoir Steinberger, amena sur son visage froid un sourire condescendant :

— Faites, faites. Mais avant, permettez-moi de vous préciser une chose qui semble vous avoir échappé : ce n'est plus Lebel qui dirige la brigade.

Cette mise au point effectuée, il poursuivit en foudroyant Audrey d'un regard bleu acier loin d'être sympathique :

— Sans doute aurait-il dépensé l'argent du contribuable à mobiliser une brigade pour retrouver un promeneur égaré ? Je suis lieutenant et officier de police judiciaire. En tant que tel, je m'en tiens aux faits et ces faits disent que oui, votre papé est passé par-là, chez un ami, que l'ami en question est décédé de mort naturelle, point. Je ne me vois pas aller chez le procureur avec si peu. Cependant…

Il laissa planer un petit silence et reprit :

— Je sais qu'on dit du remplaçant de Lebel qu'il n'est pas magnanime. Que c'était mieux « avant ». Je vais vous prouver le contraire. Demain matin, je ne suis pas de service mais d'astreinte, j'accepte d'organiser une battue à titre officieux, non pour vous êtes agréable mais par respect pour notre mission. Je vais donc emprunter à la brigade cynophile de Gramat un chien pisteur, une chance pour vous, j'ai reçu une formation de maître-chien. De votre côté vous allez mobiliser des bonnes volontés pour nous accompagner car je ne pourrai pas réquisitionner ma compagnie. La gendarmerie n'est pas une antenne de la Croix-Rouge!

Un énorme soupir dégonfla la poitrine d'Audrey. C'était mieux que rien. Certes, cela n'avait aucun caractère officiel mais aurait peut-être le mérite de révéler des indices rapidement, du moins l'espérait-elle fortement. Et alors Steinberger devrait reconnaître qu'il s'était trompé sur toute la ligne, car la jeune femme avait l'intuition de plus en plus ferme que tout s'était joué dans cette cave. Quant à savoir pourquoi, avec qui et surtout quelle était la responsabilité de Denis Bouyssou dans cette sombre affaire, c'était une autre paire de manches.

Tandis qu'Audrey roulait le couteau dans un mouchoir en papier et le glissait dans sa poche, une voix ironique la tira de ses réflexions:

— Surtout ne me remerciez pas.

— Pardonnez-moi, j'étais perdue dans mes pensées, vous comprendrez que je sois très inquiète et…

— Au fait, Lebel demande que vous le rappeliez dès que possible. Il dit que votre portable ne répond pas.

Audrey se frappa le front:

— Justement je ne le trouve plus.

— Vous l'aurez oublié chez vous…

— Non j'arrive de chez le papé et je m'en sépare rarement, sauf pour aller au rucher car les ondes brouillent celles des abeilles mais cette fois je l'avais.

— Et Bouyssou, il en avait un, je suppose?

— Oui, si tant est qu'il ait survécu à l'incendie car il le laissait en général dans sa maison.

Steinberger héla le gendarme roux :

— Marsac, faites le tour de la maisonnée et ramenez tout ce que vous trouverez en matière de téléphones portables.

Puis il s'adressa au second pandore, un petit jeune homme fluet aux allures de fille :

— Delpech, allez avec lui.

— À vos ordres, mon Lieutenant, répondirent-ils d'une seule voix.

Ils s'esquivèrent, laissant Audrey et Steinberger remonter en silence vers la terrasse.

— Je vais vous faire conduire à l'hôpital pour un contrôle, proposa-t-il.

— Certainement pas, je vais bien, du moins aussi bien qu'on puisse aller en ayant reçu un coup sur le crâne. Et ça, Lieutenant, vous l'expliquez comment ?

— Bouyssou était dépressif, sa femme l'a quitté et il était sur le point de perdre une nouvelle fois ses ruches. En tant qu'agent sanitaire vous étiez en quelque sorte l'artisan de son malheur, il a cristallisé sa rancœur sur vous. Ajoutez à cela une bonne dose d'alcool et vous en arrivez à la situation actuelle. Mon métier m'a déjà montré que les choses peuvent dégénérer très vite, surtout lorsque les gens sont à bout, ce qui était le cas de Denis Bouyssou. Pas plus tard que la semaine dernière, j'ai dû intervenir chez un agriculteur endetté qui avait pris en otage l'inspecteur du travail. Cette fois, ça s'est bien terminé mais il n'en va pas toujours ainsi.

Audrey devait convenir que son raisonnement se tenait. Elle entendrait encore longtemps le cri de détresse du malheureux apiculteur quand elle avait composé le numéro de la préfecture. Elle ressentait même une certaine culpabilité. Mais le plus grave était qu'il emportait avec lui une partie de l'énigme.

Dehors, un soleil insolent éclairait une situation misérable. Le mas, en épaisses pierres blondes, avait bien résisté aux flammes mais dans la salle à manger, elles avaient ravagé le mobilier. La pièce et l'escalier menant à l'étage n'en dégoulinaient pas moins d'eau distribuée en abondance par les pompiers.

L'un d'eux, visière du casque relevé, s'approcha de Steinberger devant lequel il eut un salut. Il ouvrit son poing ganté de cuir au creux duquel luisaient trois petits cylindres emmaillotés de papier aluminium.

— Des fumigènes artisanaux, mon Lieutenant, m'est avis qu'on a plutôt voulu intimider la petite dame que vraiment lui faire du mal.

Steinberger prit l'un des cylindres et le décortiqua. C'était un rouleau de papier toilette contenant encore un peu d'exsudat couleur caramel, mélange de nitrate de potassium et de sucre.

— Je suis de votre avis sergent, l'individu a voulu donner une leçon à mademoiselle Astier venue signer la destruction de ses ruches pour cause de maladie contagieuse et la plaisanterie a dégénéré.

— Je pense, moi, qu'on a voulu me neutraliser le temps que les flammes gagnent l'étage.

Le lieutenant fit la moue :

— Les statistiques démontrent que les victimes sont généralement abattues avant d'être carbonisées, ceci pour plus de sûreté, or pour ce que j'en vois et entends, vous êtes bien vivante !

Audrey n'était pas de l'avis des statistiques mais souhaitait enterrer la hache de guerre avec Steinberger qui le lui avait clairement rappelé : à présent il était seul maître à bord. Et puis, n'avait-il pas commencé à se montrer accommodant en acceptant d'organiser une battue ? Pourtant, Audrey avait la sensation très nette que ces recherches n'étaient organisées que dans le but de faire une éclatante démonstration des arguments du gendarme : Janissou ne remplissait pas tous les critères officiels autorisant la justice à se mêler des affaires d'un particulier. Il n'empêche qu'elle devrait composer avec un caractère peu conciliant porté sur la législation pure et dure.

Les deux pandores partis à la recherche de son portable revinrent vers eux. Le rouquin tenait un sac en plastique contenant deux appareils dont l'un en piteux état sur lequel un marteau avait passé sa colère.

— Rien trouvé d'autre, mon Lieutenant.

— Je suppose que le désossé vous appartient ? fit Steinberger en remontant les sourcils. Désolé. Marsac, rendez-lui son bien.

— Le proprio vous en voulait vraiment… émit le sergent pompier.

— Le monde des abeilles est un milieu d'hommes, que ces hommes puissent se tromper passe encore, mais qu'une femme vienne leur faire la leçon et vous assistez à ce genre de… puérilité ! Messieurs, ajouta-t-elle en remisant les restes de son portable dans sa poche, je vais au rucher voir ce qu'il en est. En tant qu'agent spécialiste, j'ai des comptes à rendre aux services vétérinaires et je crains une catastrophe.

Elle ne croyait pas si bien dire. Après avoir planté là les deux hommes et contourné le mas, la noyeraie lui apparut, paysage désolant. Les ruches à demi calcinées s'élevaient en un tas noirci, duquel émanaient des petites fumées. Et tout autour volaient en cercle à la recherche de leur logis les ouvrières rentrant des champs. Elles arrivaient par vagues et se transmettaient des informations de stress les rendant particulièrement agressives. Audrey pesta :

— La vache, ils n'ont pas laissé se terminer le sale boulot.

En éteignant le feu, la loque n'était qu'en partie détruite. La maladie repartirait de plus belle, véhiculée par les abeilles sans domicile fixe dans les ruches acceptant de les héberger. Sans parler de tous les touristes insectes visitant ces ruines odorantes. Impossible cependant de rallumer ce brasier détrempé.

Steinberger et le sergent pompier la rejoignirent. C'est auprès de ce dernier qu'Audrey laissa éclater son indignation :

— Ces ruches étaient malades, il fallait les laisser brûler.

— Hé, moi je suis pompier, j'éteins tout ce qui flambe. Y avait pas de panneau écrit « Ici ruches malades, à laisser brûler ».

— Mais enfin, vous avez des rudiments d'apiculture ! C'est parfois à vous qu'on s'adresse pour récupérer les essaims voyageurs ?

— Plus depuis quelques années… Maintenant on appelle les apiculteurs. Après tout, chacun son métier !

Audrey allait répliquer mais Steinberger mit un terme au conflit verbal :

— Du calme. Que pouvons-nous faire pour rattraper la situation, c'est donc si grave ?

— Oui, la contamination peut s'étendre sur cinq kilomètres à la ronde et des gens qui n'ont rien demandé à personne se retrouveront avec des ruches à détruire.

— Que conseillez-vous ?

Audrey réfléchit quelques instants. Il fut finalement décidé de recouvrir immédiatement les décombres avec une bâche fixée au sol par des piquets et de revenir plus tard rallumer les braises.

Elle laissa faire les pompiers, salua Steinberger qui lui répondit à peine et regagna sa voiture, empoignant au passage sa vareuse et son enfumoir. Une demi-heure s'écoula avant qu'elle ne franchisse avec soulagement les portes de sa ferme, accueillie par les joyeux miaous de ses trois chats. Ils se frottèrent après ses jambes, ronronnant pour lui indiquer que leurs estomacs criaient famine. Audrey l'entendait bien ainsi et même les approuvait :

— Je suis comme vous, je meurs de faim !

Lorsque chacun fut rassasié, les chats d'une assiette de croquettes, Audrey de deux tranches de jambon de pays et d'une salade de tomates du jardin, cabossées mais fondantes, trois heures sonnèrent à la pendule en inox de la cuisine. La jeune femme pensa qu'il était temps de savoir ce que Lebel avait pu dénicher et aussi de lui raconter sa mésaventure chez Bouyssou.

La voix chaude de l'ancien gendarme dans le combiné était un régal pour les oreilles d'Audrey qui lui raconta sa matinée avec une précision rigoureuse. Sa narration fut comme toujours ponctuée de jurons du capitaine Haddock dont, en bon breton, Lebel était un inconditionnel.

— Mille tonnerres de Brest ! Je me doutais que quelque chose clochait quand j'ai vu ton portable constamment sur messagerie, instinct de vieux flic. Mais que Bouyssou soit mort, je n'en reviens pas. Or ça, quelle mouche a bien pu piquer cet olibrius pour qu'il t'agresse ainsi ?

— Le désespoir qui peut mener au pire. Dixit Steinberger.

— Dans ce contexte et du fait qu'aucune plainte pour disparition n'a été déposée, le couteau ne constitue pas un élément à charge. Quant au fait qu'il refuse de lier les deux affaires, c'est parce que Denis est décédé naturellement. S'il avait été assassiné, on aurait couru chez le procureur la fleur au fusil… Enfin, toi, parce que moi…

Lebel souffla dans l'appareil :

— Il pourrait quand même aller sur une préliminaire mais au fond c'est une bonne chose que la justice ne s'en mêle pas tout de suite car si c'est le cas, il y aura scellés et tu ne pourras plus accéder à la maison du papé où se cachent très probablement quelques-unes des clefs de l'énigme quant à sa disparition. Je suppose qu'avec ta matinée mouvementée, tu n'as pas eu le temps de faire des recherches sur l'Apis Dei ?

— Pas vraiment, j'aurais mieux aimé pourtant.

— Bon, ben moi, j'ai que ça à faire et puis j'ai encore quelques relations. Alors voilà ce que j'ai déniché pour le moment.

Lebel avait en effet appris que l'Apis Dei était une confrérie secrète, scientifique et libérale fondée en 1816 par l'égyptologue Champollion alors en disgrâce car bonapartiste. Le but premier de l'Apis Dei était d'éduquer les populations sans distinction de religion. La devise de l'Ordre reflétait une image ne manquant pas d'une certaine grandeur :

« *Dei servat Apes, Apes servat homines* : Dieu sauve les abeilles, les abeilles sauvent les hommes ».

— En résumé ils sont au service de l'humanité, ricana Lebel. Ils ont la tête comme des melons dans cette congrégation !

— Et maintenant quelles sont leurs motivations ?

— Sensibiliser les gens à la disparition de l'Abeille, m'est avis que c'est une couverture. J'en saurai bientôt plus, j'attends un dossier complet d'un ami qui a survécu à la fusion des RG et de la DST[5]. Maintenant il est à la DCRI. Quel nom affreux, pas vrai ? Ça veut dire, attends voir, ah oui, direction centrale du renseignement intérieur. Jamais je ne me ferai à un nom pareil ! Que veux-tu, je suis un vieux de la vieille école…

— Il n'y a pas meilleur limier que vous, le rassura-t-elle. Pensez-vous qu'il soit possible que ce beau couteau en forme d'abeille fasse partie de la panoplie du congréganiste ?

— Mumm oui, décris-le pour voir…

— C'est une sorte de petite dague, la lame est dentelée sur deux faces, le manche a la morphologie d'une abeille ouvrière, la lame semble sortir du corps comme un dard… Les yeux sont superbes, deux pierres violettes, on dirait des améthystes…

— C'en est sûrement, cette pierre est symbole de magie, de connaissance et de religion. Rien d'écrit sur la lame ou ailleurs ?

---

5. Renseignements Généraux et Direction de la Surveillance du Territoire.

Audrey approcha le poignard de ses yeux. En le retournant, elle vit une inscription courant sur les ailes : *Dei servat Apes Apes servat...*

— *Homines !* Donc le papé est ou était un « frère » Apis Dei. Nous avons été très proches et jamais il ne m'en a parlé, ni même montré cette arme.

— Il ne m'a rien dit non plus, fit Audrey, bien que j'aie déjà vu ce couteau quelques fois. Je le trouvais très beau mais il ne m'a jamais permis de le prendre en main.

— De peur que tu n'y lises la devise et que tu ne pousses plus loin les investigations. T'a-t-il dit où il l'avait eu ?

— Dans une coutellerie espagnole lors de l'un de ses pèlerinages à Saint-Jacques-de-Compostelle.

— Hum, fit Lebel, il y a là un petit mystère. Tu devrais m'envoyer une photo.

— Oui, dès maintenant. Je retourne chez Janissou. Je dois ramasser les hausses et aussi prévenir tout le monde pour la battue de demain.

— Profitez-en pour mettre des portraits du papé un peu partout, ce sont de vieilles méthodes mais qui ont fait leurs preuves.

— Excellente idée. Je vous tiens au courant.

Avant de partir, Audrey réalisa une affichette avec la seule photo du papé qu'elle possédait, un portrait pour une réunion syndicale apicole. Elle datait de quelques années mais ferait l'affaire, il n'avait pas tant changé. Elle inscrivit dessous les informations nécessaires à son identification mais hésita quant au numéro de téléphone pour la joindre. Son portable étant hors service, il lui faudrait se rendre à Gramat pour le changer, il pouvait y avoir un décalage de vingt-quatre heures avant la mise en service de la nouvelle ligne, vingt-quatre heures peut-être décisives. Quant à mettre celui de la ferme, impensable : avec les évènements à venir, il y avait fort à parier qu'Audrey n'y soit pas souvent.

Finalement elle opta pour le portable du papé, cadeau de la jeune femme dont il ne s'était jamais servi mais, vu qu'il s'agissait d'un téléphone à carte, le recharger serait d'une simplicité enfantine. Il lui semblait même en posséder une d'avance quelque part dans le tiroir du vieux bureau de la grande salle. En attendant d'aller vérifier, elle termina sa composition. Un clic et l'affiche fut reproduite en des dizaines d'exemplaires.

— Voilà ! lâcha Audrey, assez satisfaite de ses talents informatiques. Et maintenant, la photo du couteau à Lebel, puis je file chez Janissou.

*

Lorsqu'elle parvint à la ferme du papé, Major lui sauta littéralement dessus avec de joyeux jappements lorsqu'elle poussa la porte.

— Tout doux, mon vieux Major, je n'allais pas t'abandonner.

Audrey finissait de rassurer le chien en flattant son pelage lorsque Aby déboula, toujours accompagnée d'un fort parfum caprin amicalement baptisé par les locaux « Chevrette n°5 ».

— Hello Audrey, toujours pas de nouvelles de Janissou ?

— Rien.

— Et la police ?

Audrey lui relata les réticences du nouveau lieutenant ainsi que sa proposition de battue non-officielle.

— Tu vas venir, n'est-ce pas ? demanda-t-elle à l'Américaine.

— Bien sûr, quelle idée !

Au nom de Steinberger qui avait fait scintiller les yeux d'Aby et à son enthousiasme, Audrey comprit que le remplaçant de Lebel ne lui était pas indifférent. Cette battue avait même mis la jeune Américaine dans un certain état d'excitation. Mais la disparition de Janissou était trop angoissante pour qu'Audrey s'attarde sur les affaires de cœur d'Aby.

— Denis est mort. Trop de piqûres, son cœur n'a pas survécu.

— Ah, fit Aby, c'est peut-être mieux ainsi, il était si malheureux du départ de sa femme.

Elle posa sa main sur l'épaule d'Audrey et proposa :

— Si tu veux, j'appelle les collègues, je leur dirai pour Denis et pour la battue.

— C'est d'accord, répondit Audrey. Car, bien qu'il soit un peu tard, je dois à tout prix ramasser les hausses. D'abord le papé a mis les chasse-abeilles, ensuite ça m'occupera l'esprit. À demain, huit heures, Aby.

Les deux femmes se séparèrent, Audrey partit allumer son enfumoir, puis elle passa sa vareuse. Poussant la brouette plate, elle s'arrêta devant la première ruche, toqua contre l'une des parois pour prévenir de son arrivée, confirmée par plusieurs jets de fumée. Aussitôt les abeilles s'égaillèrent, transmettant l'alerte d'un pillage imminent. Les ouvrières se gorgèrent de miel à sauver. Ainsi alourdies, on les tenait mieux en respect.

Audrey souleva le toit qu'elle posa par terre, fit glisser la lame de son lève-cadre tout autour du couvre-cadre colmaté à la propolis, une substance résineuse secrétée par les abeilles à partir de sèves végétales. Ce mortier, bourré de propriétés thérapeutiques, servait aussi bien à calfeutrer et assainir la ruche qu'à embaumer les intrus. Grâce à une grille spéciale, Audrey récupérait les débris qui une fois filtrés dans l'alcool produisaient un puissant désinfectant sous le nom de teinture mère.

La hausse vidée de ses ouvrières grâce aux chasse-abeilles révéla ses trésors : neuf cadres recouverts d'une épaisse couche de cire blanche, protection du précieux nectar. Audrey sourit derrière le voile de sa vareuse, c'était toujours un enchantement que l'ouvrage de ces minuscules insectes. Dans cette contrée, la flore et le climat rendaient les abeilles généreuses. Pour avoir visité des colonies un peu partout en France, elle savait que ce n'était pas toujours le cas, notamment au nord de la Loire, hormis lors de l'abondante mais ponctuelle floraison de colza.

Audrey voitura un peu plus de trente kilos jusqu'à la miellerie. Elle fit de même avec dix-huit des vingt ruches du papé, les deux dernières étant consacrées à l'élevage de reines donc pas destinées à la production de miel. Elle y jeta tout de même un rapide coup d'œil qui la fit soupirer. Ce travail physique la mena jusqu'à la fin de journée. Elle décida de ne pas extraire ce soir, plutôt demain ou après-demain mais pour que le miel patiente dans de bonnes conditions, il fallait le mettre à l'abri des convoitises. Araignées, guêpes et autres mulots gourmands attirés par l'odeur sucrée auraient tôt fait d'en faire leur délice. Retirant chacun des cadres des hausses, elle les suspendit à une immense étagère bricolée à cet effet par le papé. Lorsqu'elle eut fini, elle empila les hausses vides et poussa un « ouf » de soulagement : elle ne sentait plus ses bras. Quant à son dos, il réclamait de toute urgence une position allongée…

En quête

Un bruit strident traversa la nuit, interrompant brutalement le sommeil réparateur de la jeune femme. Son cœur tapa dans ses oreilles comme le tocsin. Les appels reprirent. Elle alluma la lampe de chevet, jeta un œil à sa montre dont le cadran affichait la demie de trois heures. En bas, la sonnerie continuait de retentir sinistrement. Elle se leva et descendit à pas de loup jusque dans la cuisine où se trouvait l'appareil, un téléphone en bakélite noir à cadran, occupant la même place depuis son installation en 1963. Jamais avant cet instant Audrey n'avait remarqué combien le timbre était agressif, il vous traversait le corps pour aller rebondir contre les parois de votre crâne.

Elle décrocha le combiné et écouta. Il n'y avait aucun bruit, pas même celui d'une respiration.

— Allô, allô, il y a quelqu'un ? demanda-t-elle enfin d'une voix tremblante.

La tonalité lui répondit : on avait raccroché.

Pour se débarrasser de sa peur, Audrey fixa le chien dans son panier. Ses yeux grands ouverts accrochaient les siens dans une muette interrogation.

Elle soupira :

— On veut savoir s'il y a quelqu'un dans cette maison. Mon vieux Major, il est de plus en plus évident que ton maître avait des secrets. Mais lesquels ? Et sont-ils en relation avec sa disparition ? Mystère et boule de gomme !

Comme elle sentait qu'elle ne pourrait plus se rendormir, elle commença à chercher des éléments de réponse partout où elle pensait pouvoir en trouver. Le bahut de la cuisine ne révéla rien d'extraordinaire. Celui du couloir où Janissou rangeait tout ce qui avait trait aux pèlerins non plus. La chambre d'ami et celle de Charles furent tout aussi muettes. Elle souleva à tout hasard les divers matelas de la maisonnée, sans plus de succès. À quatre-heures trente, énervée, Audrey fit une pause lait chaud dans lequel elle tourna une cuillerée de miel. À nouveau elle observa le chien, il ne dormait toujours pas et suivait chacun de ses mouvements.

— Si seulement tu pouvais parler…

Elle poussa un soupir sur ce vœu pieux, termina sa tasse de lait et se résigna à regagner son lit où elle somnola, assaillie de rêves extravagants.

C'est une Audrey aux traits tirés qui vit débarquer à huit heures tapantes Steinberger, frais comme un gardon, accompagné de ses deux acolytes Marsac et Delpech. Tous trois avaient revêtu un treillis, ce qui les changeait diablement, surtout le petit Delpech auquel l'uniforme seyait particulièrement. À côté du lieutenant se tenait sagement assis un splendide Saint-Hubert à la robe entièrement feu.

— Je vous présente Jupiter, c'est la dernière recrue de notre brigade cynophile, il est très prometteur.

Audrey caressa la tête du chien et vit arriver Aby et les apiculteurs amis, Fernand Béziat et Raoul Mallet. D'une taille moyenne et la figure couperosée surmontée d'une épaisse chevelure poivre et sel, Béziat possédait une soixantaine de ruches à Blanat, à quelques kilomètres de là. Voilà dix ans, il avait entièrement replanté ses parcelles de plants de lavande et produisait maintenant un miel blanc parfumé faisant fureur au milieu des miels régionaux noirs et forts. Quant à Mallet, grand et sec, sa barbe et ses cheveux de neige lui conféraient un air vénérable. Cet ancien élève de Janissou était à la tête d'un très beau rucher de plus de cent ruches, situé à Lacave, près des grottes du même nom. Suivait la directrice du Musée des Arts Populaires qui possédait un rayon apicole. Élisabeth Neyrat ne passait pas inaperçue. Cette belle quinquagénaire à la chevelure de feu assumait ses deux passions : les jeunes hommes et les belles voitures. Cette fois encore, elle était descendue d'un splendide cabriolet rouge Audi A3.

Elle tendit à Audrey une main aux ongles vermillon, sa couleur favorite :

— Bonjour Audrey, désolée de nous voir dans ces conditions. Tu me présentes ? demanda-t-elle en désignant Steinberger d'un gracieux mouvement de tête.

Audrey s'exécuta de mauvaise grâce. Élisabeth ne semblait pas plus inquiète que ça par la disparition du papé et n'avait posé aucune question. En outre, ses yeux s'étaient allumés comme deux réverbères à la vue du nouveau gendarme en chef, indiquant qu'elle n'en ferait qu'une bouchée pour peu qu'il se laisse faire.

Elle haussa les épaules, c'était l'affaire de Steinberger, la sienne était de trouver le papé. Elle distribua à chacun un paquet d'affichettes avec la photo du septuagénaire. Cela ne parut pas agréer Steinberger qui remarqua :

— C'est votre portable ?

— Non, celui du papé, je l'ai rechargé ce matin.

— Vous auriez pu ajouter le numéro de la brigade.

— Vous m'aviez dit que cela ne regardait pas vos services.

— Et pourtant je suis là.

Cet échange bref n'échappa pas à Élisabeth Neyrat pour laquelle le lieutenant n'avait eu que de froides salutations, elle en fut contrariée. Bien loin de ces considérations, il mit sous le nez du chien pisteur une chemise de Janissou. Celui-ci gémit en s'agitant avant de tirer sur sa laisse. Audrey était ravie, ils ne reviendraient pas bredouilles.

On allait démarrer les recherches lorsque des retardataires arrivèrent : le viticulteur Alain Faure suivi de sa femme. Le temps n'était plus aux civilités. On scruta Jupiter qui, encouragé par son maître, se remit à tirer sur sa laisse en jappant. Il indiqua la direction de la sortie du lieu-dit.

En procession et le cœur battant, on suivit le chien au beau milieu de la chaussée sur environ six cents mètres. Mais bientôt il s'arrêta, tourna en rond, le museau au ras du bitume. La truffe toujours collée au sol, il allait de droite à gauche, puis s'assit sur son arrière-train.

— La piste s'arrête là, annonça Steinberger.

— Il ne s'est pas évaporé à cet endroit précis ! s'indigna Raoul Mallet.

— Non, mais pour le chien, les dernières traces se perdent ici.

Il remit sous le nez de Jupiter la chemise de Janissou. Le chien se leva, sentit à nouveau la route de droite à gauche avant de se rasseoir.

— La piste est trop refroidie, cette route mène non seulement à Rocamadour mais vers l'A20, des centaines de voitures y circulent tous les jours ce qui brouille son odorat.

Il y eut un bourdonnement de désapprobation générale. Audrey prit les choses en main :

— Il y a tout de même une bonne nouvelle, le chien a confirmé ceci.

Elle sortit de sa poche le dessin de Ludovic qu'elle déplia et montra à la foule en expliquant :

— Il a été glissé sous ma porte par Ludovic, le petit Parisien que vous connaissez tous. Il a dessiné dans une bulle le papé se disputant avec Denis Bouyssou et dans une autre le papé partant en voiture avec Denis dans la voiture de celui-ci. Or cette route mène à Couzou, là où habitait Denis. C'est chez lui qu'il faut…

Elle ne termina pas sa phrase. Steinberger venait de lui arracher le dessin des mains. Il y jeta un œil coléreux :

— Pourquoi ne pas m'avoir montré ce dessin avant ?

— Avant quoi, Lieutenant? À chaque fois que je vous présente un élément à charge, vous le démontez comme un pâté de sable!

— Encore faudrait-il que j'aie connaissance du dit élément à charge!

— Encore faudrait-il surtout que vous preniez ceux qu'on vous apporte en considération! Le couteau par exemple que vous avez délibérément omis d'envoyer au labo pour y prélever d'éventuelles empreintes...

Steinberger blêmit.

— Éventuelles, vous avez dit le mot. Hier matin, je n'étais pas en présence d'éléments me permettant de penser que les charges pouvaient être graves. Vous oui. On est à la limite de la dissimulation de preuves.

— M'auriez-vous écoutée? Voilà deux jours que je me tue à vous démontrer que cette disparition n'a rien de naturel et vous persistez à penser qu'il y a une explication des plus simples sauf que vous êtes incapable de dire laquelle!

— Mademoiselle Astier, je n'aime pas beaucoup qu'on vienne me dire comment faire mon métier. Je n'aime pas non plus qu'on me dise seulement la moitié des choses et qu'à l'occasion on me fasse passer pour un imbécile. Mais il y a une chose que j'apprécie encore moins, c'est de me faire chaperonner par l'ancien adjudant via vos services.

Autour d'eux le silence s'était fait. Comprenant que Steinberger blessé publiquement risquait d'abandonner séance tenante les recherches, Audrey, habituée lors des visites des ruches à réagir rapidement aux situations d'urgence, donna du leste:

— Il semble que depuis le début de cette triste

affaire, nous ayons du mal à nous comprendre et je n'aimerais pas rester sur un malentendu. Je vous en prie, insista-t-elle le plus humblement qu'elle pût en lui adressant un regard à attendrir un caillou.

Le visage fermé de Steinberger parut enfin s'animer et il laissa tomber en soufflant du nez un *shissdrake*, traduction alsacienne du mot de Cambronne. Il daigna même ébaucher un sourire.

Audrey reprit confiance :

— Il faut aller de toute urgence chez Denis Bouyssou avec Jupiter, dans la cave il y a certainement encore de nombreux indices qu'il peut exploiter. Allons récupérer les voitures…

— « Je » vais chez Bouyssou avec Marsac et Delpech. Dispersez-vous en petits groupes dans le canton, placardez vos affiches et collectez des informations dont vous me ferez part ultérieurement.

Audrey ne souhaitait pas d'une nouvelle altercation avec Steinberger. En dépit de sa déconvenue elle rebroussa chemin avec le groupe vers la ferme du papé, tous devisèrent sur l'absence du propriétaire à laquelle personne ne pouvait apporter la moindre lumière.

Parvenus devant la maison, des duos se formèrent. Audrey s'arrangea pour ne faire partie d'aucun. Ainsi Aby et Élisabeth Neyrat partirent dans le superbe cabriolet en direction de Gramat tandis que Beziat et Mallet s'occuperaient de Rocamadour et Lacave. Quant au viticulteur et son épouse, ils déambuleraient dans les rues et les environs d'Alvignac.

La jeune femme resta seule appuyée contre la porte en bois. Le rosier rouge sang qui la surplombait la nimbait d'une sorte d'auréole écarlate.

Un peu en décalé sur la bande de terre, Steinberger faisait monter Jupiter dans le coffre de son véhicule personnel, un Range Rover 4x4 noir immatriculé dans le Bas-Rhin.

Marsac et Delpech étaient déjà installés à l'avant et à l'arrière de la voiture et faisaient mine de ne pas voir Audrey. La vie à la brigade était nettement moins paisible depuis l'arrivée du nouveau chef. Aussi les deux acolytes ne souhaitaient-ils pas s'attirer ses foudres outre mesure. Depuis bientôt trois mois, la brigade avait dû se mettre à l'alsacien et ils avaient appris que quand l'impénétrable Steinberger disait *Ànn d'àrwet et schnäller*[6], il valait mieux se faire tout petit sous peine de compiler des vieux dossiers. Donc qu'il se débrouille avec son apicultrice pour laquelle il avait pris des libertés. *Shissdrake!*

C'est en refermant le coffre qu'Audrey apparut dans le champ de vision de Steinberger, lequel comprit qu'il venait d'être joué. Il agita son index de droite à gauche en secouant la tête:

— Négatif.

— Puis-je vous demander pourquoi?

— Pour éviter aux touristes de fouler un terrain d'indices. On n'est pas en villégiature!

Audrey s'approcha souplement de la voiture:

— Je connais les lieux mieux que vous et là c'est l'agent sanitaire qui vous parle, je dois impérativement voir où en sont les choses côté ruches, dois-je vous rappeler que nous avons laissé une situation désastreuse?

— Ah mais ça change tout! « J'ai » une place dans ma voiture pour un agent sanitaire, à la condition que ledit agent n'empiète pas sur mes prérogatives!

---

6. Au travail, plus vite.

— Je tâcherai d'être la plus discrète possible.

— Je doute que cela soit compatible avec votre caractère.

— Vous n'êtes pas non plus des plus gracieux.

— Oui mais moi j'ai autorité, vous non !

Steinberger lui ouvrit la portière arrière de la voiture dans laquelle elle allait s'engouffrer lorsqu'il demanda suavement :

— Vous ne prenez pas votre équipement ? Vous n'allez pas approcher les ruches sans protection...

— Naturellement... Vous m'attendez ?

— Naturellement.

Audrey repartit en maugréant chez Janissou, persuadée que Steinberger en profiterait pour prendre la poudre d'escampette.

Mais il l'avait attendue.

Mieux, il avait fait monter Marsac à l'arrière pour laisser à Audrey la place à l'avant.

— Votre ceinture s'il vous plaît, ce n'est pas parce que votre 2 CV n'en a pas qu'il faut vous en passer dans la voiture des autres.

— Je suis désolée, en effet je n'ai plus l'habitude.

Ils devisèrent quelques minutes sur les avantages et inconvénients à rouler en « ancienne » .

— Pour ma part conclut le gendarme, j'ai huit cents kilomètres à faire pour rentrer chez moi à Strasbourg, il me faut plus qu'une « bonne » voiture. Êtes-vous déjà allée en Alsace ?

— Oui, à Colmar, à un congrès qui a lieu tous les automnes. C'est une splendide région.

Audrey était sincère, elle aimait la capitale des vins alsaciens avec ses maisons à colombages, lovée au pied du massif vosgien.

Sans doute son accent de sincérité fut-il perçu de Steinberger qui déclara :

Luej nuf zue de Sterne
un suech dir de scheenschte üs un denk
's isch Cristowe[7]

La langue aux accents rauques heurtait les oreilles d'Audrey, la projetant dans un monde inconnu et guttural.

— « Lève ton regard vers les étoiles, choisis-toi la plus belle et pense : c'est Noël », traduisit-il. C'est exactement ce que je ressens quand je rentre chez moi et que je regarde le ciel alsacien.

— Les étoiles sont belles sous n'importe quel ciel pour qui sait les voir. De qui sont ces vers ?

— Du poète alsacien André Weckmann[8].

— Cela pourrait faire une bonne devise.

Après avoir descendu le causse jusque dans la vallée de l'Alzou, ils le remontèrent, débarquant dans celle de la Bouysse, et filèrent sur les hauteurs pour arriver à Couzou chez Bouyssou. Steinberger coupa le moteur et s'adressa à ses deux pandores par l'entremise du rétroviseur intérieur :

— Vous deux, partez en reconnaissance du terrain, discrètement, on n'est pas en service.

Audrey comprit qu'il souhaitait s'isoler un moment avec elle. Marsac et Delpech sortirent du 4X4 sans demander leur reste. Steinberger planta son regard dans le sien :

— Mademoiselle Astier, m'avez-vous bien tout dit ?

---

7. Extrait d'un fascicule consacré aux Noëls de guerre.

8. Poète, romancier alsacien. 1924-2012.

Audrey ne répondit pas tout de suite, hésitant encore à donner sa confiance à un homme qui persistait à nier les faits.

— Je me permets d'insister, si enquête il doit y avoir, il vaudrait mieux que vous jouiez carte sur table avec moi. Je ne sais pas comment les choses se passaient avec Lebel…

— Avec Lebel, je n'ai pas eu à régler de tels cas. Je n'ai jamais eu affaire à la police d'une manière ou d'une autre, pas même pour un excès de vitesse.

— Et pourtant je suis presque sûr que vous me cachez quelque chose…

Audrey s'apprêtait à décharger son cœur en lui parlant de la lettre soi-disant signée de la main de Janissou ainsi que de l'étrange coup de téléphone nocturne quand les deux gendarmes déboulèrent au pas de course :

— Mon Lieutenant, la porte a été fracturée, il semble que les lieux aient été fouillés.

Ce fut un nouveau *shissdrake*. Steinberger sortit de la voiture comme un diable de sa boîte et remonta à grandes enjambées vers le mas. Audrey et Delpech le suivirent tandis que Marsac libérait Jupiter. Effectivement, la porte, redressée la veille par un serrurier après l'assaut des gendarmes, avait été forcée, plutôt sauvagement à voir l'empreinte de pieds de biche laissant apparaître des marques dans le bois.

— Pfutt… fit le petit Delpech en secouant la tête d'un air outré. Même pas du beau travail, mon Lieutenant, c'est pas des pros ! Un coup de rôdeur ça, avec tous ces traîne-savates sur les routes de Compostelle…

— Ou bien « on » veut nous faire croire qu'il s'agit d'un délit de routards, dit Steinberger en poussant la porte. Delpech, avec moi, Marsac, attendez dehors avec le chien, pas la peine de lui brouiller inutilement l'odorat.

— Et moi ? s'indigna Audrey.

— Vous, à vos ruches !

La jeune femme regarda les deux gendarmes pénétrer dans le mas de Bouyssou d'un œil coléreux. Et dire qu'elle venait de se faire chapitrer par Steinberger quant à la nécessité d'une collaboration sincère. Audrey connaissait bien la maison de Denis, elle y était venue très souvent, notamment depuis le départ de madame ex-Bouyssou, pour remonter le moral au plus bas de l'apiculteur, en compagnie du papé, Béziat et Mallet. Elle aurait pu dire avec exactitude l'emplacement de chaque chose et donc son absence. Steinberger faisait fi de son aide précieuse, préférant faire cavalier seul. Leur association avait déjà du plomb dans l'aile !

Marsac l'appela :

— Mademoiselle, venez voir, la cave aussi a été visitée. Dire que le chef avait pris la peine de faire remonter la serrure.

Audrey allait s'engager dans l'escalier mais le pandore lui barra l'accès de son bras :

— Il vaudrait mieux attendre le lieutenant.

Lequel lieutenant les rejoignit moins d'une minute plus tard, suivi de Delpech.

— Tout est sens dessus dessous mais rien ne semble avoir disparu. À première vue.

— Qu'en savez-vous au juste, vous ne connaissez pas la maison !

— Ceci, fit Steinberger en exhibant entre deux doigts la carte de crédit de Bouyssou, est généralement très recherché des voleurs. À moins que nos brigands ne soient tombés sur une importante somme en liquide. Savez-vous si Bouyssou conservait quelque part des liquidités ?

— Denis ne travaillait pas avec les Barons du Miel.

— Qui c'est ça, les Barons du Miel ? interrogea candidement Delpech.

— Les grands groupes apicoles. Il avait eu plusieurs propositions des Frères Barberin, ils ont un gros rucher à Carlucet et recherchent nos miels pour alimenter les centres commerciaux. Eux font des chèques mais Denis aimait mieux vendre sa production localement, sur les marchés fermiers. Il a aussi un dépôt, comme nous tous, au musée des Arts Populaires d'Élisabeth Neyrat. Donc du liquide, il en avait toujours un peu, dans un coffret en fer assez joliment travaillé, grand comme ça, fit Audrey en écartant les mains de trente centimètres.

— Je n'ai rien vu de tel. Delpech, retournez là-dedans et tâchez de dénicher ce coffret. On descend à la cave. Marsac, la chemise de monsieur Laborde.

Une fois le vêtement mis sous le nez du chien, celui-ci tira sur sa laisse. Steinberger eut toutes les peines du monde à ne pas tomber dans les escaliers étroits. Là encore, il ne put que constater le passage des brutes sur la porte mais ne s'attarda pas, tracté par Jupiter, le museau au ras du sol en terre battu jonché de victuailles en tous genres : les tonnelets d'huiles de noix déversaient leur précieux liquide au milieu des bocaux éclatés dont les fruits répandaient un fort parfum d'alcool.

La truffe du Saint-Hubert étant d'une capacité supérieure à celle de ses collègues canins, le chien un instant dérouté par ce brassage d'odeurs reprit lentement sa progression.

À sa suite, le trio dut enjamber caisses de bonbons au miel, boîtes de confits et foie gras, petits jambons de pays, fabrications personnelles de Bouyssou.

Jupiter parvint jusqu'à l'établi où le couteau du papé avait été retrouvé. Il se dressa sur ses pattes arrière et désigna l'endroit.

— Cherche encore, lui demanda Steinberger en lui redonnant la chemise de Janissou.

Puis il le détacha afin de le laisser libre de ses mouvements. Le chien à nouveau imprégné des effluves du vieil homme se mit à parcourir la cave dans un sens puis dans l'autre.

— Votre papé était bien ici, il a fait le tour de la pièce mais il a pu le faire en compagnie de Bouyssou qui lui montrait ses réserves. Là encore, rien ne semble manquer.

Il se pencha et ramassa une boîte de foie gras :

— Et pourtant ce genre de marchandise s'emmène facilement. Je n'y comprends rien.

— C'est donc un enlèvement, émit Audrey.

Le lieutenant Steinberger ne put s'offrir le loisir de rétorquer à la jeune femme que rien encore ne permettait cette conclusion.

Jupiter se mit à aboyer furieusement pour manifester sa trouvaille : un sac en toile de raphia tiré de l'éboulement d'une montagne de pommes de terre.

Avant même d'ouvrir le sac, Steinberger flatta le chien pour sa découverte.

Puis il prit le ballot qui pesait un peu, y plongea la main sous le regard attentif d'Audrey et de Marsac et en remonta le coffret en fer de Bouyssou. À cet instant la voix juvénile de Delpech résonna dans l'escalier :

— Mon Lieutenant, j'ai pas trouvé votre boîte dans la bicoque.

Le visiteur du soir

— Dites-moi, Marsac, demanda Steinberger lorsque Delpech les eut rejoints un instant plus tard, je me suis laissé dire qu'en votre jeunesse, vous aviez eu quelque faiblesse pour la pince-Monseigneur?

L'intéressé, il devait avoir dans les trente ans, devint rouge comme une belle tomate et balbutia:

— C'était il y a longtemps mon Lieutenant et rien au casier!

— Je suppose que c'est comme le vélo, ça ne s'oublie pas… Alors trouvez-moi quelque chose qui y ressemble car personne ici n'a la clef.

Steinberger secoua le coffret vers son oreille, un bruit mat lui indiqua la présence d'un contenu.

Audrey, qui s'était éloignée du trio, remettait en place la miellerie également mise à mal. Elle redressa le bac à désoperculer, ramassa la balayette, la herse, le couteau et enfin le lève-cadre qu'elle proposa à Marsac:

— Ceci ne ferait-il pas l'affaire?

— Je vais faire de mon mieux.

— Faites surtout vite, je n'aimerais pas me faire « cueillir » comme un bandit de grands chemins, surtout par un flic, ironisa Steinberger, *Gott behiat me dr'vohr!*[9]

Deux clics plus tard, Marsac triomphait en présentant la boîte ouverte à son supérieur :

— Et voilà le travail.

Le coffret contenait une importante liasse de billets, en coupures de vingt euros, que Steinberger confia à Delpech :

— Comptez-moi ça.

Il y avait aussi un minuscule coffret en cuir vert laissant bientôt apparaître une bague. Elle attira un sifflement d'admiration à Delpech qui en stoppa ses comptes :

— C'est pas de la quincaille, le miel ça rapporte mieux que de courir après les voleurs.

— Merci Delpech, on se passera de vos commentaires !

— Excusez mon Lieutenant mais avouez que c'est une rudement belle bague.

Ça l'était en effet. Une gracieuse courbe de diamants épousait un splendide rubis taillé en poire. Un bijou digne d'une princesse des *Mille et Une Nuits* dont l'écrin, de belle facture, ne comportait aucune signature.

Steinberger tendit la boîte ouverte à Audrey :

— Cadeau de reconquête auprès de sa femme, je présume, mais était-ce dans les moyens de ce malheureux Bouyssou ?

— Sûrement pas ! répondit la jeune femme en glissant machinalement la bague à son annulaire

9. *Dieu me préserve de ça.*

droit, notre métier est d'abord une passion, nous en vivons sans excès. La perte de ses ruches avait laissé Denis exsangue, je ne m'explique pas comment il a pu se procurer cette beauté… conclut-elle en faisant jouer le rubis sous la lumière crue du plafonnier.

La pierre, telle une larme de sang, déploya la magie de ses feux, captivant le quatuor.

Steinberger rompit le charme en tendant sa main ouverte devant Audrey pour qu'elle lui restitue la bague :

— Pièce à conviction ? demanda-t-elle en s'exécutant.

— Ça peut. Quoi qu'il en soit, quelqu'un est venu chercher quelque chose. Qui et quoi restent à déterminer. Était-ce ceci ? dit-il en désignant le coffret où il avait remis la bague et les billets, environ trois mille euros. Et dans ce cas pourquoi ne l'ont-ils pas trouvé ? Ont-ils été dérangés ? Autant de questions auxquelles je ne peux répondre en l'état actuel des choses.

— Vous allez vous décider à ouvrir une enquête ?

— Seulement une préliminaire, pour cambriolage. Et elle démarrera dans une vingtaine de minutes.

— Pourquoi pas maintenant ?

— Parce que je ne suis pas encore de service. Vous êtes agent sanitaire ? Vous allez contacter la brigade, vous leur expliquerez que vous avez trouvé la maison visitée. Nous autres gendarmes sommes joignables à tous moments.

Après avoir remis le coffret en place, ils remontèrent capter la ligne sur la terrasse. Steinberger composa le numéro de la gendarmerie, puis il tendit son portable à Audrey. La jeune femme tâcha de se montrer le plus naturel possible :

— Allô, ici Audrey Astier apicultrice et agent sanitaire, je tiens à vous signaler un cambriolage sur le lieu de mon intervention… Le propriétaire est décédé hier et c'est le lieutenant Steinberger qui… ah il n'est pas de service… Vous allez voir si vous pouvez le joindre? Très bien j'attends, mon numéro? Attendez j'en ai un nouveau…

Audrey leur communiqua le numéro de Janissou, puis elle raccrocha:

— Vous êtes un ogre Lieutenant, ils ont à peine hésité.

— Seulement un ours boche!

Son portable crépita presque aussitôt.

— Ça mord! s'exclama Delpech.

D'un geste impatient de la main, son chef lui fit signe de se taire et répondit:

— Steinberger, j'écoute.

Tout le temps de la conversation, il opina des « Affirmatif » et des « Je vois » poursuivant avec un « Je me rends immédiatement sur les lieux ».

— La bonne nouvelle, conclut-il un instant plus tard, c'est que je suis à nouveau de service. La mauvaise, et là il grimaça en s'adressant aux deux militaires, c'est qu'on m'envoie un détachement pour m'assister. Je vais vous ramener à Gramat. Marsac, vous déposerez le chien. Vous, dit-il à Audrey, serez mon témoin mais il m'en faut un deuxième sinon je risque d'être débouté pour vice de procédure. Avez-vous quelqu'un de confiance parmi vos collègues apiculteurs?

Audrey réfléchit un instant avant de désigner Raoul Mallet:

— C'est un ancien élève du papé, ils sont très proches.

— Très bien alors, contactez-le.

Audrey utilisa cette fois le téléphone du papé. L'échange avec Mallet fut bref.

— Il arrive tout de suite. Et le papé dans tout ça?

— Votre papé, je n'ai rien qui justifie une préliminaire. Et pas de lien entre les deux affaires.

— Le couteau?

— Pas suffisant. Je suis désolé.

— Mais le dessin du petit Ludovic?

— Je crains que le procureur n'exige quelque chose de plus consistant. Voyez-vous mademoiselle Astier, on n'ouvre pas une enquête comme ça! dit-il en claquant des doigts. Et puis c'est coûteux. On n'est pas dans une série américaine où tout se résout en agitant des éprouvettes!

Marsac et Delpech s'esclaffèrent avant que leur chef n'enchaîne sur un *hopla*[10] dans un mouvement de tête.

Audrey haussa les épaules et les accompagna jusqu'au véhicule de Steinberger dans le coffre duquel elle récupéra sa vareuse, puis elle se rendit au rucher, du moins ce qu'il en restait. La situation n'y était guère brillante. Sous la bâche, plutôt mal arrimée, un bourdonnement prévenait les nouveaux venus que les lieux étaient chasse gardée. Les ruches noircies étaient toujours très humides et ce n'était pas encore cette fois qu'on pourrait terminer le sale travail. Elle resta un long moment à constater les dégâts. Une voix rocailleuse la tira de ses méditations:

— Bon sang de bonsoir, ce sont les pompiers qui ont fait du vilain comme ça?

---

10. Interjection: allons-y, en avant, encouragement à faire quelque chose. Peut aussi être une excuse.

Audrey reconnut Raoul Mallet. Celui-ci poursuivit :

— Remarque, on ne peut pas trop leur en vouloir, depuis que la préfecture leur a interdit de s'occuper des guêpes, frelons et par extension des abeilles, ils font ce qu'ils savent faire : balancer de la flotte.

— Si ce n'est pas malheureux tout de même.

L'apiculteur posa sa main sur son épaule :

— Le plus triste est la disparition de Bouyssou. Ce n'était pas un mauvais bougre. Avec Fernand, on viendra te donner la main pour terminer la destruction. Et aussi pour extraire chez le papé, Aby m'a dit que tu avais ramassé les hausses hier après-midi ?

Audrey hocha la tête et le remercia pour son aide qu'elle acceptait bien volontiers. Puis ils rebroussèrent chemin vers la terrasse où était stationné un camion de gendarmerie. Steinberger en descendit, il avait rendossé l'uniforme.

Sous ses ordres, les gendarmes s'égaillèrent hormis deux restés près de lui.

Il les présenta rapidement :

— Audoin et Dubois.

Les pandores touchèrent leur calot en guise de salut puis le groupe s'enfonça dans les entrailles de la terre à la suite du lieutenant.

— Mais c'est Pandémonium ici ! s'exclama Mallet en tâchant de ne pas tomber.

On parvint jusqu'au coffret qu'il reconnut comme étant celui de Bouyssou.

— Est-ce bien ainsi que vous avez trouvé la boîte mademoiselle Astier ? demanda Steinberger.

— Comme je l'ai déjà dit, Lieutenant, répondit celle-ci sur un ton aussi convaincant que possible.

Le reste de la constatation fut expédié. Steinberger ne souhaitait pas s'attarder, il n'insista pas lorsque Mallet proposa de raccompagner Audrey.

Lors du trajet retour, Raoul lui relata ses recherches en compagnie de Fernand Béziat :

— On a fait tout le comté et frappé à toutes les portes mais personne n'a rien vu. Il faut dire qu'avec ce peuple en vacances, ça fait du mouvement partout. Heureusement que tu as eu cette riche idée des photos du papé, on a en placardé partout.

— Elle n'est pas de moi, dit Audrey, mais de Lebel.

— Ah, tu as de ses nouvelles ? Quel dommage qu'il ne soit plus là, je n'ai guère confiance en ce Steinberger. Trop jeune si tu veux mon avis. Et puis quel accent !

Audrey ne répondit rien, reconnaissant à part que le nouveau lieutenant était pour le moins déroutant. Il semblait à cheval sur la réglementation et n'avait pourtant pas hésité à la transgresser en empruntant le chien pisteur et en perquisitionnant sans autorisation chez Bouyssou et ce alors qu'il ne croyait ni à la disparition du papé, ni au passage « prolongé » de ce dernier chez Denis. Et dans le même temps, il exigeait qu'elle soit d'une franchise à toute épreuve à son égard. Une attitude pour le moins étrange.

— Il paraît qu'il a fait l'Afghanistan ? reprit Mallet.

— Dixit Bouyssou, il serait même l'un des survivants d'une opération ratée.

Audrey n'évoqua pas la disparition du frère du lieutenant, supposant que ce dernier n'aurait pas apprécié.

Elle ajouta cependant :

— Et il lui en resterait des séquelles, ce qui expliquerait son caractère pour le moins… imprévisible.

— On a beau être gendarme et avoir vécu le pire, on n'en reste pas moins homme, fort heureusement d'ailleurs.

Ils arrivèrent chez Janissou. L'apiculteur stoppa son estafette rouge. Audrey en descendit en le remerciant.

— Tu veux qu'on vienne cet après-midi pour l'extraction ? demanda Raoul en se penchant à travers l'habitacle avant que la jeune femme ne claque la portière.

— Non, je vais rentrer un peu chez moi. J'ai un article à rendre pour *France-Abeilles* et ils l'attendaient pour ce matin ! Je dois aussi aller changer mon portable à Gramat.

— Appelle-moi alors.

Audrey hocha la tête et rentra dans la ferme du papé. Après les effusions d'usage avec Major, elle se laissa tomber sur le grand lit de Janissou trônant dans la cuisine en s'exclamant :

— La vache, quelle matinée !

Cependant, son estomac se rappelant à son bon souvenir, elle se rendit dans le poulailler armée d'un panier tressé dans lequel elle déposa une demi-douzaine d'œufs frais qu'elle transforma quelques minutes plus tard en une omelette moelleuse. Puis elle sauta dans sa 2 CV en compagnie de Major et rentra chez elle où le contact entre le chien et les chats fut électrique. Une bonne gamelle pour chacun d'entre eux mit fin aux hostilités. Audrey put s'atteler à son travail. Ses connaissances en apiculture et en apithérapie[11], doublées d'une aisance de l'écriture, permettaient à la jeune femme de signer des articles dans diverses revues apicoles sur des sujets variés allant des propriétés thérapeutiques des produits de la ruche à la biologie de l'abeille en passant par son sujet favori, tirer à boulets rouges sur les fabricants de pesticides, à quatre-vingt-dix pour cent responsables de l'effondrement des colonies. Ce qui lui valait quelques inimitiés de la part des industriels des grands groupes de chimie sans parler de certains agriculteurs, plus sensibles au rendement qu'à l'empoisonnement de la terre. Au point de devoir employer des sous-soleuses, monstres à dents d'acier capables d'aller la chercher là où elle n'était pas encore atteinte. Avec une conséquence inattendue : celle de faire ressortir des graines de coquelicot enfouies depuis une cinquantaine d'années…

Cette fois-ci, la revue *France-Abeilles* lui réclamait seulement un article sur les dix plantes mellifères les plus faciles à cultiver dans un jardin de ville.

Dommage ! Ce fut assez vite troussé et tout aussi rapidement envoyé par mail au site de la revue. Audrey en profita pour adresser un courriel au directeur en lui mentionnant la disparition du papé, bien connu de la rédaction pour ses très beaux articles sur les reines. Un petit encart sur cette étrange absence donnerait peut-être de bons résultats.

Lorsqu'elle eut terminé sa prose, Audrey s'étira en pensant qu'elle devrait récolter son miel bientôt si elle voulait être prête pour les Abeillades. La fête du miel avait lieu chaque 15 août à L'Hospitalet et

11. *Science des produits de la ruche.*

s'étendait autour du Musée des Arts Populaires. Et le succès était toujours au rendez-vous.

Une fois le miel récolté et extrait, il lui faudrait trois bonnes semaines de décantation pour faire remonter les dernières impuretés ayant échappé à la première filtration : pollens, écailles de cire, ailes d'abeilles, brisures de propolis... Ensuite un après-midi entier serait consacré à la mise en pots et à l'étiquetage. Bref, il était temps de poser les chasse-abeilles maintenant pour une récolte le lendemain soir.

Elle enfila sa vareuse, ralluma son enfumoir et passa à la miellerie chercher les quarante planches munies d'une grille en plastique à sens unique. Elle chargea dans la brouette à fond plat les piles de chasse-abeilles et son enfumoir, glissa son lève-cadre dans sa poche latérale et prit le chemin du rucher.

Après avoir installé les chasse-abeilles, Audrey occupa se rendit à Gramat chez son opérateur mobile pour un échange de son portable. Major l'accompagna, assis sur le siège avant. Une fois son bien récupéré, Audrey s'adressa au chien en avisant la terrasse avenante d'un bistrot :

— Mon vieux, il fait un temps délicieux, déclara-t-elle en soupirant d'aise sous le chaud soleil de ce début août. J'ai bien envie de souper ici, qu'en penses-tu ?

Major ne paraissait pas l'approuver. Une patte en arrêt, il tendait sa tête du côté de la voiture garée un peu plus haut.

— Ah non, tu ne vas pas tout gâcher ! Ce soir j'ai envie de voir du monde, de sentir la vie autour de moi. Je reste !

Elle tira une chaise en fer, s'assit à une table un peu en retrait et consulta le menu avec le plaisir, un peu coupable, de cet agréable dîner à venir en cette période d'incertitude. Elle commanda une entrecôte bordelaise, avec échalotes et sauce au vin, accompagnée de pommes de terre sautées dans la graisse d'oie. Le tout arrosé d'un verre de Bergerac rosé. Rien de tel qu'un bon repas pour remettre les idées en place. C'est à sa délicieuse dernière bouchée qu'elle prit la décision de rentrer chez le papé. En catimini.

*

Audrey attendit qu'il fasse tout à fait nuit pour retourner à l'Hospitalet par des chemins détournés. Elle stationna sa 2 CV à l'autre bout du lieu-dit, dans un champ bordé de chênes noirs, et sermonna Major avant de rejoindre à pied la ferme de Janissou :

— Chut, ne fais pas de bruit, ceux qui sont passés chez Bouyssou pourraient bien venir nous rendre visite. Pas la peine de les effrayer.

Au bout de dix bonnes minutes de marche, elle parvint jusque sur la lande sur laquelle se trouvait la ferme. Appuyée contre un mur, elle jeta un coup d'œil circulaire, sans rien repérer de suspect. Elle décida néanmoins de rentrer par le rucher. À cette heure-là, les abeilles étaient au bercail et ne la dérangeraient pas.

Jouer à nouveau la « monte-en-l'air » ne plaisait pas plus que ça à Audrey et elle se demanda comment s'y prendre avec le chien. Mais avec ses quatre pattes, celui-ci s'avéra beaucoup plus agile qu'elle : un premier saut l'amena sur le rebord du mur, un second le projeta dans le jardin. Il naviguait autour des ruches alors qu'elle était encore à cheval sur le parapet.

Traverser les deux jardins et remonter jusqu'à la maison où elle pénétra par la porte-fenêtre ne lui prit que quelques minutes. Une fois à l'intérieur, c'est dans le noir qu'elle gagna la chambre de Charles et s'allongea tout habillée dans le lit. Elle n'avait pas l'intention de dormir mais de surveiller les mouvements autour de la bâtisse. Non sans crainte maintenant qu'elle était dans les lieux. Mais deux nuits agitées eurent tôt fait de briser ses belles résolutions, il n'était même pas minuit lorsqu'elle sombra dans un sommeil agité.

La sonnerie du téléphone l'en tira brutalement trois heures plus tard. Déchirant le silence de sa voix stridente, l'appareil n'en finissait pas d'émettre ses appels. Il se tut au bout du vingt-cinquième, au grand soulagement d'Audrey qui posa la main sur son cœur.

« On » avait très envie de savoir si la maison était occupée. Une visite ne tarderait pas. Pour chercher quoi ? Telle était la lancinante équation qui résoudrait peut-être la problématique du papé.

Elle prit une forte aspiration et sans allumer descendit prudemment dans la cuisine où elle intima à Major l'ordre de se tenir tranquille. Récupérant dans le tiroir du buffet le couteau du papé, « au cas où », elle le rangea dans la poche arrière de son jean. Le tisonnier du cantou lui parut aussi d'une certaine utilité. Elle le posa le long du mur, à côté de la chaise sur laquelle elle prit son tour de garde, tout près du grand lit, dont l'un des dossiers offrait un certain écran à qui voulait regarder par la fenêtre sans être repéré. De là, elle pourrait voir arriver d'éventuels visiteurs nocturnes.

Un laps de temps interminable s'écoula avant qu'un bref bruit mat ne se fasse entendre de l'autre côté de la bâtisse. Ce fut assez pour mettre Major en alerte. Les oreilles dressées, il bondit et fila jusqu'à la porte-fenêtre donnant sur le jardin. Comme elle était fermée, il en fut réduit à trépigner d'impatience devant. Audrey comprit que le ou les visiteurs avaient emprunté le même chemin qu'elle pour pénétrer chez Janissou. Ils n'allaient donc pas tarder à débarquer. Elle empoigna le tisonnier, le froid du métal s'inscrivit dans sa main tandis qu'à nouveau son cœur retentissait comme le bourdon d'une église les jours de mariage, excepté que cette partie risquait d'être beaucoup moins plus amicale.

Mais rien ne se manifesta. Seuls les gémissements d'alerte du chien lui parvenaient. Audrey rejoignit rapidement l'étage dont le couloir percé d'une double-fenêtre offrait une vue d'ensemble sur les deux jardins. La lune était pleine, baignant le paysage de sa lumière blême. Audrey put ainsi apercevoir très distinctement une forme blanche dans le rucher.

Penché au-dessus d'une ruche dont le toit avait été ôté, l'ectoplasme dut allumer une petite lampe car un faible jet de lumière balaya le dessus des cadres. La lumière s'éteignit et l'apiculteur lunaire remit rageusement le couvre-cadre et le toit en place. Le tout avec une dextérité laissant supposer une certaine maîtrise. Il passa à la ruche suivante qu'il « déchapeauta ». De nouveau la lueur rasa les cadres. Un quarteron d'abeilles en sortit, manifestant âprement son indignation d'être dérangé en pleine nuit. L'intervenant resta d'un calme olympien face à cette attaque en règle, il ramassa son enfumoir et en dirigea le jet sur les assaillantes ainsi que dans la ruche. Audrey reconnut cette fumée jaune :

— La vache, du nitrate d'ammonium !

Autrement dit un somnifère pour abeilles dont on se servait avec parcimonie dans des situations bien précises, car celui-ci, outre son pouvoir paralysant pour une bonne dizaine de minutes, rendait la colonie amnésique. Surtout utilisée lors des transhumances, cette pratique évitait, lors des déplacements courts, de voir revenir les abeilles sur leur ancien rucher.

En tout cas, ce noctambule n'était pas l'un de ces voleurs de miel dérobant les ruches complètes, faisant ainsi coup double : la récolte et la colonie prête à produire. En Italie, le préjudice se montait à plusieurs millions d'euros. Dans l'hexagone, on assistait depuis quelques années à des vols de reines. Était-cela que l'inconnu recherchait avec tant d'ardeur ? Le papé était connu pour être l'un des meilleurs producteurs, on venait de loin pour lui en acheter. Audrey décida d'aller vérifier de plus près son intuition. Elle descendit les escaliers quatre à quatre mais ouvrit la porte en douceur tout en barrant l'accès extérieur à Major qui trépignait d'impatience.

— Non, tu vas faire trop de bruit, chuchota-t-elle en refermant tout aussi délicatement la porte.

Audrey se dirigea vers le rucher avec une souplesse de sioux et s'aplatit quelques instants contre le mur, près de l'entrée. Elle se pencha pour un rapide coup d'œil. Le fantôme poursuivait ses investigations, elle put l'entendre marmonner :

— Où a-t-il pu planquer ça ? Je ne vais pas y passer ma nuit. Il en a de bonnes le vieux *niakoué*.

La voix, masculine, parfaitement inconnue d'Audrey, venait de révéler un indice. Elle mit un nom, et même un visage, sur le terme parfaitement injurieux, même en vietnamien, de *niakoué*. Monsieur Wang, importateur chinois de miels français de qualité pour les membres du Parti, lesquels le récompensaient par de juteux marchés dans l'import-export d'objets en plastique de toutes sortes. Mais monsieur Wang traitait très rarement ses affaires directement, c'était Thomas, son neveu franco-chinois, qui gérait les négociations et les transactions européennes. Quant à connaître leurs rôles à tous deux dans la disparition du papé, c'était une histoire qu'Audrey avait bien l'intention d'éclaircir maintenant avec la coopération de ce quidam, à la condition qu'il soit neutralisé. À la vérité, il eut été prudent d'appeler du renfort… ce qui laisserait le temps audit quidam de filer à l'anglaise. Pour l'heure, courbé au-dessus d'une ruche, il lui tournait le dos. S'assurant du couteau, Audrey bondit sur le visiteur.

— Qui êtes-vous et que faites-vous là ? demanda-t-elle fermement mais sans élever la voix tout en brandissant le stylet.

Le fantôme sursauta. Il ne s'attendait pas du tout à une présence, ayant pris toutes les précautions pour s'assurer une certaine tranquillité. À commencer par la soirée en planque devant la ferme du vieux. Pas suffisant visiblement, la petite fouinarde était revenue. Il se demandait bien comment mais ne perdit pas son temps à le lui demander.

— Un conseil : restez en dehors de ça, c'est du trop gros gibier pour vous.

— On ne donne un conseil qu'à un ami et quand on a un ami, on ne le réveille pas au beau milieu de la nuit. Alors, qui êtes-vous et que cherchez-vous ? Quel est votre lien avec Wang ?

— Vous êtes charmante mais assommante avec vos questions.

Tandis qu'il pirouettait, Audrey tira sur sa vue pour tâcher de discerner quelques traits du visage de l'homme. Mais la voilette noire de protection ne lui permit pas de distinguer quoi que ce soit.

Il s'aperçut de son inquisition et ricana :

— Et en plus trop curieuse…

Il eut un soupir, puis annonça :

— Je vais devoir vous régler votre sort, tant pis pour vous.

Alors seulement, la jeune femme vit, pendu à sa ceinture, le puissant enfumoir électrique.

L'homme pressa la touche d'envoi, le bec-de-fer cracha une étourdissante bouffée de nitrate d'ammonium. Audrey vacilla, s'appuya sur une ruche pour ne pas perdre l'équilibre, le couteau tomba à terre. L'homme le récupéra rapidement et fonça sur elle lame en avant. Elle réussit à esquiver une première fois le coup en roulant à terre mais encore sous les vapeurs du nitrate, elle ne parvint pas à se relever.

Derrière sa vareuse, l'inconnu sourit : cette fois elle ne lui échapperait plus. Où allait-il aiguillonner cette grande bécasse ? Il admira la lame dentelée et se délecta à l'avance de la faire tourner dans la plaie pour un maximum de dégâts et de douleurs. Si la fille en réchappait, eh bien ce serait la preuve de l'existence de Dieu !

À terre, Audrey, le corps lourd et inerte, attendait la fin avec résignation. Elle se revit enfant dans la jolie maison de Houdan, jouant avec sa sœur Alicia, de huit ans sa cadette, la petite dernière, la préférée de son père qui n'avait jamais regardé Audrey autrement qu'avec indifférence. Dans cette ronde des souvenirs, sa mère apparut, soumise, et puis Louis son grand-père qui lui avait offert sa première ruche à l'âge de onze ans… Quand sa grand-mère avait contracté la sclérose en plaques, ils avaient décidé de partir ensemble et avaient tout légué à Audrey, la seule digne à leurs yeux de poursuivre leur œuvre : l'élevage des précieuses pollinisatrices dont les cultures dépendaient à soixante-dix pour cent… Audrey ferma les yeux, sa dernière pensée alla vers Janissou, c'était bien peu de chose que la vie finalement.

De la mauvaise littérature

Un cri suivi de grognements, puis d'un long gémissement, ramena Audrey à la réalité. Elle ouvrit grands les yeux. Dans une sorte de brouillard, elle vit l'homme prendre la fuite. Il se tenait le poignet mais n'en filait pas moins, à grandes enjambées, vers la maison. Bientôt il disparut de sa vue. C'est alors qu'elle aperçut, face à elle, Major couché sur le flanc. Il avait dû s'échapper, Dieu seul savait comment, pour courir à sa rescousse et il était sérieusement blessé à en juger par le sang s'échappant en jets saccadés de son épaule. Audrey retrouva d'un coup sa vitalité pour porter assistance à ce brave compagnon sans lequel elle ne serait probablement plus de ce monde. Elle ôta son tee-shirt qu'elle roula pour en faire un garrot :

— Tu ne vas pas t'en aller comme ça. En avant marche chez le vétérinaire.

Mais la voiture était loin et le chien pesant, à peine si elle parvint à le traîner jusque dans la maison que le visiteur avait grossièrement explorée : le désordre régnait.

Elle déposa le chien sur le lit et téléphona au vétérinaire installé avenue de Belgique à Gramat qui était, sinon un ami, du moins une solide connaissance. Puis elle monta rapidement rhabiller la nudité de son buste par une vieille chemise du papé. À cette occasion, elle se découvrit une longue estafilade sur l'avant-bras droit. Elle gagna rapidement la salle de bains, nettoya la plaie à l'eau et la sécha proprement avant d'ouvrir l'armoire à pharmacie apicole du papé.

Avisant une bouteille de propolis « maison » donc authentique, Audrey en laissa tomber plusieurs gouttes sur la blessure et termina par l'application d'une compresse, enduite en zigzag, d'une belle couche de miel blanc, du Lavande fourni par Béziat. Rien de tel pour désinfecter et cicatriser à vitesse grand V sans parler d'une propriété non négligeable : celle d'être antalgique. Audrey en ressentit immédiatement les bienfaits. Elle fixa rapidement la bande par des sparadraps, rabattit la manche de sa chemise par-dessus et se rendit au chevet du chien. Il respirait, ce qui laissa de l'espoir à la jeune femme. Pour tromper l'attente, elle caressa la tête de Major, lui parlant tout bas, près de son oreille.

Le docteur Decaze, large comme une armoire bordelaise, gratta à la porte un moment plus tard.

— J'ai fait aussi vite que j'ai pu. Mais qu'est-ce qui s'est passé ici ?

— Je vous raconterai plus tard.

Il hocha la tête. Son premier geste fut de poser son stéthoscope sur la poitrine de Major et d'écouter son cœur. Après un examen satisfaisant, le praticien défit le garrot posé par Audrey et la complimenta :

— C'est de la belle ouvrage, à croire que tu as été infirmière plutôt que monitrice auto-école...

— J'ai suivi une formation de secouriste, ce n'était pas obligatoire mais ça me paraissait nécessaire en cas d'accident.

— Sage décision qui devrait être étendue à tout le monde, un peu comme le service militaire avant, au moins ça les dressait, tous ces zigs qui ne savent pas quoi faire de leur couenne !

Il sutura la plaie, refit un pansement plus académique suivi d'un calmant en injection.

— Il a perdu moins de sang que j'aurais pensé, grâce à ton garrot. C'est une bonne nature, il devrait pouvoir s'en tirer. Néanmoins je vais l'emmener au cabinet et le mettre sous perfusion. Tu devrais pouvoir le récupérer d'ici un à deux jours et alors tu pourras lui appliquer ces pansements au miel dont tu as le secret.

Decaze sourit et roula la pointe d'une de ses moustaches à la Salvador Dali qu'il assumait parfaitement. Il n'avait pas toujours été un adepte des bénéfices de l'apithérapie. Nourri au lait de la médecine moderne, il avait joyeusement prôné, pendant des années, l'emploi systématique des antibiotiques et avait eu du mal à admettre que les produits de la ruche, en particulier le miel, bourré de propriétés thérapeutiques, puissent faire presque aussi bien et surtout à moindre coût !

— Et maintenant raconte, que se passe-t-il dans cette maison et où est le maître des lieux ? Ne me dis pas qu'à son âge, il s'est relancé sur les routes de Compostelle !

— C'est une longue histoire... soupira Audrey.

— J'ai tout mon temps! répondit Decaze en tirant une chaise qui gémit sous son poids. En outre je ne peux jamais me rendormir une fois que j'ai été réveillé. Un café serait le bienvenu.

— Excellente idée!

La jeune femme s'activa derrière les fourneaux. Il était près de cinq heures moins le quart et, à l'instar de Decaze, elle n'avait plus sommeil. Tandis que le breuvage passait dans la cafetière italienne du papé, Audrey commença à ramasser ce qui traînait à terre:

— Depuis deux jours, je suis dans les maisons visitées, hier celle de Denis Bouyssou, aujourd'hui celle de Janissou, ne manque plus que la mienne et la boucle sera bouclée!

— Celle de Bouyssou a aussi été cambriolée?

Audrey se redressa:

— Je ne sais pas si vous le savez… Denis est mort, choc anaphylactique.

— Nom d'un chien, je l'ignorais! Quand est-ce arrivé?

— Avant-hier, il avait de sérieux ennuis avec ses ruches.

— Re loque américaine?

— Re! Mais le plus incroyable est la disparition de Janissou.

— Quoi, comme ça, sans crier gare?

— C'est à peu près ça, dit Audrey en remplissant les tasses de café odorant.

Tout en lui présentant le sucrier, elle raconta à Decaze les évènements par le menu depuis le coup de fil du papé l'invitant à souper jusqu'à la visite nocturne du rucher par un parfait inconnu aux manières pour le moins offensives. Ce fut un autre

« nom d'un chien » assorti d'un « pas possible ». Elle lui montra le billet d'adieu de Janissou. Decaze le lut en terminant son café, puis le lui rendit en se frisant de nouveau les moustaches.

— Ce n'est pas le genre du papé, encore moins de son âge.

— Et cet ordre, l'Apis Dei, ça vous dit quelque chose ?

— Absolument rien, mais moi je ne m'occupe quasiment pas d'abeilles sinon pour vendre des lanières anti-varroa…

— À un prix prohibitif !

— Hé, c'est qu'on ne m'en fait pas cadeau ! En tout cas, cet explorateur apicole recherchait quelque chose d'assez sérieux pour t'avoir agressée de la sorte. As-tu une idée de ce que ça peut être ?

— Pas la moindre… soupira-t-elle en avalant sa dernière gorgée.

Elle ne révéla pas à Decaze avoir entendu le visiteur évoquer Wang, l'homme d'affaires chinois, pensant que Steinberger aimerait mieux qu'elle lui en réserve la primeur.

Le vétérinaire se leva :

— Donne-moi une affichette, je la mettrai au cabinet mais je ne te promets rien. L'été, j'ai surtout une clientèle de passage dont nous n'avons rien à attendre.

Audrey aida Decaze à charger le chien dans sa voiture puis elle rentra dans la ferme avec un sentiment de désolation. Elle n'était pas loin de s'effondrer. Depuis quelques jours, sa vie tranquille s'écroulait comme un château de cartes sans qu'elle comprenne pourquoi, ni comment.

Assise sur le grand lit du papé, elle regardait le panier du chien, vide, qui avait, lui aussi, été retourné. Audrey se baissa pour le remettre en place. Quand Major reviendrait, il serait heureux de le retrouver. Elle prit l'épaisse couverture rouge qui en tapissait le fond et la secoua. Elle découvrit alors avec stupeur qu'un paquet d'enveloppes maintenues par des élastiques était accroché à l'un de ses pans par du gros scotch. Était-ce cela que le visiteur cherchait avec autant d'ardeur jusque dans les ruches ?

Les élastiques desséchés claquèrent entre les doigts fébriles de la jeune femme. Une trentaine de lettres s'éparpillèrent sur la table. Adressées à Janissou, elles avaient été postées à Brive, dans le département voisin ; leur dos ne comportait pas d'expéditeur. La première datait du 10 juin de cette année, la seconde du 10 juin de l'an passé et ainsi de suite jusqu'à 1984.

Audrey hésitait à lire un contenu ne lui étant pas destiné. C'était s'immiscer dans l'intimité du papé, il n'aurait pas aimé ça. Mais si la clef du mystère de sa disparition se trouvait là ?

Elle sortit une première page en tremblant. C'était une liste de noms d'hommes et de femmes, terminée par ces mots :

Tous tombés par ta faute, souviens-toi des 9 et 10 juin 1944.

La jeune femme comprit aussitôt qu'un corbeau réglait ses comptes avec une histoire vieille de quelque soixante-dix ans. Elle calcula qu'à cette époque le papé devait avoir sept ou huit ans. C'était un enfant, il ne pouvait être responsable de quoi que ce soit.

Audrey décacheta la première lettre, datée de 1984 :

40 ans aujourd'hui que, par tes indiscrétions, vingt familles sont dans l'affliction et ne retrouveront jamais la paix. Souviens-toi des 9 et 10 juin 1944.

Aucun des textes, tapés à la machine puis à l'ordinateur pour les plus récents, n'était signé. Quinze d'entre eux disaient en substance la même chose, parfois accompagnés d'injures à faire rougir un mafieux. Quatre ne comportaient « que » des menaces de mort en représailles.

— Et si le corbeau avait mis ses menaces à exécution ? s'interrogea Audrey.

Ne resterait plus qu'à dénicher l'accusateur mais ça, c'était l'affaire de Steinberger. Lui qui se plaignait de ne pas avoir de matière, il allait être servi.

Audrey restait abasourdie par cette découverte. Jamais le papé ne lui avait parlé de ces lettres qui devaient pourtant le hanter…

Malgré toutes ces émotions, Audrey examina l'idée d'un petit somme réparateur. La journée serait longue, elle devait absolument, en dépit de ces évènements, récupérer ses hausses et extraire non seulement chez elle mais aussi chez Janissou. Bien sûr, Raoul et Fernand viendraient lui donner la main mais ça ne serait quand même pas une sinécure. Épuisée par trois nuits sans sommeil, elle ne prit pas la peine de monter dans sa chambre et s'allongea tout habillée sur le lit du papé où elle s'endormit.

*

En début de matinée, Audrey, vêtue de frais après une bonne douche, se présentait dans les locaux de la gendarmerie de Rocamadour, situés rue Roland Le Preux, l'une des rues principales de l'antique cité accrochée à la falaise.

Dans la vallée, les brumes annonciatrices de beau temps formaient un nuage sur lequel semblait flotter la belle Rocamadour. Durant la saison touristique, la voie Roland Le Preux était piétonne, on y accédait par la porte en ogive du Figuier, datant du XIIIe siècle. Le nez en l'air et l'appareil photo en bandoulière, les vacanciers y déambulaient, heureux d'être au pays des vieilles pierres et du bien manger. L'un d'eux, si absorbé par sa contemplation, bouscula Audrey, elle-même toute à sa réflexion sur la façon de présenter les choses à Steinberger, à commencer par la lettre d'adieu de Janissou qu'elle lui avait cachée jusqu'à présent.

— Mille excuses Mademoiselle, j'admirais le courage des bâtisseurs d'autrefois.

Il pointa du doigt la cité religieuse agrippée à la paroi à plus de cinquante mètres. Les façades blanches de la basilique Saint-Sauveur et de l'église Saint-Amadour contemplaient l'immensité de la vallée de l'Alzou et son causse rocailleux. Encore au-dessus se dressait le château du XIVe siècle, ancienne demeure des Chapelains auquel on accédait depuis les chapelles par un chemin de croix ou par un parking situé sur les hauteurs.

L'homme, un trentenaire large d'épaules aux courtes boucles brunes, avait un fort accent espagnol. Il insista :

— Vous habitez cette merveilleuse cité ?

— Oui, enfin un village à côté…

Audrey craignit qu'il ne lui demande de jouer les guides touristiques, ce dont elle n'avait ni le temps, ni l'envie.

— Je suis là pour la *Virgen Negra*… La Vierge Noire, traduisit-il.

— Notre-Dame-de-Rocamadour ? Vous la trouverez dans la Chapelle Notre-Dame, mais pour cela, il faut monter jusqu'aux Sanctuaires.

— Comment ?

— Eh bien si vous êtes courageux, vous prendrez à la porte Salmon un escalier de deux cent seize marches…

L'Espagnol fit la moue. Autrefois les pénitents, et encore aujourd'hui quelques pèlerins, montaient ces marches sur les genoux. Janissou, très pieux, avait pratiqué cette ascension pendant plus de trente-six ans mais avait dû cesser pour cause d'insuffisance respiratoire.

— Sinon vous avez un peu plus bas un ascenseur qui vous y mène en quelques minutes.

Ils se quittèrent là-dessus.

Toute à ses souvenirs, Audrey ne vit pas le promeneur espagnol revenir sur ses pas et la mitrailler avec son appareil photo.

Alors qu'elle allait pousser les portes de la gendarmerie, une pensée frappa son esprit : Janissou avait joué les « alpinistes » pendant trente-six ans. Si on y ajoutait les quatre d'abstention, on remontait jusqu'à 1984, date de réception de la première lettre d'accusation ! Cette montée s'apparentait-elle à une rédemption ?

Il fallait creuser la liste des personnes disparues.

Audrey jeta un œil dans son sac de toile beige, le paquet de lettres était là, prêt à être déposé sur le bureau de Steinberger, mais elle eut une sérieuse déception en découvrant l'absence de celui-ci.

— Il est en patrouille. C'est pourquoi au juste? demanda Marsac. Je peux prendre votre déposition si vous en avez une à faire.

Audrey secoua la tête:

— Je veux juste voir le lieutenant. Quand rentre-t-il?

— Je l'ignore totalement et je ne vais pas l'appeler pour le lui demander.

Au fond du bureau, le second pandore saisissait un rapport sur ordinateur et approuva du chef sans même lever les yeux de son écran.

Audrey les devina assez satisfaits d'être en comité restreint.

— On peut lui transmettre un message à son retour? proposa Marsac.

— Oui, en effet, dites-lui de me rappeler, j'ai une info de premier ordre. Bonne journée, Messieurs.

Elle allait partir quand elle se ravisa. Pourquoi ne pas en profiter pour signaler la disparition du papé? Marsac ferait moins d'histoires que Steinberger. Effectivement, il enregistra sa déposition sans difficulté.

Elle quitta la gendarmerie, satisfaite. Elle ne serait pas venue pour rien!

Audrey caressa l'idée d'aller se recueillir à la chapelle Notre-Dame et de déposer un vœu au pied de la Vierge Noire tant aimée de Janissou. Non qu'elle fut très pieuse mais la jeune femme appréciait l'ambiance rouge et or de la chapelle où une sorte de paix vous saisissait dès l'entrée. Pas plus courageuse que l'Espagnol, elle sauta avec des touristes dans l'ascenseur creusé au cœur de la falaise. À peine une minute plus tard, il débarqua son contingent de visiteurs sur une esplanade. Par la porte Saint-Martial, les excursionnistes, dont Audrey, refluèrent à travers un couloir constellé d'ex-voto jusque sur le parvis des Sanctuaires constitué de six églises et chapelles. Audrey laissa là ses compagnons et pénétra dans la paroisse de la Madone Noire aussi appelée Chapelle Miraculeuse à cause de sa cloche du IXe siècle, qui, disait-on, carillonnait chaque fois qu'un marin perdu en mer invoquait Notre-Dame-de-Rocamadour. Sauvé, il promettait naturellement de venir lui rendre hommage…

La chapelle, de petite taille, scintillait d'un éclat sans pareil, celui des centaines de veilleuses votives. Les rouges et les ors du plafond et des murs se confondaient en une seule teinte divine. Une grande ferveur se dégageait de l'endroit.

Trempant ses doigts dans l'eau bénite, Audrey se signa auprès d'une femme disant à sa voisine :

— Je ne vois vraiment pas ce qu'elle a cette vierge, elle n'est même pas jolie.

C'était vrai. Son bois sombre et ses lignes abruptes étaient loin de faire de cette madone du IXe siècle un joyau médiéval. Mais ses traits dépouillés de toute fioriture lui conféraient une beauté pénétrante. Audrey alla s'abîmer en pensées au plus près d'elle.

Lorsqu'elle ressortit de la chapelle un moment plus tard, elle cligna des yeux comme un hibou réveillé en plein jour. Maintenant il fallait reprendre la navette, un petit train blanc, pour retourner au parking situé tout en bas dans la vallée ou bien redescendre à pied. Elle se rendit au point de départ le plus proche, celui de la Couronnerie. À la terrasse d'un café, quelques touristes patientaient dont l'Espagnol, les lèvres plongées dans la mousse d'un demi. Il n'avait certainement pas eu le temps de visiter la cité religieuse qui réclamait au moins une matinée de disponibilité. Elle ne se montra pas et resta en retrait du petit bâtiment, protégée par la porte en ogive.

Le portable de l'hidalgo sonna, il répondit dans sa langue maternelle dont Audrey ne saisissait pas un traître mot. À la conversation animée, elle comprit cependant qu'il subissait les foudres de son interlocuteur. Sans doute une épouse, lassée de patienter dans un camping, exigeait-elle le retour du mari reporter-photographe…

La navette arriva, Audrey décida de prendre la suivante, laissant l'Espagnol y monter avec le groupe des vacanciers. Finalement elle opta pour les escaliers et regagna sa voiture à pied.

La 2 CV prit son temps pour remonter le causse, ce qui laissa à la jeune femme le temps d'admirer ces paysages sauvages : la falaise et les forêts de chênes tordus à perte de vue étaient d'une beauté toute préhistorique. Elle traversa L'Hospitalet et ses multiples attractions, prit la direction de Gourdon, pesta derrière un car de « tamalous » belges roulant vers les grottes de Lacave. Elle poursuivit sa route et débarqua devant sa ferme.

Le temps d'une caresse aux chats, de sauter dans sa vareuse et elle filait au rucher ramasser ses hausses.

Les chasse-abeilles avaient fait leur office, pas une ouvrière ne se trouvait dans les réserves à miel, elle put les empiler assez tranquillement sur sa brouette, moyennant un jet de fumée pour calmer quelques impétrantes qui, inquiètes de voir leur butin disparaître, ne manquaient pas de battre le rappel en diffusant des phéromones d'alerte. L'apiculture avait enseigné à Audrey que seule une bonne maîtrise de soi permettait de parer au pire, un enseignement qu'elle tâchait d'appliquer dans sa vie de tous les jours, avec des résultats plus ou moins concluants !

Une fois les hausses à l'abri dans la miellerie, la jeune femme se restaura rapidement de fritons de canard, d'une tomate au sel et d'une poignée de fraises parfumées. Puis elle appela Fernand Béziat :

— Je vais démarrer l'extraction chez moi…

— Le temps de récupérer Raoul et on arrive, répondit sobrement l'apiculteur.

Satisfaite, elle se rendit dans la miellerie où elle mit son couteau électrique en chauffe. Puis elle posa son premier cadre, lourd et odorant, sur le bac à désoperculer. Elle vérifia la température de la lame du couteau et entama de retirer la couche protectrice de cire qui tomba dans le bac. Retournant le cadre, elle fit de même sur l'autre face avant de positionner celui-ci, dégoulinant de miel, dans l'extracteur qui pouvait en contenir neuf, soit le contenu d'une hausse.

Audrey avait pas mal avancé le travail quand elle fut rejointe par les deux apiculteurs. Tout alla alors bien plus vite. L'extracteur, électrifié lui aussi, tourna à plein régime et bientôt le miel doré se mit à couler en cascade dans les seaux en inox. On parla naturellement de Janissou dont l'absence ne trouvait aucune explication. Audrey évoqua la visite nocturne chez le papé mais tout comme chez le vétérinaire, elle présenta l'affaire comme un simple cambriolage, omettant soigneusement la découverte des lettres anonymes.

— Deux carambouillages en moins de quarante-huit heures chez deux apiculteurs, on a de quoi se faire du mouron ! lança Fernand en manœuvrant les pesants conteneurs de miel. Je vais investir et pucer mes ruches.

— Ce n'est pas dans mes moyens ! répondit Raoul. Des vols de miel ou de ruches, on sait comment ça se passe, ils viennent avec un camion et chargent le tout sans faire dans le détail. Ce n'est pas ça que notre Apis Lupin recherche…

— Alors qu'est-ce que c'est ? demanda Audrey.

Raoul Mallet eut une moue dubitative :

— Le papé est une sorte de scientifique apicole, il a très bien pu faire une découverte miraculeuse susceptible d'intéresser un tas de gens touchant de près ou de loin à l'abeille ou même les labos, ce qui fait beaucoup de monde…

— Monsieur l'inspecteur a sans doute une liste de suspects avec mobiles ?

Raoul ne releva pas le sarcasme de son collègue et vieil ami Béziat :

— Ça peut être les grands groupes apicoles comme les Frères Barberin, on sait tous que leurs deux mille ruches ne suffisent pas à couvrir la demande nationale ! Ça peut aussi être le vieux Chinois qui cherche à repeupler son pays à bon compte avec « nos » colonies, OU les labos, et même l'un d'entre nous…

Quoi qu'il en soit, si trouvaille il y a, elle doit être quelque part, couchée sur un bout de papier comme une formule mathématique…

— Raoul, tu as trop d'imagination ! objecta Fernand. Le papé est fortiche mais ce n'est pas Einstein non plus.

— Toi, sorti de ton miel de lavande, tu ne t'intéresses à rien.

— Je suis le seul à avoir osé concurrencer ces « cacous » du Midi qui nous rebattent les oreilles avec leur miel blanc et parfumé.

— N'empêche que dans le Sud-Ouest, la lavande c'est pas naturel !

— Quoi, quoi ? s'indigna faussement Fernand en écartant les bras, tu vas encore me sortir la tradition : nous, c'est foie gras, rugby et miel de causse, eux, c'est bouillabaisse, foot et miel de lavande.

— Parfaitement !

— En tous les cas, mon miel de lavande, il fait un tabac sur les marchés et on me supplie des quatre coins de la France pour transhumer sur mes parcelles de lavande ! Et ça, ça te la coupe Raoul !

— N'y manque plus que la Bonne Mère !

— Pas la peine, on a Notre-Dame-de-Rocamadour.

Audrey n'écoutait plus leurs chamailleries aussi amicales qu'habituelles. Son esprit s'était échappé vers le papé et leur dernière conversation : « J'ai fait une découverte qui pourrait bien changer la donne en matière de survie ».

Une découverte peut-être couchée sur un bout de papier… roulé dans une cage à reine glissée au cœur de la ruche. Vide, elle était devenue un intrus que les abeilles avaient propolisé, la faisant ainsi disparaître de la vue du néophyte. Mais pas du professionnel que semblait être l'explorateur nocturne. Encore qu'Audrey ne lui ait pas laissé le temps de visiter toutes les ruches. Les rouvrir toutes, une par une, pour une vérification poussée sembla une bonne idée à la jeune femme.

La cloche de la ferme retentit. Audrey trempa ses mains dans un seau d'eau claire et finissait de se les essuyer dans un torchon lorsque la haute silhouette de Steinberger se découpa dans l'encadrement de la porte de la grange abritant la miellerie. Il était suivi de ses deux acolytes Marsac et Delpech. Tous les trois eurent un signe de tête pour les deux apiculteurs qui firent de même sans cesser le nettoyage du matériel.

— Mademoiselle Astier… lança Steinberger en touchant son calot.

— Bonjour, Lieutenant.

— Vous avez déclaré la disparition de monsieur Laborde ce matin ?

Audrey prit une cuillère en bois sur la desserte et la trempa dans l'un des seaux de miel non fermé. Elle tourna la cuillère sur elle-même pour enrouler le miel autour comme une guimauve et présenta le tout au gendarme en chef mais celui-ci recula avec horreur :

— Je suis allergique au miel, cela me donne des maux d'estomac épouvantables.

— C'est parce que vous n'avez mangé que des miels frelatés ! répondit la jeune femme en savourant sa cuillerée.

— Pas du tout ! Qu'est-ce que vous croyez ?

On a aussi de très bons miels en Alsace, tout aussi authentiques que les vôtres... Bon! fit-il après un soupir. Je ne suis pas venu pour une dégustation.

Steinberger tira Audrey en dehors de la grange pour un peu d'intimité:

— J'ai suspendu les obsèques de Denis Bouyssou et j'envoie son corps à l'autopsie.

— Vous pensez qu'on l'a assassiné?

— Je ne pense rien, je fais en sorte de ne passer à côté d'aucun élément. N'est-ce pas ce que vous m'avez reproché? Et vous-même, que souhaitiez-vous me dire ce matin?

— Cette nuit, chez le papé, un homme s'est introduit dans le rucher et a cherché quelque chose dans les ruches.

Steinberger eut un petit rictus:

— Dans les ruches? Ce ne devait pas être bien gros comme trésor!

— Détrompez-vous, Lieutenant, on peut parfaitement cacher un microfilm dans ce genre de chose...

Elle sortit une cage à reine en plastique jaune de la poche ventrale de son tablier et expliqua:

— On s'en sert pour le remérage...

— Le... remérage? demanda Steinberger en saisissant la boîte qu'il fit tourner sur elle-même.

— Ça va, Lieutenant, vous n'êtes pas obligé de tout connaître et vous n'aurez pas l'air stupide en me demandant ce que c'est... Bon, dans une ruche, la reine est la mère des soixante mille abeilles. Une bonne reine pond deux mille œufs par jour pendant les deux premières années de sa vie. Ensuite, cela va en diminuant jusqu'à sa mort la cinquième année.

Pour être sûr de conserver une bonne colonie, on doit, de temps à autre, recourir au remplacement de la reine âgée par une plus jeune. Vous me suivez ?

— Affirmatif.

— Mais les abeilles n'accepteraient pas une nouvelle reine avec une odeur différente de celle de la ruche, elles la mettraient en pièces si on l'introduisait directement, d'où une période d'adaptation dans cette cage…

— Que faites-vous de l'ancienne reine ? demanda Steinberger en lui rendant l'objet.

Audrey fit mine de laisser tomber par terre une reine invisible et d'écraser son pied dessus.

— Je vois… fit le gendarme en chef.

— Ne me dites pas que vous en étiez resté à Maya l'Abeille ?

— Ah parce que vous étiez aussi venue me parler de Maya l'Abeille ce matin ?

— Non bien sûr. Après le départ du cambrioleur qui, soit dit en passant, m'a agressée ainsi que Major qui est chez le vétérinaire…

— Et vous n'avez pas porté plainte ?

— Non, je vais bien… Je disais, après le départ de cet individu qui en a aussi profité pour visiter la maison, j'ai trouvé dans le panier du chien une trentaine de lettres anonymes accusant Janissou d'avoir provoqué la mort de nombreuses personnes en 1944, un réseau de résistants si j'ai bien compris.

Steinberger se montra tout de suite intéressé :

— Montrez-moi ces lettres.

— Venez, répondit Audrey en embarquant le gendarme dans son sillage jusque dans la grande salle à manger de la ferme.

Elle ouvrit l'abattant d'un rustique secrétaire en noyer, fit jouer le tiroir caché et en tira le paquet de lettres qu'elle remit à Steinberger. Il les feuilleta assez rapidement sur un coin de table avant de les replier :

— Je vais les étudier à la brigade, maintenant j'ai du concret pour ouvrir une enquête préliminaire concernant la disparition de monsieur Laborde. Ne vous faites quand même pas trop d'illusions, les corbeaux passent rarement à l'acte.

— Ce que vous pouvez être casse-moral !

— Non, réaliste, je suis gendarme, pas romancier.

— Et la disparition du papé, c'est du roman ?

Steinberger souleva les épaules :

— Évidemment non. Autre chose : le procureur, qui est un écologiste enragé, propose de vous doter d'une carte d'Auxiliaire Civile de Justice, une sorte de statut entre l'auxiliaire de police qui n'existe plus et celui d'auditeur de justice que vous ne pouvez exercer n'ayant pas fait d'études judiciaires. Vous pourrez cependant m'assister sur certains points propres à l'apiculture. Et aucun autre !

Comme Audrey ouvrait des yeux comme des soucoupes, il ajouta :

— En tant qu'agent sanitaire, vous êtes très bien noté en préfecture. Néanmoins, une enquête de probité plus complète est en cours. Je ne vous cache pas qu'il me déplaît souverainement d'avoir un civil dans les pattes… J'hésite à accepter.

— Je vous promets d'être sage comme une image !

Steinberger leva les yeux au ciel dans une moue ironique :

— De toute façon, ma hiérarchie doit donner son aval, ce dont je doute…

— Vous doutez ou vous espérez qu'elle refuse ?

— Tsss ! Pas de procès d'intention !

Le ton était sans réplique, Audrey se le tint pour dit.

Après un court silence, il renoua la conversation :

— Auriez-vous une robe ?

— Je vous demande pardon ?

— Je vous demande si vous avez une robe.

— Pourquoi aurais-je une robe ? Vous me voyez avec une robe au rucher ? fit-elle en tournant sur elle-même, pinçant des jupes imaginaires. Les abeilles auraient tôt fait de me « charogner » ![12]

— Oh, pour le rucher, cela me paraît déconseillé mais pour un restaurant, ce n'est pas mal. Je vous invite après-demain soir aux « Trois Griffons », à Gramat.

— C'est l'apicultrice ou… l'Auxiliaire Civile que vous invitez ?

— Ne recommencez pas avec cette affaire-là. Même si je ne suis pas seul à décider, je peux parfaitement manifester une opposition à la proposition du procureur.

— Je vois… Que je sache, le port du pantalon n'est plus prohibé en France.

— En effet, c'est même plus récent qu'on ne pense d'ailleurs. J'en conclus donc que vous acceptez mon invitation ?

— D'accord, mais je vous préviens que je n'ai pas la fourchette dans ma poche !

— Mais je l'espère bien !

---

12. En langage apicole : piquer à outrance.

Deuxième partie

Un quinquet dans la nuit

Une confrérie secrète

Dans son château sur les hauteurs de Souillac, une femme, les mains dans le dos, faisait les cent pas dans le salon, ses escarpins vernis à hauts talons résonnant sur le parquet. Sa bouche vermillon s'ouvrit sur une question :

— Qu'est-ce que cette fille sait au juste de nous, Frère Ambroise ? Soyez concis.

— Rien ou presque Votre Altesse.

Cessant ses allers-retours, la femme longiligne fit face à son interlocuteur, un colosse brun portant barbe et cheveux longs.

— Mais encore ?

— Rien d'autre que ce que nous avons voulu qu'elle sache : notre existence afin de nous faire léguer le mas du Frère Amable et y chercher notre bien en toute quiétude, le plus légalement du monde. Sinon la vente du mas remboursera les sommes avancées mais ce n'est pas le plus important…

— Apparemment personne n'a eu vent de ce testament exécuté par les soins de votre protégé. Aurait-il perdu la main ?

L'homme, tout de noir vêtu, était une vivante copie de Raspoutine dont il aimait à entretenir la ressemblance. Il blêmit sous ses épais sourcils bruns.

— Je n'ai pas voté pour cette option, je suis pour des manières plus musclées, qui ont fait leurs preuves !

Il releva la manche de sa chemise noire et exhiba l'intérieur de son poignet droit sur lequel un tatouage représentait une abeille surmontée d'une couronne. Le dard était sorti et sous ce dard s'alignaient huit gouttes de sang, celui de ses ennemis.

La voix de la femme se radoucit :

— Allons, calmez-vous, nous connaissons votre engagement et votre fidélité à nos valeurs. Mais le temps presse, chaque jour passé fait le jeu de nos adversaires et ils sont nombreux.

— N'ayez crainte, nos mouches les surveillent tous.

— J'espère que ces agents ne sont pas de la veine de l'Espagnol qui a perdu la trace de l'apicultrice à la sortie de la gendarmerie…

— Disons pour être exact qu'elle a sauté dans l'ascenseur menant au parvis des sanctuaires et que Frère César n'a pu en faire autant sous peine de se faire remarquer…

— N'est-ce pas le propre d'un espion que de suivre sa cible où qu'elle aille sans se faire repérer ?

Le Raspoutine du XXIe siècle souleva des épaules dédaigneuses :

— Je rappelle à Votre Altesse que ce n'est pas moi qui ai recruté Frère César. Soit dit en passant, mes critères de sélection sont beaucoup plus restrictifs que ceux de Frère Abélard. On ne peut pas faire confiance aux Libéraux… souffla-t-il en retroussant une lèvre sardonique.

— Assez, Frère Ambroise ! Ces luttes fratricides ne nous mèneront nulle part. Sait-on ce que cette fille a dit aux gendarmes ?

— Je n'ai pas encore d'espions dans la brigade mais je ne désespère pas de convertir une jeune recrue qui a femme et enfants à charge ainsi qu'une collection de crédits. Je sais en revanche que l'apicultrice est ressortie presque aussitôt de la gendarmerie et, d'après les photos de Frère César, elle n'a rien déposé là-bas.

— Parfait. Et les avis de recherche concernant Frère Amable, qu'est-ce que ça donne ?

— Grâce à notre contact au ministère de l'Intérieur, nous avons dérouté leur ligne chez Sœur Édith, elle est sotte comme un panier mais dévouée comme un chien à notre cause. Pour l'instant il n'y a que des appels farfelus.

La femme fronça les sourcils :

— Vous oubliez bavarde comme une pie ! Il faut espérer que Sœur Édith n'a pas conté de sottises même aux farfelus car la première vertu d'un agent est d'être muet comme un cadavre ! Espérons aussi que l'apicultrice n'a pas distribué d'autres affichettes avec un nouveau numéro.

— Pour ça je suis quasi formel…

— Quasi, mais pas totalement, alors resserrez la surveillance autour d'elle. J'espère que vous me donnerez enfin « la nouvelle » que j'attends à notre prochain congrès. N'oubliez pas qu'à notre séance du 15 août, les deux cellules seront relevées de leurs éléments masculins jusqu'au printemps suivant…

Frère Ambroise s'insurgea :

— Moi je suis un Xylocope, donc un indépendant, je ne suis pas concerné par cette mesure !

— Vous non mais votre protégé oui.

La femme leva une main pour signifier la fin de l'entretien mais Frère Ambroise ne quitta pas les lieux à reculons comme il était de coutume.

— Quoi d'autre qui ne soit à l'ordre du jour ?

— Le nouveau gendarme en chef a suspendu les obsèques de Bouyssou et a envoyé son corps à l'autopsie.

— Et alors, en quoi cela concerne-t-il notre Ordre ? Dans l'affaire Bouyssou, tous les frères ont fait leur devoir, la justice fera le sien et en sera pour ses frais. Comme d'habitude !

— Oui, Votre Altesse, il m'a tout de même semblé important de porter ce fait à votre connaissance.

— Et vous avez eu raison. Maintenant, laissez-moi.

Cette fois, Frère Ambroise n'eut plus qu'à obéir. Insister ne ferait qu'irriter la reine qui, bien qu'étant comme lui, de tendance radicale, avait quelques fois un penchant à l'empathie, marque de faiblesse selon lui.

Il s'inclina, posa sa main droite sur son cœur en prononçant la formule rituelle « *Dei servat Apes, Apes servat homines* ».

Puis il recula en baissant les yeux pour sortir du salon, traversa un couloir aux murs tapissés de portraits de reines d'abeilles des diverses races pures, non hybridées à la différence de celles que l'on trouvait un peu partout maintenant ; à cette idée, Frère Ambroise eut une sensation de nausée.

Ces portraits allaient des gravures des XVIIIe, XIXe et même du début XXe siècle en passant par les brochures et les photos numériques dernier cri. Mais ce n'est pas devant l'une de celles-ci qu'il s'arrêta. Il fit une pause devant une estampe datée de 1819 dont il admira amoureusement l'insecte parfait, mère des Abeilles et par là même de la gent humaine via la pollinisation. Il lut la légende qu'il connaissait par cœur : « *Abeille Noire de l'île d'Ouessant* », une Bretonne comme lui…

Il eut un soupir : 1819 était la date du début de l'effondrement du cheptel apicole français. Si le reconstituer à tout prix, même l'ultime, était la mission de l'Apis Dei, Frère Ambroise refusait catégoriquement d'avoir recours à l'hybridation, même légère. Aussi redoutait-il comme la peste de voir élire à la tête de l'Ordre une reine de tendance Libérale autant dire une lâche.

Au-delà de ces considérations frisant l'intégrisme, Audrey pensait au contraire que, pour le bien de l'humanité, le cheptel devait être non seulement rétabli mais également régénéré afin de faire face aux dangers toujours plus grands de la modernisation.

Face à la puissance commerciale de l'industrie chimique, l'hybridation apparaissait comme une solution. Janissou n'était pas toujours de son avis, loin de là, mais ses recherches de sauvegarde avaient forcément dû le mener dans cette voie. Audrey ne cessait de repenser aux paroles de Raoul Mallet :

« Si trouvaille il y a, elle doit se trouver couchée sur un bout de papier comme une formule mathématique ».

C'était forcément cela que le fantôme offensif de la nuit précédente avait recherché dans les ruches du papé. Elle décida de retourner chez Janissou, où d'ailleurs elle devait extraire.

Parvenue à la ferme du papé, son premier geste fut de se rendre au rucher et de musarder aux abords de la ruche sur laquelle elle avait pris appui avant de chuter. Afin de rester plus libre de ses mouvements, elle n'avait pas endossé sa vareuse, seulement un chapeau voilé. Les abeilles allaient et venaient sans animosité, Audrey adopta une attitude humble, évitant tout geste brusque.

Soudain, un objet se mit à luire dans l'herbe, jetant un reflet métallique sous le soleil. Audrey s'en saisit avec précautions car il gisait assez près de la piste d'envol où les décollages et atterrissages étaient incessants en ce début d'après midi. C'était une gourmette gravée au prénom d'Olivier, certainement le patronyme du fantôme qui avait dû la perdre lors de son altercation avec Major. Le fermoir était en effet brisé. Au dos de la gourmette, une date de naissance: *24 octobre 1975.*

Le fantôme Olivier avait donc 39 ans.

Olivier, Olivier... Rien de plus banal comme prénom et cependant, cela disait quelque chose à Audrey. Elle rangea la gourmette dans sa poche et passa le reste de l'après-midi à extraire le miel des hausses de Janissou. Puis elle prit par téléphone des nouvelles de Major auprès du vétérinaire. Le chien était tiré d'affaire et pourrait sortir le lendemain.

Enfin, elle détacha de la porte du frigo la feuille résumant les évènements depuis la disparition du papé et la compléta :

– *Samedi 2 août, soir : appel du papé. Il m'invite à souper pour le lendemain et programme une visite sanitaire chez Bouyssou.*
– *Dimanche 3, 16 heures : j'arrive chez le papé. Absent.*
Interroge Aby : rien.
Trouve une lettre de départ/testament en faveur de l'Apis Dei.
18 heures : Bouyssou débarque, réclame les ruches du papé.
Recherche auprès des proches : rien.
Appel au nouveau lieutenant : rien.
21 heures : Arrivée d'un pèlerin, Virginio Rossi.
Apis Dei : ordre secret au service des Abeilles.
Janissou leur lègue des biens. Était un ancien membre.
– *Lundi 4 août, matin : appel à Lebel. Va entamer des recherches.*
Chez Bouyssou pour visite sanitaire.
Suis assommée et enfermée dans une chambre.
Incendie criminel du mas et des ruches.
Bouyssou retrouvé mort : choc anaphylactique.
1re rencontre avec Steinberger.
– *Nuit du 4 au 5 août : appel nocturne chez papé, personne au bout du fil.*
– *Mardi 5 août : Steinberger organise une battue. Rien.*
Chez Bouyssou avec les gendarmes : scellés cave et mas brisés.
Découverte dans la cave sous un tas de patates

d'un coffret contenant trois mille euros + une bague de grande valeur.

– *Nuit du 5 au 6 août: nouvel appel nocturne.*
Rucher visité par un inconnu.
Il évoque le niakoué, monsieur Wang, homme d'affaires chinois.
Altercation avec le fantôme, Major blessé.
Maison Janissou visitée. Découverte de trente lettres anonymes reportant à 1944, remises à Steinberger dans la matinée du 6.
– *Jeudi 7 août, fin de journée: trouve une gourmette au nom d'Olivier perdue par le fantôme.*
Avec date de naissance: 24 octobre 1975.

Satisfaite, Audrey décida ne pas réafficher sur le frigo le résumé de ses péripéties. Avec cette mode des fouilles méthodiques des maisons, il n'était pas utile que ces archéologues d'un nouveau genre apprennent par le menu le déroulement des faits les concernant de près ou de loin. C'était même heureux que le fantôme ne l'ait pas repéré lors de ses recherches dans la cuisine. Il est vrai que, pris par le temps et blessé, ce n'était pas le moment pour lui de jouer les touristes. Elle plia sa feuille en quatre et la rangea à l'abri dans son portefeuille. Alors qu'elle s'apprêtait à quitter les lieux, elle aperçut par la fenêtre de la cuisine le cabriolet rouge d'Élisabeth Neyrat garé devant chez Aby.

— Tiens, je ne les pensais pas intimes…

Au même instant, comme pour confirmer ses interrogations, Élisabeth sortit de chez l'Américaine et embrassa cette dernière chaleureusement. Audrey attendit la fin des effusions pour regagner sa voiture.

Demain, elle reviendrait inspecter ses ruches.

*

La jeune femme passa une partie de sa nuit à fouiller ses dossiers concernant l'industrie chimique. Elle compila des pages et des articles de journaux divers traitant des ravages des pesticides, des alliances des fabricants avec certains laboratoires, des faux rapports de ces derniers, parfois dénoncés avec succès par de courageux groupuscules au service de la nature en général.

Enfin un article émergea de ce fatras d'informations, un encart dans un journal limousin : l'émersion d'un nouveau laboratoire au nom rassurant, « Pharma Gaïa », « science de la terre » en grec. L'article, datant d'environ quatre ans, ne comportait que quelques lignes relatant avec ferveur le très louable l'objectif de Pharma Gaïa : concevoir une molécule capable d'endiguer la maladie de Parkinson.

Son directeur Fabien Deleuze, 45 ans, et son assistant Olivier Lejeune, 35 ans, ont respectivement investi 45 000 et 150 000 euros dans ce rêve qui, s'il prend vie, rendrait la leur à 150 000 personnes rien qu'en France…

— Trente-cinq et quatre font trente-neuf… marmonna Audrey dont les yeux lourds commençaient à se fermer tout seul. Dix contre un que c'est l'âge de notre fantôme.

Le labo Pharma Gaïa était-il toujours en activité ? Quel rôle monsieur Wang jouait-il dans cette affaire ? Quel était le rapport entre le papé et Lejeune? Autant de questions auxquelles elle répondrait après un bon repos, quoiqu'elle subodorât un lien avec le venin d'abeille. Celui-ci, à défaut de stopper définitivement les effets de la maladie, apportait au malade un soulagement non négligeable et certains services hospitaliers l'avaient adopté sous forme de séances d'apipuncture[13]. La piste méritait un étoffement.

Des heures de sommeil en retard plongèrent la jeune femme dans un profond assoupissement dont elle n'émergea que vers les huit heures du matin au lieu des six habituelles. Ce qui la mit de mauvaise humeur, car une rude journée l'attendait: poursuivre ses investigations concernant Olivier Lejeune, visiter les ruches du papé afin d'y dénicher une éventuelle formule magique, récupérer Major chez le vétérinaire et, cerise sur le gâteau, dîner avec Steinberger. Pour faire face à un emploi du temps bien chargé, Audrey décida de débuter par un solide petit-déjeuner et se fit frire des œufs au bacon qu'elle dégusta après un thé au lait et une demi-douzaine de tartines nappées, pour les unes de miel, pour les autres de confiture maison de pêches sauvages. Après quoi les choses allèrent tout de suite mieux. Une douche bien chaude acheva de lui rendre sa bonne humeur.

Audrey ouvrit le téléphone du papé, dont le numéro était indiqué sur les affichettes: il comportait un seul message émanant d'une certaine Lacrimosa de Saint-Graal demeurant à Gourdon, radiesthésiste de son état. Janissou avait été vu déambulant dans les allées du jardin d'un château. Quant à savoir quel

13. Piqûre de venin. En Asie, pratiqué avec des abeilles vivantes.

château, il suffisait à Audrey de louer les services du pendule de Dame Lacrimosa. D'un naturel plutôt cartésien, Audrey résolut pourtant de conserver les coordonnées de la voyante. Après tout, ces méthodes avaient quelquefois fait leurs preuves. Un peu déçue tout de même que les affichettes n'aient pas donné plus de résultats, elle alluma son ordinateur : toujours rien de Lebel. Elle était pourtant impatiente de savoir ce que son informateur avait pu découvrir sur l'Apis Dei. Mais comme l'ancien gendarme lui avait demandé de ne pas chercher à le contacter, elle en fut quitte pour museler sa curiosité. Elle poursuivit ses recherches sur Pharma Gaïa. Le laboratoire était toujours en activité dans la zone urbaine de Limoges mais son site ne donnait que très peu d'informations quant à ses objectifs.

Un coup de téléphone au directeur de *L'Abeille Enchaînée*, Christian Malleteyre, se révélerait sûrement instructif. Parmi toutes les revues apicoles, celle-ci, basée à Cahors, ne publiait que des articles incendiaires dénonçant les dérives agricoles, industrielles et même politiques nuisant à l'abeille et par extension à la gent entomophile. Malleteyre était un homme chaleureux et engagé, un engagement poussé à l'extrême puisque, la cinquantaine bien sonnée, il n'avait pas hésité à rejoindre dernièrement la Vendée et à se percher dans un arbre afin d'empêcher la construction d'une ligne de TGV vouant à la destruction une splendide forêt de pins et de dunes abritant elle-même toute une biodiversité.

— Bonjour Audrey, content de t'entendre ! Que me vaut ce plaisir ? demanda Malleteyre avec un accent méridional ajoutant à sa jovialité.

La jeune femme lui conta rapidement la disparition du papé que le directeur connaissait sinon intimement du moins assez pour émettre un avis :

— S'il est réellement malade, cela lui ressemblerait assez… Dieu seul sait ce qui se passe dans la tête de chacun quand on apprend qu'on est perdu… Ce qui ne lui ressemble pas c'est cette mise en scène. Ils ont fait un peu gros ceux qui se sont emparés de lui !

Audrey n'en croyait pas ses oreilles, Malleteyre allait très naturellement dans le sens du kidnapping.

— Vous connaissez cette Apis Dei ? Vous pensez que ce sont eux qui ont enlevé Janissou ?

— Jamais entendu ce nom-là, à tous les coups des nantis maqués avec les politiques. On aura voulu le faire taire… fit le directeur dont le ton s'enflamma. Comme on veut faire taire tous ceux qui élèvent la voix contre les manipulations gouvernementales visant à leur enrichissement personnel, passant par notre famine !

La joie d'Audrey retomba d'un coup. Elle avait oublié la pensée marxiste du Camarade Christian, qui était certes un excellent journaliste mais ramenant tout à la condition humaine. Ne prétendait-il pas faire le bonheur des ouvriers engoncés dans leurs costumes de servitude ?

Audrey décida de mettre un terme à son lyrisme :

— Le papé n'était qu'un vieil homme n'ayant publié que peu d'articles…

— Parce que tu penses que ça les gêne ? Vivement le Grand Soir !

Le directeur restait incorrigible.

Audrey poursuivit rapidement avant qu'il n'entame la Lutte Finale :

— Oui, bon, en attendant, auriez-vous des infos sur Pharma Gaïa ?

— Hum oui, je dois avoir ça en rayon, attends un peu.

Audrey l'entendit tapoter le clavier de son ordinateur.

— Ah, voilà, alors…

Quelques clics plus tard, Malleteyre lui livrait les informations suivantes : le directeur de Pharma Gaïa était un ancien de Polytechnique, c'était aussi un scientifique pur et dur à la tête d'un laboratoire employant douze personnes. Depuis quatre ans l'équipe, dirigée par Olivier Lejeune, l'assistant de Deleuze, planchait sur le projet X82 : la conception d'une molécule capable de stopper la maladie de Parkinson.

— Sauf qu'ils en sont à quatre cents millions d'investissement sans résultat à la clef et que plus aucune banque ne veut les suivre. Deleuze y a laissé sa maison et son épouse, quant à Lejeune il est au bord du précipice.

— Si c'est Lejeune qui a visité les ruches du papé, qu'est-ce que Wang vient faire là-dedans ?

— Lejeune ne veut pas tout perdre, ricana Malleteyre. Ces petits planqués craignent pour leurs biens comme un chien pour son os…

Le camarade Christian reprenait du service…

— Et alors ?

— Alors, Wang les a approchés pour leur proposer un Taxol. Tu sais ce que c'est ?

— Oui, un médicament issu de la nature…

— Ce dont Deleuze n'a pas voulu entendre parler. N'empêche que plusieurs labos sont sur le coup Parkinson, mais comme avec tous les médicaments, la rentabilité se fera en fonction de la place sur le podium d'arrivée. Premier : soixante-quinze pour cent, second vingt et seulement cinq pour les autres…

— Je sais tout cela…

— Deleuze n'a pas investi autant pour être deuxième. Mais Lejeune, lui, n'est pas si regardant, il a besoin d'argent frais sans quoi il perdra sa belle maison avec piscine sur les hauteurs de Limoges et surtout sa jolie Christine… Et je soupçonne ce vieil hibou chinois d'avoir soudoyé Lejeune. Si ton papé a trouvé une formule magique pour constituer un médicament, Wang est prêt à sortir son carnet de chèques !

En raccrochant, Audrey avait l'impression d'avoir progressé… sur du sable mouvant ! Le fantôme Olivier recherchait bien quelque chose qui s'apparentait à un codex mais Audrey doutait fortement qu'il s'agisse d'un médicament, le papé n'ayant jamais fait de grandes études. Or même un Taxol nécessitait de solides connaissances. Et puis Janissou avait parlé de sauvegarde d'abeilles. Non, ça ne collait pas, à moins que…

À moins que le papé ne soit parvenu à donner naissance à une sorte de « super abeille » capable de résister tant aux pesticides qu'à produire un venin de qualité digne d'intérêt pour les services de santé. Auquel cas, cette abeille vaudrait de l'or. Une visite des ruches du papé s'imposait et tout de suite.

*

Audrey repartit à la ferme de Janissou, jamais elle n'avait autant parcouru le causse. Harnachée de sa vareuse et armée de son enfumoir rempli à bloc, elle entreprit une fouille méthodique de chacune des ruches, y compris celles destinées à l'élevage de reines qui curieusement se révélèrent vides, sans même une barrette[14].

Sur les autres, elle en profita pour vérifier l'état du couvain. Sur quatre cadres, c'était parfait, au-delà il aurait fallu diviser avant que la colonie ne devienne trop forte et n'ait envie de déménager ! Audrey s'assura aussi des provisions d'hiver : les cadres de miel. Il faudrait tout de même procéder au nourrissage afin d'aider le cheptel à se constituer de belles réserves et ainsi passer un hiver serein.

À sa grande déception, les ruches ne révélèrent aucun secret, elle en fut à se demander si tout ceci ne relevait pas de la science-fiction. Elle soupira :

— Du moins n'ai-je pas totalement perdu mon temps, j'ai pu vérifier que tout le monde se portait bien. Allons voir si Major va de même.

Elle prit le temps de déjeuner de tranches de saucisson aux noix et de tartines beurrées et termina sur une barre de chocolat noir dont le papé, en gourmand invétéré, gardait toujours deux ou trois belles tablettes en réserve. La jeune femme avait de l'appétit et le reniait d'autant moins que dotée d'une excellente nature, elle prenait rarement plus d'un gramme ce qui lui attirait les foudres de ses consœurs !

Lorsqu'elle démarra sa deuche, celle-ci émit une petite quinte de protestation avant de se mettre sagement en route. Audrey gagna Gramat avec difficulté,

---

14. Cellules artificielles destinées à accueillir les larves de reines.

la saison touristique battait son plein. Elle eut toutes les peines du monde à dénicher une place avenue de Belgique où se trouvait le cabinet du docteur Decaze. La salle d'attente, en revanche, était vide, le cabinet venant juste de rouvrir.

« Tant mieux » pensa Audrey, en saluant la jeune infirmière faisant office de secrétaire.

— Vous êtes mademoiselle, ou peut-être madame ?

— Mademoiselle Astier.

— Et le nom du chien ?

— Major.

— Ah oui, Major, je préviens le docteur.

Peu après, Audrey pénétrait dans le bureau de Decaze occupé à consulter des radios sur le négatoscope.

À ses pas, il se retourna et sourit :

— Bonjour Audrey.

Celle-ci fronça les sourcils :

— Bonjour. Est-ce que quelque chose ne va pas ? Où est Major ? Vous m'aviez dit que...

— Tout va très bien, assieds-toi, avant j'ai à te parler... du papé.

— Ah, fit Audrey en sentant son cœur cogner dans sa poitrine.

— Comme je te l'avais dit, j'ai mis une de tes affichettes dans la salle d'attente de mon cabinet, sans trop de conviction, tu t'en souviens ?

Audrey hocha la tête dans une invitation à poursuivre :

— Contre toute attente, un client dont je soigne le chat depuis plus de dix ans a reconnu Janissou hier en passant prendre un rendez-vous pour le vaccin de son matou. Il est formel en affirmant avoir vu Janissou à

Couzou, sortant de chez Bouyssou et montant dans une belle auto conduite par une femme splendide, très brune, une gravure de mode m'a-t-il dit, mais une gravure de mode rétro, elle était habillée d'une robe en satin rose façon Jacky Kennedy…

Audrey sentit une onde de joie la parcourir.

— Et tu sais quoi ? poursuivit Decaze. Il a tout noté dans cette enveloppe, la plaque du véhicule – c'est un ancien flic – et une description de la dame…

Audrey sauta de sa chaise. Si avec ça Steinberger ne trouvait pas la trace du papé, c'est qu'il était un parfait imbécile. De toute façon Lebel saurait quoi en faire.

Elle était si contente de l'information de Decaze, enfin du concret, que pour un peu elle l'aurait embrassé :

— Comment s'appelle ce charmant informateur ?

— Désolé Audrey mais il souhaite garder l'anonymat, et moi je ne peux, ni ne veux, trahir le secret professionnel. C'est une personne âgée pour laquelle j'ai beaucoup de respect, tu peux te fier à ses dires. Il a tes coordonnées, s'il le souhaite il te contactera.

— Puisque je ne peux le faire, remerciez-le chaleureusement pour moi.

— Je le ferai Audrey, je le ferai…

La jeune femme sortit de chez le vétérinaire dans un état proche de l'euphorie, de même que Major ravi de quitter sur ses quatre pattes un endroit foisonnant d'odeurs à faire dresser les poils sur la tête !

Le gendarme et l'apicultrice

Audrey ne put attendre d'être rentrée chez elle pour décacheter l'enveloppe. Elle attendit néanmoins d'être à l'abri dans sa voiture pour arracher plus qu'elle ne tira sur le rabat du pli. Il contenait deux pages de cahier d'écolier crépies d'une petite écriture penchée comme on n'en faisait plus. Un premier long paragraphe s'attachait à la description physique de la personne venue chercher le papé le 3 août vers dix-huit heures quinze.

Audrey songea soudain que c'était l'heure où Bouyssou était arrivé chez le papé en demandant de ses nouvelles. Elle donna un coup de poing sur son volant :

— Vieil hibou, tu savais et tu es venu me jouer la comédie jusque chez le papé !

Après un lourd soupir, elle poursuivit sa lecture dans laquelle était décrite avec force louanges la toilette de la dame « fort gracieuse dans une robe droite, sans manche, en satin rose dragée avec un nœud sur le devant et coiffée d'un délicieux petit bibi assorti ».

Des gants blancs et un collier trois rangs de perles, jugées fausses par l'admirateur secret, complétaient cet ensemble. Il concluait sur un « Songez à Jacky Kennedy et vous aurez de la dame une image tout à fait exacte » ce qui médusa Audrey :

— La vache, qui peut encore s'habiller de la sorte dans nos campagnes.

Suivait un portrait assez fidèle du papé bien que peu approfondi ainsi que la marque de la voiture, une berline de luxe noire immatriculée dans le département au vif soulagement de la jeune femme.

En arrivant chez elle, la bonne humeur d'Audrey n'était toujours pas retombée. Que diable, un clone de première dame américaine en Quercy, ça ne devait pas passer inaperçu. Son enthousiasme était tel qu'elle avait même envie de faire plaisir à Steinberger et se mit en devoir de dénicher une robe. Elle fouina à tout hasard dans l'immense armoire de l'ancienne chambre de son père, à l'étage, là où elle avait remisé, pêle-mêle, les affaires de sa vie « d'avant » quand elle était monitrice d'auto-école ; une vie qui lui sembla avoir deux siècles d'existence. Mais une robe n'était pas ce qu'il y avait de plus pratique pour enseigner la conduite à des garnements parfois entreprenants. Aussi ne trouva-t-elle rien qui y ressembla de près ou de loin, pas même une jupe. Audrey passa dans la chambre de ses grands-parents qu'elle n'avait pas rouverte depuis leur décès, il y avait presque cinq ans. Par crainte, ou par respect, c'était sur le grand lit garni d'un édredon rouge qu'ils s'étaient donné la mort par empoisonnement quand ils avaient appris que Suzanne avait la sclérose en plaque…

Cette chambre avait été celle de tous les propriétaires de la ferme et chacun y avait laissé une trace plus ou moins importante. Suzanne était douce et effacée, elle n'avait rien changé au mobilier de sa belle-mère, une maîtresse femme : le lit, la petite armoire à glace ventrue et la commode étaient à décor de roses stylisées comme on les aimait dans les années vingt. Ces mêmes roses, rouges sur fond vert, se répétaient à l'infini sur les murs. Ici et là, des portraits et une photo de mariage jaunie : Audrey observa un instant ce qu'elle considérait comme la mise en scène des illusions. Il s'agissait d'Hélène, son arrière-grand-mère. Puis, elle ouvrit l'armoire et passa son contenu en revue. Serrées les unes contre les autres, les robes de Suzanne, en nylon fleuri, faisaient franchement démodées. L'une d'elles, de couleur vert bouteille, attira son attention. Elle l'extirpa et eut un coup au cœur : une étoile jaune pâlie par le temps était cousue sur la poitrine. Cette robe était celle d'une jeune réfugiée juive, Annie Lemaire, cachée par les Astier quelques semaines avant que la zone libre ne soit envahie[15] et qu'elle ne les quitte pour s'engager dans la Résistance.

Mue par une impulsion morbide, Audrey mit la robe devant elle, observa son reflet dans la glace et crut bien apercevoir une silhouette derrière elle, celle d'Annie disparue à Ravensbrück… Elle fit glisser ses doigts sur le tissu jaune en fermant les yeux et eut une vision aussi brève que soudaine : une femme, jeune, très blonde courait dans les rues pour échapper à des soldats et des chiens… La femme avait peur, son cœur battait la chamade, elle haletait.

15. 11 novembre 1942.

Audrey eut l'impression de ressentir ses émotions, elle tremblait. Lorsqu'elle rouvrit les yeux l'ombre d'Annie avait disparu. Elle plongea la main dans la poche cousue sur la robe et en tira quelque chose de dur et glacé: une photo à bords dentelés. Elle reconnut les protagonistes: ses grands-parents, Annie, Albert frère de Janissou et Janissou lui-même. Au dos une date: *Printemps 1943*. Audrey refit glisser la photo dans la poche et remit la robe à sa place puis elle quitta rapidement les lieux. Pour se remonter le moral, elle passa un coup de fil à Lebel afin de lui relater les derniers évènements.

— Mille sabords, ce pauvre Bouyssou devait être salement empêtré pour embarquer le papé dans ses dérives! Les deux affaires sont liées financièrement, du moins, c'est mon avis.

— Qu'est-ce qui vous fait penser ça?

— Bouyssou était criblé de dettes, tout le monde le savait. Et puis la reconquête d'une femme ça coûte cher. Steinberger devrait fouiner de ce côté-là.

— À propos de Steinberger, le procureur lui a proposé mon assistance via une carte d'Auxiliaire Civile de Justice…

— Jamais entendu ce terme-là mais tout évolue tellement vite que je me sens parfois *has been* comme on dit maintenant. Tu veux que j'appuie cette demande?

Audrey poussa un soupir:

— Je n'en sais rien au juste. D'un côté j'ai très envie d'être au cœur des investigations… d'un autre, je ne veux pas froisser Steinberger, il est déjà assez susceptible comme ça.

— Justement, ne rêve pas trop, il ne te laissera pas

aller et venir à ta guise à la brigade ni avoir accès à tous les dossiers, il est très probable que tu sois reléguée à des tâches tout à fait subalternes, en outre tu seras sous ses ordres et au moindre manquement, il fera révoquer ta carte. Note bien que ce n'est pas dirigé contre toi spécialement, c'est juste le fait que tu sois une civile.

— Qui plus est une femme…

— Ça, je ne crois pas, il fait partie de la nouvelle génération qui est nettement moins sexiste et je m'en réjouis. On a bien nommé, assez récemment je te l'accorde, une femme au grade de général de gendarmerie[16]. Crénom d'un chameau, j'aurais adoré une brigade uniquement composée de gendarmettes !

— Jeunes et jolies de préférence ! N'empêche qu'il est quand même déconcertant. Il peste comme un beau diable contre cette carte d'Auxiliaire et dans le même temps m'invite ce soir au restaurant…

Lebel eut un soupir : devait-il révéler à la jeune femme qu'il avait eu accès au dossier militaire de Steinberger sur lequel était mentionné « sujet fragile » comme sur tous ceux ayant survécu à l'attaque terroriste. Mais les autres étaient retournés à la vie civile donc cela ne concernait plus l'armée, et puis aucun d'entre eux n'avait de frère porté disparu au cours de cette même attaque…

Et pourtant Stein avait également obtenu une médaille pour comportement exemplaire lors d'une évacuation de civils… Le culte du secret propre à l'armée n'ayant pas lâché prise chez l'ancien gendarme, il se contenta d'un petit conseil amical :

---

16. Isabelle Guion de Méritens, nommée en 2013.

— Ça va bien se passer, il a juste envie de rompre un peu sa solitude. N'oublie pas qu'il est loin de chez lui. La gendarmerie est certes une grande famille et en tant que célibataire fraîchement débarqué, je suppose qu'il a dû être pris en main par un couple bien établi, il n'en reste pas moins qu'il est un homme comme les autres. Il ne va pas te manger!

Cela Audrey n'en était pas si sûre, encore moins lorsqu'elle se présenta à l'hôtel-restaurant des Trois Griffons de Gramat en pantalon et chemisier cintré noirs faisant ressortir la blondeur de ses cheveux détachés et dévoilant sa poitrine juste ce qu'il fallait.

Après tout, elle n'allait pas se travestir pour faire plaisir à un homme qu'elle connaissait à peine. Néanmoins, s'agissant d'un établissement de renom, elle se maquilla légèrement et chaussa des escarpins à talons. Et sur le revers de sa poche poitrine, aligna quatre pins abeilles dorés, comme un général ses médailles. Lorsqu'elle pénétra sur les coups de vingt heures dans l'ancien relais de poste du XVe siècle, la salle était pleine à craquer. Elle ne vit rien des furtifs regards masculins à son égard, seulement Steinberger assis à une table près de l'immense cheminée qui se leva à sa vue. Il était en civil et comme elle tout de noir vêtu. Tout, chez lui, était maîtrisé, depuis son polo noir au crocodile à manches courtes boutonné au ras-du-cou jusqu'à la mèche blonde impeccable sur le côté. Il demanda en guise de préambule:

— Vous n'avez pas trouvé de robe?

— À vrai dire je n'en ai pas cherché, mentit-elle en tirant une chaise.

— Dommage! Ah mais vous voilà plus gradée que moi… dit-il en fixant ses abeilles sur le revers de sa poche poitrine.

Un serveur s'approcha, dispensant la jeune femme de répondre elle ne savait trop quoi au juste :

— Désirez-vous un apéritif?

— Whisky, répondit Steinberger en interrogeant Audrey du regard.

— Un Monaco, s'il vous plaît.

Le serveur disparu, ils restèrent seuls et timides. Steinberger entama la conversation par des banalités : le temps était superbe, il y avait une foule de touristes, une aubaine pour les pickpockets…

Audrey écoutait d'une oreille distraite, observant la salle de réception aux épais murs de pierres blondes où les tentures bordeaux et les nappes blanches en damassé jetaient une note sobre et élégante. Elle passa rapidement les dîneurs en revue à la recherche de connaissances, espérant vaguement y découvrir « Jackie » puis elle se plongea dans la carte.

Ils commandèrent du foie gras poêlé accompagné d'un Monbazillac.

— Savez-vous que la tradition du foie gras n'est pas périgourdine mais alsacienne, donc de chez moi?

— Oui, mais convenez que nous l'avons plutôt bien adoptée et même déclinée. Après tout vous ne l'aviez pas labellisée.

— *Jo!*[17] Des nouvelles de Lebel?

— Pas grand-chose. Et vous, des nouvelles de l'autopsie de Bouyssou?

Steinberger dit négligemment :

— Vous savez que parler de l'enquête en cours avec un témoin est une faute professionnelle grave?

---

17. Interjection : marque l'étonnement, le doute, la surprise, l'acquiescement, la déception, l'exaspération. À prononcer Yö *avec o long.*

— Désolée. C'est donc que vous n'avez pas reçu l'aval de votre hiérarchie concernant ma carte d'Auxiliaire, répondit-elle un peu déçue.

— Je n'ai pas dit ça. Disons que c'est en cours et plutôt en bonne voie. Surtout je souhaite en finir rapidement avec une affaire qui s'égare. Vous devez me promettre de ne pas révéler ces informations à qui que ce soit, il y va de mon honneur de gendarme…

Audrey hocha la tête, observant Steinberger. Il était pâle avec des yeux brillants, sans doute avait-il l'impression de trahir un secret d'État. Il baissa d'un ton :

— Nous avons passé la maison et la cave de Bouyssou au luminol qui n'a rien révélé. Sinon, j'ai eu le légiste en fin de journée. Il confirme le choc anaphylactique. Il a bien dénombré une soixantaine de piqûres mais il a recensé deux sortes de venin, un classique et un autre plus puissant, pourtant tous deux issus d'abeilles. Quant au médecin ayant constaté le décès, il est en séminaire à Londres mais a fait confirmer son diagnostic par sa secrétaire.

— Hum… Étrange… Une poche à venin d'ouvrière contient cent cinquante microgrammes de venin, celle de la reine sept cents mais une reine se sert de son dard et de son venin uniquement pour se débarrasser de ses rivales lors de l'émergence…

— L'émergence ?

— En apiculture, on ne parle pas de naissance des abeilles, expliqua Audrey en terminant son Monaco.

— Sauf que dans le cas de Bouyssou, la dose était de trois mille cinq cents microgrammes de venin en une seule prise, c'est celle-ci qui l'a tué, sans compter les autres piqûres.

Audrey écarquilla les yeux tout en remarquant que Stein était gaucher :

— Ça voudrait dire que cinq reines l'ont piqué ! Absolument impossible ! Une reine n'a pas besoin de piquer sauf pour tuer ses rivales, ce sont les ouvrières qui se chargent du sale boulot le cas échéant.

Steinberger hocha la tête :

— N'empêche qu'en l'absence d'autres éléments, je vais signer le permis d'inhumer car l'étude de sa ligne téléphonique n'a rien donné sinon des appels anonymes à une madame Brunat qui s'avère être son ex-compagne, elle confirme qu'il a tenté de la reconquérir, notamment grâce à la bague… Quant à l'argent liquide retrouvé dans la cave, elle ignore comment il a pu se procurer une telle somme, elle dit que de « son temps » , ils vivaient plutôt chichement, feu Bouyssou ayant l'habitude de boire tout ce qu'il gagnait. On a étudié son seul et unique compte mais pas de mouvement suspect. Ah, j'allais oublier, il y a aussi un échange avec monsieur Laborde la veille de la disparition de celui-ci, je suppose que c'était au sujet des ruches malades ?

— Oui, Janissou gérait les détails de mon intervention et convaincre Denis n'a pas été facile.

— Un autre apéritif ? demanda Steinberger.

Audrey secoua la tête. Il poursuivit :

— J'ai entendu Alain Faure en audition aujourd'hui.

— Alain ? Pourquoi ?

— Il loue des parcelles à monsieur Laborde, or celui-ci avait décidé assez brutalement, aux dires de Faure, de mettre un terme à cette location.

— Ah, fit Audrey. Je n'en savais rien du tout, et pourtant le papé et moi sommes très proches.

— On croit connaître les gens et puis… Astier ?

Audrey venait de voir entrer Élisabeth Neyrat, en robe rouge très décolletée, accompagnée d'un jeune éphèbe.

Steinberger dirigea son regard dans la direction de celui d'Audrey :

— N'est-ce pas la directrice du Musée des Arts Populaires ?

— Tout juste.

— Avec son fils je suppose.

— Là vous n'y êtes pas du tout. Le penchant d'Élisabeth pour les très jeunes hommes est un secret de polichinelle. Et comme elle a un culot à « débarber » dix gendarmes, sauf votre respect, elle risquerait bien de vous croquer !

— Je ne suis plus si jeune, trente-deux ans. Et vous ?

— Vingt-neuf.

— *Jo !*[18] De toute façon, je ne cherche pas l'amour.

— L'amour n'est pas dans le registre d'Élisabeth…

L'intéressée venait de les repérer, elle fonça sur le couple avec un large sourire ne montant pas jusqu'à ses yeux :

— Bonsoir, Audrey, Lieutenant…

Steinberger se leva tandis qu'Audrey restée assise répondait :

— Bonsoir, Élisabeth.

— Je vous présente Luis, un stagiaire… Quoi de neuf pour le papé, les affichettes, ça a donné quelque chose ?

---

18. Dans ce contexte : ok.

— Rien ! s'exclamèrent d'une seule voix Audrey et Steinberger.

— Joli duo ! C'est quand même bien étonnant que tous nos efforts soient restés vains. Alors rien, vraiment, pas même un coup de fil tordu ?

— Non, répondit Steinberger assez froidement.

Il y eut un silence, puis Élisabeth eut un nouveau sourire :

— Je suis sûre que vous allez passer une très bonne soirée tous les deux. Amusez-vous bien.

Elle les quitta, remorquant le jeune Luis qui n'avait pas eu le temps d'ouvrir la bouche. Audrey ne s'appesantit pas sur la raison de la présence d'Élisabeth en ces lieux, on venait de déposer devant eux une assiette à filet doré sur laquelle trônait un moelleux foie gras poêlé baignant dans sa sauce à la truffe. Un Monbazillac doré à souhait illumina les verres autant que les palais.

— Élisabeth pense visiblement que nous allons passer la nuit ensemble. Pour elle, il ne peut exister d'amitié entre un homme et une femme.

— La moitié de l'humanité pense de même ! En ce qui me concerne, je ne couche qu'avec les femmes que je choisis.

— Ça a le mérite d'être clair, répondit Audrey, surprise et un peu choquée de sa franchise crue dans laquelle elle lut « Rien ne me détourne de mes résolutions ».

— Êtes-vous toujours aussi direct ?

— Affirmatif, nous autres Alsaciens ne perdons pas de temps en langage sibyllin, on appelle un chat un chat, point. Il faudra vous y faire si nous sommes amenés à... collaborer !

— Une collaboration qui vous donne visiblement toujours autant d'urticaire. Dans ce cas pourquoi ne pas avoir refusé tout de suite la proposition du procureur ?

— Combien de fois devrai-je vous le répéter ? Je ne suis pas seul à décider. Quoi que je fasse, je dois en référer à ma hiérarchie.

— Même inviter une femme à dîner ? demanda malicieusement Audrey.

Steinberger lui adressa son étrange sourire fermé :

— Il fut un temps où c'était le cas… Vous êtes une vraie blonde ? Vos yeux noirs le démentent !

— Encore une de vos gentillesses alsaciennes ?

— Simple curiosité, inutile de prendre la mouche. Marsac ne m'a pas menti, poursuivit le gendarme en dégustant sa bouchée, ce restaurant est un délice.

— Attendez la suite… et la note ! Au fait, nous avons menti à Élisabeth tout à l'heure…

— Menti ? Comment ça ? Vous avez du nouveau ? Perso, je n'ai eu aucun retour.

— Un appel de Lacrimosa.

— Lacrimosa ?

Audrey prit un air sérieux :

— Radiesthésiste à Gourdon, elle dit avoir vu Janissou dans le jardin d'un château.

— Quant à savoir quel château, il suffit de débourser une modique somme je suppose.

Audrey se mit à rire :

— C'est à peu près ça mais j'ai mieux. C'est une femme qui est venue chercher Janissou, un clone de Jacky Kennedy selon le témoin qui, hélas, souhaite garder l'anonymat. En revanche il a noté l'immatriculation de la voiture…

Audrey sortit un papier de sa poche sur laquelle elle avait inscrit les numéros. Le pandore s'en saisit et l'examina sans cesser de mastiquer :

— À tous les coups une voiture de location, louée sous un faux nom, quant à votre Jacky Kennedy, c'est probablement un travestissement. Enfin je garde ça et je vous tiens au courant.

Audrey haussa les épaules :

— Cette manie que vous avez de jouer les rabat-joie.

— Je vous ai dit que j'allais faire le nécessaire. *Shissdrake !*

Ils terminèrent de savourer leur mets en silence et Audrey osa aller jusqu'à saucer son assiette. Devant la béatitude du gendarme, elle fit sienne l'une des maximes d'Oscar Wilde « *Après un bon dîner, on peut tout pardonner* » et évoqua la lettre d'adieu de Janissou.

— Vous savez, je n'y crois pas du tout, conclut-elle un moment plus tard.

— N'empêche que vous auriez dû m'en parler dès le début. Encore une fois, Astier, vous n'avez pas été raisonnable. Vous allez devoir apprendre à changer d'attitude et ne plus jouer en individuel.

— Ne pourriez-vous cesser de m'appeler par mon nom, ça a un côté caserne peu propice au dégel des relations.

— Ah parce que vous pensez que nos rapports iront jusque-là ? ironisa le gendarme.

— Antoine, peut-être qu'en privé vous pourriez m'appeler Audrey…

Steinberger réfléchit un instant et soupira :

— En privé, il va de soi.

— Il va de soi… Antoine, commencez donc par cesser de fulminer à tout bout de champ et écoutez ce que je sais de l'Apis Dei. Des renseignements que je tiens de Lebel, lequel Lebel devait m'envoyer un dossier plus complet que j'attends encore.

Steinberger s'essuya les lèvres dans sa serviette, visiblement mécontent de tenir ses informations de son prédécesseur mais il se tint coi.

— L'Apis Dei est un ordre au service de l'Abeille fondé il y a longtemps par un voisin, Champollion. L'Égypte, la Pierre de Rosette à Figeac, ça vous dit quelque chose ?

— Audrey !

— Oui, bref. Au départ le but était d'éduquer les populations. Évolution de la société oblige, il faut maintenant apprendre aux hommes à ne plus scier la branche sur laquelle ils sont assis…

— Et qu'est-ce que vos abeilles viennent faire là-dedans ?

— Antoine, mais d'où sortez-vous ? Ça fait plus de trente ans que l'abeille a le bourdon ! En cause, les pesticides bien sûr mais aussi les monocultures intensives, notamment céréalières où l'abeille n'a rien à butiner, les espaces de butinage qui se raréfient au profit de l'immobilier et je ne parle pas des parasites arrivés de Chine… Or sans abeilles pas de pollinisation.

— Cela va donc si mal ?

— Plus encore que vous ne le pensez. Savez-vous que notre pays produit bon an mal an quinze mille tonnes de miel, nous en exportons quatre mille et en consommons quarante mille ; il faut donc en importer trente mille. N'est-ce pas aussi étrange que stupide ?

— Certes.

Audrey enfourcha son cheval de bataille favori : promouvoir l'activité apicole :

— Dites « France » à un étranger, il vous répondra pommard ou saint-émilion...

— Ou gewurztraminer !

— Ou gewurztraminer si vous voulez, mais jamais cet étranger ne vous répondra « Miel de lavande ou de causse » et pourtant nous sommes sur les mêmes critères : un miel aussi se mire, se hume et se lampe ! Quant à notre terroir de production, il est plus vaste encore que celui de la vigne, nos abeilles se contentant de peu. À condition d'y mettre de la bonne volonté. Et puis...

Audrey laissa planer un silence avant de taper de l'index sur la table en regardant Steinberger droit dans les yeux :

— Notre produit, que la plupart des mortels considèrent comme générique, a quelque chose de plus que le vin : il est thérapeutique ! On soigne avec, les plaies, les brûlures, les ulcères, même purulents, et j'en passe.

— Passez, passez nous sommes à table ! Mais cet Ordre, il ne produit pas de miel ?

— Non, leur but est de sensibiliser les gens à la disparition de l'abeille mais Lebel pense que c'est une couverture.

— Pas forcément, il y a des illuminés dans toutes les disciplines. Je vais creuser de ce côté-là moi aussi.

— Et ce n'est pas tout, ce couteau que vous avez dénigré... lança-t-elle à Steinberger dont elle put voir les yeux bleus virer au noir. Il appartient à l'Apis Dei ! Leur devise est inscrite sur les ailes formant le manche « *Dei servat Apes, Apes servat hominem* » récita fièrement Audrey sans buter sur aucun mot.

— Amen ! Et qui sauvera les gendarmes des cachotteries des apicultrices ? Concernant le couteau, je n'ai pas changé d'avis et je n'ai pas à en discuter avec vous. J'applique les règles que l'on m'a apprises, un point c'est tout.

— Antoine, dans notre milieu, les règles ne s'apprennent pas dans les livres mais sur le terrain. D'autant que le monde apicole est fermé, vous n'obtiendrez rien en sortant votre livre de recettes.

— C'est ce qu'on verra ! Si vous avez d'autres infos, n'attendez pas pour m'en faire part. Ça m'évitera d'avoir l'air d'un lapin de six semaines à chaque fois.

— Promis. Pour me faire pardonner, je vous emmènerai cet hiver au marché aux Truffes de Lalbenque, une institution…

— Hum… dit-il en levant les yeux au ciel. Je ne vais plus en dormir jusque-là !

Le foie gras fut suivi pour Audrey d'un confit de canard et pour Steinberger d'une entrecôte saignante, le tout accompagné de pommes de terre à la sarladaise c'est-à-dire revenues dans la graisse d'oie, aillées et persillées. Un autre régal pour le gendarme alsacien.

— Justement, « j'ai » d'autres infos.

— *Wunderbàr* ![19]

Elle lui conta sa trouvaille : la gourmette au nom d'Olivier, et aussi ses recherches dans ses dossiers ainsi que sa conversation avec le directeur de *L'Abeille Enchaînée* qui lui avait permis de confirmer l'identité du fantôme.

---

19. *Magnifique, à prononcer* vounderbar.

— Qu'est-ce qui vous a mis sur la voie de quelqu'un travaillant pour un laboratoire ?

— Le *niakoué*.

— Je vous demande pardon ?

— Lejeune a dit « *Il en a de bonnes le niakoué* » tandis qu'il farfouillait dans les ruches. Il s'agit de monsieur Wang.

— Encore un nouveau venu ?

— C'est un riche importateur chinois de miels pour le Parti. Il cherche aussi à repeupler son pays avec nos cheptels car selon la légende, lorsqu'il était petit, un vieux mage lui a prédit qu'une abeille pas comme les autres ramènerait la prospérité en Chine comme à la grande époque des Ming. Toujours selon le Mage, cette abeille se trouverait au-delà des mers, celui qui la rapportera connaîtra les délices du corps et de l'âme. Hélas pour monsieur Wang, ses trois épouses sont mortes sans lui donner d'héritier, il n'a que son neveu, un Franco-Chinois, pour prendre sa suite.

— Il a un nom ce neveu ?

— Il en a même deux. Son père, un enseignant français, l'a baptisé Thomas et son oncle, qui l'a élevé, Yuan, mais nous le connaissons sous le nom de Thomas.

Steinberger posa ses couverts et recula au fond de sa chaise :

— Quelle sorte d'apicultrice êtes-vous ? Avez-vous aussi suivi un cursus de détective privé ?

— Pas la peine, Wang nous envoie Thomas tous les étés pour acheter nos miels. Thomas est une sorte de grand commercial au service de son oncle qui est cousu d'or car il dirige également une société d'import-export d'objets plastique en tous genres.

Ce que je ne comprends pas, c'est pourquoi il a expédié Lejeune dans les ruches du papé. Ce n'est pas pour du miel, il peut en acheter autant qu'il veut et rubis sur l'ongle !

— Il faut partir sur l'idée d'une découverte de Laborde, une découverte valant de l'or car pouvant faire aboutir sa quête de l'abeille prodigue.

— Oui, c'est aussi ce que pense Raoul Mallet, donc une formule à cacher dans une cage à reine… J'ai fouillé toutes les ruches du papé, je n'ai rien trouvé. De plus les ruches d'élevage étaient vides, or le papé faisait du greffage en permanence.

— Bon, mais les vôtres ?

— Les miennes ? Je ne vois pas pourquoi il aurait caché ça dans l'une des miennes, et sans m'en parler.

— C'était son secret, qu'il souhaitait néanmoins partager avec vous lors du dîner le soir où il a disparu. Et s'il a agi de la sorte, c'est qu'il avait une excellente raison, il se sentait probablement menacé. Soit par cet Ordre, soit par Wang via Lejeune ou dieu seul sait qui d'autre.

— Et à quelle occasion il aurait pu ouvrir l'une de mes ruches ?

— Quand vous partez en colloque par exemple.

Audrey cessa d'égratigner la glace à la noix qu'on venait de lui servir. Après tout pourquoi pas, elle restait parfois absente des semaines voire des mois et Janissou connaissait parfaitement l'emplacement de ses ruchers… Steinberger la tira de ses pensées :

— Je vais contacter la gendarmerie de Limoges pour qu'ils convoquent Lejeune, ça le fera se tenir à carreaux. Je suis quand même étonné qu'il n'ait pas cherché à récupérer sa gourmette…

— Il se serait fait démasquer. Cette gourmette ne constitue pas une preuve majeure, il vaut mieux qu'il fasse le mort. Et nier tout en bloc le cas échéant.

— Vous auriez fait un assez bon gendarme.

Audrey éclata de rire :

— Sauf votre respect, Antoine, je préfère la compagnie de mes abeilles, elles sont sans pitié et ne tolèrent aucune hésitation mais au moins on sait où on va.

Ils évoquèrent ensuite les lettres anonymes.

— Marsac est dans les archives jusqu'au cou, dit Steinberger. Il va bien finir par trouver quelque chose.

— À Thégra, il y a un très vieux monsieur, le Père Grifoul, il était facteur pendant la guerre car il avait eu la polio et…

— Facteur pendant la guerre, quel âge a-t-il donc ?

— Cent ans cette année. Il est la mémoire de la région. Il était aussi apiculteur autrefois, maintenant il n'a plus qu'une seule ruche, pour sa consommation personnelle, dont le papé et moi nous occupons. Je suis sûre qu'il doit connaître le pourquoi de ces accusations.

— Hum, sauf que les témoignages émanant de personnes très âgées restent fragiles et contestables. A-t-il toute sa tête ?

Audrey soupira :

— À vrai dire pas toujours, mais sa mémoire ancienne est intacte, elle pourrait nous aiguiller…

— C'est ça, allez voir votre vieux facteur, je vais réactiver Marsac, le premier qui a du nouveau contacte l'autre. Voici ma carte avec mon numéro personnel, dit-il en faisant glisser sur la nappe un petit carton affichant ses coordonnées à la caserne de Gramat ainsi que son portable.

— Ça marche! fit Audrey en empochant celui-ci. Au fait, j'ai dans la voiture la prétendue lettre d'adieu de Janissou ainsi qu'une carte postale authentique, si d'aventure vous aviez envie de faire des analyses graphologiques.

— Donnez toujours, je verrai cela...

Encore une fois elle soupçonna Steinberger de porter peu de crédit à ses propositions. Le temps et les missions se chargeraient de lui faire arrondir les angles.

« Et dire que c'est moi qui essuie les plâtres » songea la jeune femme en dégustant son café sans remarquer à deux tables derrière elle un homme aux cheveux bruns bouclés qui ne la quittait pas du regard. Si elle l'avait vu, Audrey aurait pu reconnaître le touriste espagnol de Rocamadour qui lui avait demandé son chemin pour se rendre aux Sanctuaires et qui n'était autre que Frère César de l'Apis Dei.

Les propos d'un ancien

Audrey était très curieuse de vérifier la théorie de Steinberger selon laquelle Janissou aurait pu cacher sa découverte dans l'une de ses ruches à son insu. Outre son gros rucher du lieu-dit « Rien », elle avait, tout comme Béziat et Mallet, quelques autres ruches disséminées ici et là dans le causse. Mais il était plus prudent de visiter une colonie en pleine après-midi, quand les butineuses étaient aux champs plutôt que le soir où l'inspection tournait généralement au pugilat : quoi, on ne pouvait même plus être tranquille chez soi après une rude journée ?

En attendant, Audrey décida de rendre visite au Père Grifoul afin qu'il lui relate ses souvenirs de guerre. Elle emporta une photocopie des lettres anonymes dont le contenu serait peut-être « parlant » pour le vieil homme. Elle prit aussi un grand pot de miel frais en guise de cadeau de bienvenue.

*

En milieu de matinée du samedi 9 août, Audrey se rendit au village de Thégra, situé dans le canton de Padirac où le célèbre gouffre du même nom attirait chaque année des milliers de touristes prêts à plonger dans les entrailles de la terre. Le soleil, haut dans le ciel, illuminait le toit de lauzes du château fort du XVe siècle, remanié en demeure de plaisance par Mansart au XVIIe. Ici la guerre de Cent Ans avait fait des ravages et bien des bâtiments avaient été reconstruits après la fin des combats, en 1453. L'église Saint-Barthélemy était de ceux-ci. Audrey la dépassa et rejoignit la maison de Jules Grifoul, la dernière du village sur la route de Lavergne.

Elle trouva le vieil homme occupé à écosser des haricots frais, offerts par une voisine. À sa vue, il sourit, chevrota un « Audrey, ça me fait plaisir » et se leva en réprimant une grimace de douleur :

— Le grand âge ne vaut rien, ma belle.

C'était un petit homme sec comme un sarment de vigne, au crâne dégarni sous une figure en lame de couteau passablement ridée au milieu de laquelle luisaient deux yeux gris encore vifs.

— Restez assis, je vous en prie.

— Ah ça non, mes parents, il désigna d'un doigt crochu un double portrait au mur, m'ont toujours appris que quand une dame entre quelque part, l'homme se lève. Alors, qu'est-ce qui vaut à une vieille branche comme moi la visite d'une jolie femme ?

Il avait un accent rocailleux à souhait, propre aux gens du causse ayant peu voyagé. Il lui proposa un café qu'elle s'empressa d'accepter pour lui faire plaisir tout en préparant mentalement son estomac à digérer un parfait jus de chaussettes.

Le père Grifoul traîna sa jambe torse jusqu'à l'antique fourneau à bois où il enquilla une bûche avant de poser la cafetière sur la plaque et dit :

— Il est frais, il est d'hier ! Alors qu'est-ce qui t'amène ?

— La récolte pardi ! J'ai amené le chasse-abeilles. Chez moi, c'est fait. Tenez, dit-elle en posant le pot de miel sur la table recouverte d'une toile cirée à carreaux rouges et blancs. Vous m'en direz des nouvelles.

À la vue du beau miel ambré, les yeux du vieil homme s'allumèrent comme deux réverbères, il parut rajeunir d'un coup. Il s'avança toujours claudiquant jusqu'à la table, prit le pot par le pied qu'il éleva vers la lumière, admirant dans un silence religieux la couleur fauve de la robe. Il le fit rouler sur lui-même pour en saisir tout le chatoiement. Puis il l'ouvrit et huma la note florale s'en exhalant. Peu à peu celle-ci laissa place au boisé.

— Hum… Thym, serpolet, petite centaurée… et ce trèfle blanc… toute notre région est là, enfermée par nos précieuses fillettes. Donne-moi une cuillère.

Audrey ouvrit le tiroir de la table et lui tendit l'ustensile requis. Il préleva un peu du précieux nectar, le porta à sa bouche où il le plaça entre la langue et le palais pour le tâter. Plusieurs caudalies[20] filèrent avant que le père Grifoul ne rende son avis avec une mine ravie :

— Il a du corps qui révèle des notes de foin sec sur un fond aromatique… Châtaignier ?

— Oui, celui-ci provient de ma ferme ou plutôt du bois au fond de ma parcelle.

---

20. Unité de mesure exprimant la durée, en bouche, des arômes. Les critères d'œnologie servent également pour le miel.

— Autrefois, le causse était plus boisé et le miel plus fort, les hêtres notamment ont beaucoup régressé pour le pâturage ou les cultures. Mais le tien est très réussi. Bravo.

Audrey sourit :

— Je vais aller poser le chasse-abeilles pendant que vous servez le café.

Moins de dix minutes plus tard, Audrey était de retour du petit jardin de curé du père Grifoul, au fond duquel une ruche peinte en rouge faisait figure de proue. De nouveau attablée avec le vieil homme, elle tournait et retournait sa cuiller dans la mixture noirâtre qu'il lui avait servie dans une tasse en faïence bleue :

— C'était le service de ma Rose qui n'aimait que le bleu. N'est-ce pas cocasse ?

On évoqua ensuite son fils, Raymond et les enfants de celui-ci, tous installés à Paris. Les plus jeunes viendraient passer quelques jours avant de s'envoler pour Malaga.

— Et Janissou, comment il va ?

Audrey prit un ton enjoué pour mentir au vieil homme qu'elle souhaitait épargner :

— Oh pas mal, il est reparti à Compostelle.

— À Compostelle, à son âge, mais il est fada !

— Je ne vous le fais pas dire et c'est moi qui garde la boutique. Justement, en effectuant quelques rangements, je suis tombé sur ceci… fit Audrey doucement en exhibant de son sac les photocopies des lettres anonymes.

Le père Grifoul s'en saisit et chaussa ses lunettes sorties de la poche de son gilet :

— Voyons cela.

Il prit son temps pour les parcourir toutes. Puis il eut un énorme soupir avant de fermer les yeux. Sa main tenant le paquet de lettres tremblait. Audrey ne le brusqua pas et imagina le flot de souvenirs terribles défilant sous son crâne. Des minutes longues comme des siècles passèrent. Soudain, il murmura :

— Ce pauvre Janissou, ce n'était pas de sa faute, à huit ans on ne sait pas que le silence vaut de l'or.

Audrey posa sa main sur celle du vieil homme pour l'apaiser :

— S'il vous plaît, racontez-moi, que s'est-il passé cette année-là ?

— C'est loin tout ça. Ça n'a plus d'importance.

— Ça en a une pour moi, celle d'aider Janissou, il a tant souffert.

De nouveau le père Grifoul ferma les yeux et son menton toucha sa poitrine qui tressauta au gré d'une suite de soupirs. Enfin il se décida :

— Janissou avait un frère, Albert, qui avait vingt ans en 1943. Malgré son jeune âge, il était chef de Maquis, à la tête d'un petit réseau de Résistance qu'il avait constitué avec quelques camarades de classe et des amis de ceux-ci, le réseau Murat, en l'honneur du Roi de Naples dont la maison natale n'est pas très loin d'ici. Quand la division Das Reich est remontée sur Oradour-sur-Glane ce 10 juin 44, Albert malgré ses divergences d'opinions politiques – il était gaulliste – a accepté de prêter main-forte à un groupe communiste du Limousin qui cherchait à fédérer les différentes mouvances afin de stopper l'avancée de ces hyènes. La mise au point de l'intervention a eu lieu dans la ferme des Laborde, dans le pigeonnier.

Il y eut un silence qu'Audrey ne chercha pas à combler par des questions risquant d'entraver la bonne marche du récit. Au bout de quelques instants, il reprit le fil de ses souvenirs :

— Janissou avait un ami d'enfance, Émile Grangier, dont le père était un pétainiste bon teint. Les Grangier possédaient une grosse exploitation de tabac (comme tous les anciens, il prononçait « tabaque »), la plus grosse de la région. Ils travaillaient pour les Allemands, comme ça, ils ne manquaient de rien. Janissou savait que son frère était maquisard bien que personne ne le lui ait vraiment dit. Tu sais en ce temps-là on ne faisait pas beaucoup de psychologie enfantine. Et il en était fier de ce grand frère, fier au point d'aller se vanter auprès d'Émile Grangier de ce qu'il avait entendu de la réunion lorsqu'il était passé devant la porte du pigeonnier en allant se coucher. Ensuite, c'est allé très vite, l'arrestation, la Gestapo, la torture… Albert n'a pas parlé mais ils l'ont tellement torturé qu'ils ont dû le fusiller attaché fermement au poteau pour ne pas qu'il tombe…

De nouveau Audrey eut une vision : une rafale de coups de feu, de la fumée, un homme au visage ensanglanté qui tombe, la poitrine trouée et puis un dernier coup, poétiquement appelé « coup de grâce ».

— Seules deux personnes ont pu s'enfuir, les autres ont été déportées. À Auschwitz, à Birkenau, à Dachau…

Nouveau soupir, nouveau silence, puis :

— Une personne a survécu à l'horreur des camps. Tes grands-parents la connaissaient pour l'avoir hébergée un temps… Annie Bauer, arrivée chez vous sous le nom de Lemaire…

Audrey eut un choc. Louis et Suzanne avaient toujours cru qu'Annie était morte dans des conditions effroyables. Le vieil homme poursuivait plus pour lui-même maintenant :

— Je dis « survécu » mais c'est une morte-vivante qui est revenue de Ravensbrück et enceinte de cinq mois d'un nazi. Elle était jolie, Annie, blonde avec des yeux bleus comme un morceau de notre ciel quercynois en plein été… Alors là-bas, elle a servi à faire des bons petits Aryens. Elle a été évacuée par la Croix-Rouge en avril 45 et ensuite elle est partie en Amérique où elle a été recueillie par une association juive dont elle a épousé le président Moshé Wissenthal ou quelque chose ça. Il a reconnu l'enfant, un fils, Simon, mais Annie, elle n'a pas supporté de vivre avec tout ce qu'elle avait vu, elle se demandait pourquoi elle en avait réchappé et pas les autres. Et puis le petit, il ressemblait trop à son père, le vrai, le boche… Elle s'est suicidée quand il avait deux ans.

— Mon dieu… émit Audrey. Quel épouvantable enchaînement d'évènements…

— Oui, c'est aussi ce que m'a dit la petite-fille d'Annie quand elle est venue me voir à la Noël de cette année.

Le vieil homme hocha la tête :

— Pauvre petite Aby.

En entendant ce nom, la jeune femme eut un haut-le-corps :

— Pardon, vous avez dit Aby ?

— Ben oui Aby, c'est une Américaine qui parle rudement bien français. Ah et puis tu sais il y a autre chose, je t'ai dit que deux personnes avaient pu s'échapper…

— Oui.

— Moi et Robert Joffrin, un collègue de la poste. Après la guerre, il a été soupçonné d'avoir dénoncé le réseau, il a failli y passer à la Libération. Il a même échappé de peu à un attentat des communistes de Limoges qui n'avaient pas reçu leur renfort et le tenait pour responsable de leur débâcle. La poste a dû le muter à Brive et il a attendu longtemps de l'avancement. C'est après l'attentat qu'il a décidé de mener sa propre enquête et qu'il est remonté jusqu'à Janissou. Quand il a compris qu'il s'agissait d'un bavardage de gamin, il n'a pas souhaité aller plus loin et il est rentré dans le rang mais aux yeux de tous, il est resté le traître. Moi, il m'a dit la vérité sur son lit de mort, il m'a fait jurer de ne pas en parler au papé, que ça ne servirait à rien de remuer tout ça d'autant que le pauvre Janissou venait de perdre sa femme et son fils. Robert trouvait qu'il avait été suffisamment puni mais sa nièce, elle, ne l'entend pas de cette oreille…

— Et qui est cette personne dépourvue de mansuétude?

— Élisabeth Neyrat. Elle s'est beaucoup occupée de Robert sur la fin et il s'est confié à elle.

Audrey n'en croyait pas ses oreilles. L'élégante directrice du Musée des Arts Populaires partie prenante d'un règlement de compte vieux de soixante-dix ans et qui sait, peut-être à l'origine de la disparition du papé? La voix du père Grifoul mit un frein à ses déductions.

— Élisabeth et Aby sont venues me voir plusieurs fois ces temps-ci, elles semblent très liées mais vu la date des premières lettres, ce ne peut être qu'Élisabeth l'auteur. Curieusement, c'est elle la plus en colère.

Sans doute le poids de la honte est-il plus lourd que celui de la souffrance. Quant à celui des ans, il pèse un âne alors sois gentille, laisse-moi, je suis fatigué. Je t'ai tout dit, tâche d'en faire bon usage.

Audrey accompagna le vieil homme jusqu'à sa chambre et l'aida à s'allonger sur son lit.

Une fois dans sa voiture, elle était impatiente de communiquer à Steinberger ces informations et composa son numéro de téléphone personnel. Mais le gendarme en chef devait être dans l'incapacité de répondre, elle en fut réduite à renseigner sa boîte vocale.

*

Elle regagna son logis dans une sorte d'état second, sans rien voir de la beauté des paysages à laquelle elle était d'ordinaire si sensible, ce qui permit au Frère César de la suivre en toute quiétude. Il fit cependant bien attention à laisser entre la poussive 2 CV et sa rutilante BMW une distance raisonnable, il ne tenait ni à se faire repérer, ni à perdre de vue la cible, encore moins à se faire admonester par Frère Ambroise dont les colères étaient légendaires à l'Apis Dei.

Il circulait sur ce haut dignitaire de l'Ordre des histoires terribles : c'était un ancien légionnaire, un descendant direct de Raspoutine, il avait au moins huit euthanasies à son actif, il aimait les femmes… et les hommes !

Frère César était entré dans la Confrérie non par conviction mais pour l'amour d'une femme, « ouvrière » comme lui au service de l'Ordre. Mais quelle femme ! Jamais il n'en avait rencontré une comme elle : d'une beauté et d'une classe incomparable. Et cette ressemblance avec Jacky Kennedy qu'elle entretenait avec soin, quand il la tenait dans ses bras, il avait tout simplement l'impression d'embrasser un morceau d'Histoire, c'était grisant. Hélas, il y avait un hic à cette passion : Sœur Félice était mariée à Frère Alexandre et si à la ville ils formaient un couple libertin fréquentant les clubs échangistes – c'est dans l'un de ceux-ci que Frère César avait rencontré Sœur Félice – à l'Apis Dei, aucun désordre n'était toléré et les liaisons internes bannies. Le Frère Ambroise y veillait avec un soin redoutable. Ne disait-on pas qu'il ne sortait jamais son « dard » inutilement. Mais la vision délicieuse de Sœur Félice s'imposa à Frère César, il occulta tout ce qui n'était pas « elle ». Aussi quand la 2 CV s'engagea sur l'étroite route pour rejoindre la lande où se trouvait la ferme d'Audrey, l'Espagnol estima qu'il serait bientôt trop à découvert. Il fit demi-tour et regagna sa splendide chambre au château de Roumégouse où il espérait fortement que Sœur Félice vienne examiner avec lui la carte du Tendre.

Si Frère César s'était donné la peine de poursuivre sa filature au moins jusqu'au plateau, il aurait pu apercevoir, stationnée devant la ferme, une voiture de gendarmerie. Audrey, en se garant près d'elle, eut la surprise d'en voir descendre Steinberger. Seul. Il toucha néanmoins son calot, le salut fut accompagné d'un « mademoiselle Astier ». Audrey comprit que le temps n'était plus aux « Antoine et Audrey », aussi répondit-elle par un traditionnel « Lieutenant ». Lequel lieutenant tenait à la main une grande enveloppe marron.

— J'ai reçu ceci pour vous chez moi, à la caserne.

— Pour moi, chez vous ? répéta la jeune femme en écarquillant les yeux d'étonnement.

— Oui, un de vos admirateurs secrets qui doit me croire passablement désœuvré pour me trouver un emploi de suppléant de facteur. Il n'y a pas d'expéditeur.

Le ton ironique et le regard fermé indiquaient qu'il n'appréciait pas plus que ça de jouer les messagers. Mais qui diable pouvait s'amuser à expédier du courrier pour elle au domicile de Steinberger ?

— C'était dans une enveloppe plus grande sur laquelle était écrit « À remettre en main propre à mademoiselle Astier ».

Steinberger se décida à lui tendre le pli qui était assez lourd mais Audrey ne l'ouvrit pas tout de suite et demanda à brûle-pourpoint :

— Avez-vous reçu mon message ?

— Affirmatif.

— Et alors ?

— Alors Lewis et Neyrat seront convoquées très prochainement pour être entendues en audition mais ne vous faites pas trop d'illusion, il est fort possible que votre tuyau soit comme celui de la plaque d'immatriculation : percé ! Et oui, c'est une voiture de location, louée sous un faux nom.

— Ça vous amuse ?

— De vous voir jouer les enquêtrices à ma place ? Non, même pas.

— Je n'enquête pas, je cherche.

— Quoi ?

— La vérité.

Un sourire de félin étira les lèvres de Steinberger :

— Savez-vous ce que disait mon grand-père à ce

sujet ? Que seuls les enfants, les idiots et les ivrognes disent la vérité. Et il était gendarme lui aussi. Alors, qu'en pensez-vous ?

— Qu'en effet je suis une idiote d'avoir cru qu'hier soir…

— J'allais vous confier l'enquête et les clefs de la brigade ? Quand bien même nous aurions passé la nuit ensemble, je n'en aurais rien fait. Et puis quoi encore ? *Shissdrake !*

Il ferma les yeux et se passa la main sur le front en soupirant. Il pensa soudain qu'il avait peu de relations dans la région, se sachant plus redouté qu'aimé de ses hommes. Il ne parvenait pas à établir avec eux ce rapport de cordialité comme du temps de Lebel dont l'ombre amicale planait sur la gendarmerie. Et puis l'Afghanistan lui revenait sans cesse. Des scènes épouvantables défilaient devant ses yeux à toute heure du jour et de la nuit, le genre de scènes qui change un homme en animal.

— Je suis désolé, Audrey… finit-il par lâcher devant la mine déconfite de la jeune femme.

Celle-ci leva une main temporisatrice tandis qu'il poursuivait très vite :

— J'ai eu les collègues de Limoges, Lejeune est mort…

— Quoi, mais quand ?

— Hier. La veille il s'était disputé avec sa femme, elle est partie chez ses parents, quand elle est revenue le lendemain, elle l'a trouvé pendu dans leur chambre. D'après les premières constatations, c'est un suicide. Il était ruiné. Et ce n'est pas tout…

— Vous ne voulez pas entrer un moment pour parler plus tranquillement ?

— Audrey, j'ai eu un appel de Paris, ils me demandent de laisser tomber.

— Quoi ? L'affaire du papé ou celle de Bouyssou ?

— Les deux. Ils disent que je devrais rentrer quelque temps chez moi en Alsace pour me ressourcer.

Il n'ajouta pas que sa hiérarchie avait insisté sur sa fragilité, du fait qu'il avait refusé de voir un psychologue lors du sas de décompression à Chypre six mois plus tôt.

— Et c'est ce que vous allez faire ? Les écouter et ainsi laisser filer une bande de truands capables de s'en prendre à un vieil homme, d'agresser une femme, de se croire au-dessus des lois ?

Steinberger eut un nouveau soupir :

— Je ne sais pas.

Audrey sentit qu'il était ébranlé dans ses convictions, il devait être remotivé sans quoi jamais la disparition du papé ne serait élucidée. Et si de hautes instances insistaient pour étouffer l'affaire, c'était qu'un crime avait été commis...

— Désobéissez ! martela-t-elle.

— Je ne peux pas, je suis un militaire, je dois obéir aux ordres. J'ai prêté serment.

Pour le coup, Audrey s'insurgea :

— Quels ordres ? La gendarmerie, comme l'État, est là pour protéger ses citoyens or dans notre cas, ce ne sont pas les victimes qui sont protégées mais les assassins. Vous ne pouvez pas cautionner cette pensée. Pas vous, Antoine.

Steinberger sortit de ses gonds :

— Quoi, Antoine ? Quoi ? Avez-vous la moindre idée de ce qu'est l'armée et de quoi elle est capable ? Moi oui. Lors du sas de décompression, j'ai émis des doutes sur notre mission, de simples doutes, ça m'a coûté ma place à Strasbourg.

— Mais enfin quoi, gendarme, ce n'est pas une race à part ?

— En quelque sorte si ! C'est parce que j'ai émis ces doutes que je me suis retrouvé dans ce trou !

— Vous auriez pu tomber plus mal !

— Peut-être mais ce n'était pas mon choix d'autant que mes résultats me permettaient d'intégrer la Mobile[21]. Mon poste ici est une mise au placard !

Sa déception et son amertume étaient palpables.

Audrey les ressentait et soutint son regard :

— Rentrez cinq minutes, je suis sûre que Lebel nous a mis des munitions, dit-elle doucement en désignant la lettre.

— Lebel ?

— Oui, j'ai reconnu son écriture et ce qu'il y a là-dedans doit être suffisamment important pour employer ce genre d'expédients. Allez, entrez... Vous ne voulez vraiment pas un café ?

— À ce stade, j'aimerais mieux un Schnaps !

— Il doit me rester un fond de Vieille Prune du Périgord.

— Je plaisantais ! Audrey, j'ai reçu l'accord pour votre carte d'Auxiliaire...

— Vous avez l'air déçu ?

— Oui, enfin non... Je n'ai pas l'habitude de collaborer avec les civils si ce n'est avec la police mais on est sur la même longueur d'onde, enfin... presque ! Avec vous, je ne sais pas comment je vais m'y prendre...

— Faites simple !

---

21. Gendarmerie d'élite, spécialisée dans le maintien de l'ordre.

— Simple ? Mais je n'ai pas appris à diriger des civils, je n'ai pas de mode d'emploi et surtout je ne comprends pas qu'ils aient accepté…

En l'espace de quelques jours, il avait reçu de multiples pressions : le procureur, le préfet, le ministère de l'Intérieur sans parler de sa hiérarchie, tout le monde s'y mettait pour lui remonter les bretelles. Il se passa la main sur le visage :

— *Verdamm*[22], je n'ai pas mérité ça !

---

22. *Nom de Dieu. À prononcer* Ferdam.

Où l'on reparle de l'Apis Dei

Lorsqu'ils entrèrent dans la ferme, Major vint à eux en jappant joyeusement et se mit à renifler Steinberger sous toutes les coutures. Au bout d'une minute, l'examen dut lui paraître satisfaisant car il retourna se coucher dans son panier installé dans le couloir. Audrey pénétra dans la cuisine et mit le café en route. Tandis que celui-ci passait dans une délicieuse odeur, elle fit signe à Steinberger de prendre place à table et sortit deux tasses du buffet, puis elle tira une chaise et décacheta l'enveloppe. Elle lut à voix haute :

Ma petite Audrey,
Tu t'étonneras de cette façon pour le moins curieuse de recevoir du courrier de ma part, sache que c'est une précaution. J'ai même demandé à ma femme de ménage de le poster en catimini. Présente mes excuses à Steinberger pour cette démarche un peu cavalière.

L'intéressé eut un petit rictus en soulevant les sourcils. Audrey poursuivit :

Voilà ce que mon contact a pu me fournir sur l'Apis Dei : comme tu le sais déjà, la confrérie a été fondée par l'égyptologue Champollion en 1819. En 1825, sur l'influence de Chateaubriand, une mouvance radicale a intégré la société. L'Apis Dei est formée sur le modèle de la ruche, laquelle, en Franc-Maçonnerie, représente la loge maçonnique où l'initié doit travailler tout au long de sa vie pour extraire le meilleur de lui-même sous le regard du Grand Architecte de l'Univers. Certains des membres sont francs-maçons alors prudence.
L'Apis Dei est donc composée d'une reine, d'une Cour et de deux fratries d'ouvrières/ouvriers appelées Cellules : Cellule Champollion pour les Libéraux, Cellule Chateaubriand pour les Radicaux. On peut dire des gentils et des méchants, quoi que cela soit assez réducteur !

Détail important : Les Champollion utilisent les hiéroglyphes pour leurs messages, les Chateaubriand le latin.

Steinberger secoua la tête :
— On nage en plein délire.
— Écoutez plutôt :

Les Libéraux sont plutôt athées ou catholiques modérés et républicains, les Radicaux fervents catholiques et monarchistes. Ils ont d'ailleurs réussi à faire adouber l'Apis Dei par Pie XI en 1905 alors que la séparation

de l'État et de l'Église venait de retentir.
Les deux cellules se disputent la direction. La Reine est élue pour cinq ans, le temps d'une vie de reine d'abeilles, comme tu le sais...
Elle a tous pouvoirs, même de vie et de mort. La Cour est une sorte de garde rapprochée composée de huit membres, en principe l'égalité des deux tendances est respectée. Cette chambre est renouvelée de ses membres mâles à la fin de l'été.

Audrey fit une pause dans sa lecture :
— Mais c'est fou, ça, dans la ruche aussi, à partir du 15 août, tous les mâles sont chassés pour préparer l'hivernage.
— Quoi d'autre ? demanda nerveusement Steinberger pour lequel le calvaire des faux-bourdons n'avait qu'assez peu d'intérêt.
Audrey en profita pour servir le café et reprit :

Il existe aussi quelques membres ayant une sorte de statut diplomatique, des Xylocopes...

Audrey traduisit :
— Des abeilles charpentières, les plus grosses de la famille Apidée, de la taille d'un frelon et entièrement noires, elles sont solitaires.

Ceux-là ne sont pas renouvelés, ce statut particulier est conféré à vie pour service rendu à la colonie.
Tous les membres possèdent un tatouage de ralliement : les Radicaux sur l'avant-bras droit intérieur, une abeille au dard sorti. Les Libéraux sur le gauche, celui antiquement relié au cœur, un faux-bourdon,

donc sans dard car ils privilégient la diplomatie alors que les autres peuvent aller jusqu'au meurtre qu'ils nomment « euthanasie » et dans ce cas, des gouttes de sang, sous le dard, symbolisent ce passage à l'acte. Pour les membres de la Cour, le tatouage représente une grande abeille surmontée d'une couronne, figurant la reine. Avec ou sans dard selon leur appartenance…

Steinberger l'interrompit un instant :

— Avez-vous vu ce genre de tatouage sur votre papé ?

— Non, mais maintenant que j'y pense, je ne l'ai jamais vu en bras de chemise.

Leur arme, tu la connais, c'est le stylet qu'ils appellent Dard. Ce que tu ne sais pas c'est que la lame dentelée est percée pour laisser passer un produit paralysant contenu dans le manche. On appuie sur les yeux de l'abeille pour déclencher le jet. Les yeux sont des améthystes, symbole de connaissances et de magie. Pour les membres de la Cour, les yeux sont rouges, symboles de guerre, la lame est lisse, plus longue et dispense un jet létal…

Audrey cessa brusquement sa lecture et se jeta sur le buffet. Ouvrant le tiroir, elle en sortit le poignard de Janissou retrouvé chez Bouyssou et pour lequel Steinberger avait eu si peu de considération. Elle fit jouer le manche sous la lumière, les yeux violets de l'insecte jetèrent un éclat maléfique. Puis elle le tendit au gendarme :

— Janissou n'était qu'un simple membre.

Steinberger ne répondit rien et observa le couteau sur toutes ses faces, puis il appuya sur les yeux mais rien n'en sortit.

— Il y a longtemps qu'il n'a pas dû servir si tant est qu'il ait jamais servi… La poche à venin doit être sèche, commenta Audrey.

Elle reprit sa lecture, intriguée et impatiente d'en savoir plus sur cette mystérieuse confrérie :

L'Apis Dei est aussi composée de milliers d'ouvriers et d'ouvrières recrutés dans toutes les couches de la société.

Le gouvernement serait infiltré depuis 1944 grâce aux membres résistants. Le rayonnement de l'Apis Dei est national mais son siège et ses réunions se tiennent toujours à Rocamadour. Cependant mon contact ignore si c'est intra ou extra-muros car il leur arrive aussi de se réunir dans des gouffres à proximité.

Voici la doctrine de l'Apis Dei :

- *Reconstituer le cheptel apicole d'avant 1819, date considérée comme le début de l'effondrement des colonies.*
- *Préserver la pureté des écotypes (voilà des idées qui en rappellent d'autres et que je n'aime pas du tout).*
- *Dispenser la sagesse de l'abeille : produire sans détruire.*
- *Convertir les utilisateurs de pesticides (agriculteurs et fabricants).*
- *Promouvoir la médecine verte (l'Apis Dei est en guerre avec les labos pharmaceutiques).*

L'esprit de l'Apis Dei est celui de la ruche : sauver la société mère et son idéologie, à n'importe quel prix, même ultime si celui-ci est nécessaire à la survie de la confrérie.
Tous les membres sont prêts au sacrifice.
Je te rappelle leur devise « Dei servat Apes, Apes servat homines ».
Mon contact n'a pas de liste de noms à nous fournir : classée secret-défense. Il affirme en revanche que tes téléphones sont probablement sur écoute ainsi que celui de Stein, le mien aussi d'ailleurs et j'ai vu quelqu'un rôder autour de chez moi. Il est probable que tu sois suivie toi aussi, sois vigilante. Après ta lecture, tu comprendras que j'ai tardé à te répondre et aussi pourquoi j'ai préféré utiliser l'adresse de mon successeur qui je crois ne me porte pas en odeur de sainteté.

À cette expression Steinberger haussa les épaules :
— Pfutt… Ne dirait-on pas que je suis le diable en personne ?
— Antoine, il y a plus grave que savoir si vous êtes Satan ou Méphistophélès… Cette confrérie est pour le moins étrange ! D'un côté elle prône la sagesse, la sauvegarde des abeilles, la paix, et d'un autre, elle est prête à tuer pour faire admettre ses idéaux.
— Ce sont des intégristes, voilà tout. Cette lettre éclaire ma situation. Si ces gens sont infiltrés jusque dans la tête de l'État, je ne m'étonne plus qu'on veuille me mettre au vert.
— Alors que dans le même temps, ils acceptent de m'accorder une carte d'Auxiliaire Civile ?

— Pour lâcher du lest. Et puis, ils vous imaginent parfaitement inoffensive !

— Ils n'ont donc jamais eu affaire à une abeille en colère ?

Steinberger eut un sourire semblant dire « Qu'est qu'une abeille ? Rien ou si peu ».

La jeune femme reprit :

— Pas mal de zones d'ombre demeurent quand même… Pourquoi avoir fait disparaître le papé ? Qui est derrière tout ça ? Qu'avait-il déniché pour qu'on se mobilise en si hauts lieux ?

Audrey eut soudain une vision : elle revit Élisabeth Neyrat la veille et son étrange sourire lorsqu'elle les avait rencontrés.

— Vous ne trouvez pas curieux que cet appel de Paris intervienne moins de vingt-quatre heures après notre dîner ?

— Vous pensez que quelqu'un aurait pu nous dénoncer. Je ne vois pas le rapport, nous ne faisions rien d'illégal et je n'étais pas de service.

— Peut-être mais ce dîner intervient très peu de temps après la disparition du papé et la mort de Bouyssou d'autant que, pour le papé, vous avez ouvert une préliminaire dans laquelle je suis l'un des témoins. Élisabeth n'est pas sotte, elle a bien pensé que nous avons évoqué ne serait-ce qu'une fois les faits. Nous savons maintenant qu'elle est le corbeau dans l'affaire du papé et que selon le père Grifoul, elle lui en veut terriblement. Vous m'avez dit l'avoir convoquée ?

Steinberger repoussa sa tasse vide sur la table :

— Oui, Marsac l'attend lundi matin à dix heures trente, ainsi que Lewis d'ailleurs.

— Quand Marsac a-t-il appelé Élisabeth ?
— Hum, ce matin vers neuf heures je crois.
— Et votre appel de Paris ?
— À midi, juste avant que vous n'arriviez.
Audrey eut un regard insistant pour Steinberger qui hocha la tête, demandant d'un ton incrédule en fronçant les sourcils :
— Elle aurait des appuis jusque dans le ministère de l'Intérieur ?
— Il faut croire. Élisabeth fréquente les notables locaux, il est possible que l'un d'entre eux ait le bras long ou soit un membre de l'Apis Dei, voire un Franc-Maçon. En tout cas, la coïncidence vaut la peine qu'on se penche dessus.
— Elle ferait tout ça pour son oncle qui n'est même plus de ce monde ?
— La frustration engendre la haine et la haine la violence. Or cette réputation de traître entache sa famille, dans notre coin ces vieilles histoires sont toujours vivaces et pour la mondaine qu'elle est, c'est insupportable.
Steinberger se redressa sur sa chaise et croisa les bras. Il pensa que les réflexions de l'apicultrice étaient loin d'être dénuées de sens. Il songea aussi que cette enquête s'avérait plus complexe qu'il ne l'avait supposée au premier abord.
Il était assez lucide pour reconnaître qu'il avait débarqué en conquérant dans cette région rurale, fort de son grade plus élevé que celui de Lebel et de ses états de service en Afghanistan. Il pensait n'avoir à régler que des chapardages ou des altercations entre individus alcoolisés par des vins à faire danser les chèvres.

Mais dans cette affaire, c'était lui que Paris prenait pour une chèvre. Tandis qu'il cogitait, le chien s'était souplement rapproché de lui et posa la tête sur sa cuisse. Steinberger fourragea dans son pelage, ce contact chaud le rassura. La voix d'Audrey le tira de ses réflexions :

— Qu'allez-vous faire ?

— Je ne vais pas me coucher à la première pression. On a un tour d'avance sur l'Apis Dei, ils ne savent pas que nous savons. Quoi qu'il en soit, il nous faudra jouer très serré. Si Neyrat est réellement derrière ça et qu'elle a autant d'appui que Lebel le suppose, je risque d'être dessaisi, voire muté. On peut aussi m'envoyer un capitaine pour me superviser, autant dire me contrôler. À moins que je ne parvienne à mettre le procureur de mon côté en espérant que l'indépendance de la justice ne soit pas une chimère…

— Je suis désolée, souffla-t-elle d'une voix vibrante de sincérité car elle mesurait les risques encourus.

Steinberger haussa les épaules :

— D'où je viens, j'ai vu pire. La première chose à faire est de prendre chacun un portable sous un faux nom. En attendant, Marsac me prêtera le sien…

— Êtes-vous sûr de vos hommes ?

— Marsac, oui, Delpech, je ne sais pas. Il se confie beaucoup à son épouse qui est très, comment dire, cancanière.

— Je vois.

— Dès que vous aurez votre nouveau téléphone, appelez-moi à ce numéro.

Il sortit de sa poche un calepin dont il arracha une page sur laquelle il griffonna un numéro au crayon de papier.

— N'utilisez pas celui de votre papé, il est très certainement sur écoute lui aussi. Continuez à vous servir du vôtre pour les banalités sinon ils vont trouver ça suspect. Ensuite, vérifiez que vous n'êtes pas suivie, si c'est le cas identifiez votre mouche mais ne lui faites pas comprendre que vous l'avez repérée, tâchez de la semer sans en avoir l'air.

Audrey opina du chef tandis qu'il poursuivait :

— Il faut absolument trouver le lien entre Neyrat, le papé et les recherches dans les ruches.

— À moins qu'il y ait deux affaires…

— Deux affaires ?

Audrey se leva et se mit à réfléchir à voix haute en marchant de long en large dans la cuisine :

— D'une part, on a un ancien membre de l'Apis Dei, le papé, il a fait une découverte qui intéresse l'Ordre au point d'envoyer ses sbires farfouiller dans les ruches la nuit… d'une autre, une femme ivre de vengeance contre ce même papé, Neyrat, dont on peut supposer qu'elle a un amant membre de cette même Apis Dei…

Le gendarme examina silencieusement l'hypothèse qui se tenait parfaitement et l'étaya :

— Et ce membre, pour des raisons à la fois sentimentales et vénales, est à l'origine de la disparition de monsieur Laborde, du décès de Bouyssou… Peut-être même de celui de Lejeune.

— Pour Bouyssou, l'Ordre a exploité sa détresse, c'est lui qui a fourni l'argent et la bague pour reconquérir Justine. En échange de quoi, il faisait venir le papé chez lui au motif d'un contrôle sanitaire… réel d'ailleurs.

Steinberger demanda soudainement :

— Avez-vous le dessin du gamin ?

— Oui, attendez.

Audrey sortit de la cuisine et revint quelques instants après avec le coloriage de Ludovic qu'elle déplia et tendit au gendarme.

Il l'étala sur la table et posa le doigt sur l'une des bulles dans laquelle on reconnaissait le papé et l'apiculteur se disputant :

— Là ! dit-il en martelant l'image de son index. Bouyssou insiste pour avancer le contrôle, or le papé vous attend et ne souhaite pas partir sans vous, d'où dispute. Et là, il déplaça son doigt sur la seconde évocation, il est finalement convaincu et part avec lui en voiture. Ainsi, si témoin il y avait, les accusations se seraient portées sur Bouyssou, dernier à avoir vu le papé vivant. Mais on sait aussi qu'une femme ressemblant à Jacky Kennedy est ensuite venue chercher monsieur Laborde pour l'emmener dans un endroit X.

— Et pour empêcher Bouyssou de parler de cette femme, on lui injecte une dose létale de poison.

— Je pourrais faire faire un portrait-robot de cette femme mais ce serait mettre la puce à l'oreille de nos ennemis.

— Finalement, conclut Audrey, ce malheureux Denis aura, lui aussi, été une victime. Reste à déterminer le rôle de Wang, puisque c'est lui qui a dirigé le bras de Lejeune dans les ruches du papé.

— Lejeune avait besoin d'argent, il a pu jouer double jeu. S'il avait découvert quoi que ce soit, il l'aurait vendu au plus offrant. Les collègues de Limoges ne voudront pas ouvrir une enquête pour un suicide flagrant. Difficile dans ces conditions d'auditionner sa veuve. Il va nous falloir trouver une autre piste pour remonter jusqu'à l'Apis Dei. Si seulement on savait ce qu'ils cherchent… Au fait, avez-vous fait le tour de vos ruches ?

— Non, pas encore, il vaut mieux visiter en plein après-midi, j'irai dans une heure.

La radio du gendarme crépita :

— Steinberger, j'écoute… j'arrive. Agression à Rocamadour devant la chapelle Notre-Dame, dit-il un instant plus tard à Audrey lorsqu'il eut raccroché. Je dois y aller.

— Je viens avec vous.

— Avec moi ? Mais où ?

— Vous me déposerez au village, j'ai une course à faire.

Steinberger préféra ne pas savoir quel genre de course ni pourquoi elle ne prenait pas sa voiture. Cinq minutes plus tard, ils atteignaient le bourg et Audrey intima :

— Arrêtez-vous et venez avec moi au café.

— Au café ? Mais je suis en service et j'ai une agression sur les bras ! Je n'ai pas le temps de jouer les touristes ! Et pourquoi irais-je au café avec vous ?

— Une idée, comme ça, ça ne sera pas long, répondit Audrey sur un ton qui intrigua Steinberger.

Il la suivit dans l'établissement.

— Salut, Jacques ! lança-t-elle joyeusement au patron. Tu peux me prêter ta ligne ? C'est coupé chez moi et je n'ai plus de batterie. Je ne vais quand même pas appeler les Télécoms depuis le portable de la gendarmerie… plaisanta-t-elle.

— Pourquoi, c'est pas nous qu'on paye tout ça avec nos impôts ? répartit l'autre dans un gros rire.

Allez, va derrière, tu sais où c'est.

Audrey et Steinberger, un peu vexés, passèrent dans une arrière-salle qui servait aux banquets.

Sur le zinc du bar trônait un téléphone gris à cadran. Audrey expliqua en composant le numéro :

— C'est celui de mon portable, il est là, dit-elle en le posant en évidence sur le zinc.

— Je ne comprends pas.

— Chut, ça sonne et, regardez, il ne réagit pas.

Elle tendit l'écouteur à Steinberger qui le colla à son oreille. Une voix douce et féminine répondit :

— Audrey Astier, j'écoute.

— J'appelle au sujet de la disparition du vieil homme sur l'affichette.

Au bout du fil, la voix se fit enjouée :

— Oh, si vous savez quelque chose, dites-le moi, je suis tellement inquiète !

— Il me semble l'avoir vu à Figeac, achetant une bouteille d'eau minérale dans une épicerie du centre-ville.

— À Figeac, dites-vous. Quand cela ?

— Il y a vingt minutes.

— Moins d'une heure. Alors il y est peut-être encore ? Pouvez-vous me donner vos coordonnées ?

— Oh, c'est-à-dire que je ne veux pas d'histoires.

— Vous n'en aurez pas, je tiens surtout à vous remercier. Je pourrais passer vous voir et nous pourrions discuter un peu.

La plaisanterie prenait une tournure intéressante faisant froncer les sourcils de Steinberger.

— C'est-à-dire que je ne veux pas que mon mari apprenne que je me mêle de choses qui ne me regardent pas, vous comprenez…

— Très bien. Alors, pourquoi pas un rendez-vous en ville ? Connaissez-vous Souillac ?

— Assez, oui.

— Près de l'abbaye Sainte-Marie, il y a un petit café nommé « Chapeau Bas ». Pourquoi ne pas nous y retrouver en fin d'après-midi, vers dix-sept heures trente.

— Dix-sept heures trente, très bien, fit Audrey devant la mine furieuse de Steinberger. À ce soir.

Il fulmina dès qu'elle eut raccroché :

— Si j'avais su que vous aviez une idée pareille derrière la tête, jamais je ne vous aurais emmenée.

— Peut-être mais avouez que mon idée a du génie, elle prouve en tout cas qu'ils ont bien des appuis très haut, au point de dérouter les appels. Voilà pourquoi les affichettes ne donnent rien.

— N'empêche que ce n'est pas prudent ! Vous risquez de vous faire tuer.

— C'est un membre de l'Apis Dei, j'en jurerais. Et pourquoi pas notre Jacky ?

— Vous rêvez, cette femme ne prendrait pas un risque aussi stupide.

— Elle en a bien pris un en allant récupérer le papé. Pourquoi pas un second ? Vous n'avez jamais entendu parler de la curiosité féminine ?

— Si, mais je ne l'avais jamais vécue en réel !

— Je vais à ce rendez-vous et j'en profiterai pour acheter un nouveau portable. Vous voulez que je vous en ramène un ?

— Non !

— Pas la peine de prendre ce ton fâché. Je vous contacte ce soir pour tout vous raconter, promis. De votre côté, dépêchez-vous de récupérer celui de Marsac.

Steinberger soupira et haussa les épaules. Il sentait que tout ce qu'il pourrait dire serait vain.

— Faites très attention alors, je n'ai pas les moyens de vous faire escorter et ce rendez-vous sera probablement surveillé par l'Ordre. *Jo*[23], je vais vous ramener.

— Non, un peu de marche à pied me permettra d'échafauder un plan me permettant d'échapper à mon espion le cas échéant !

— Et vous irez avec votre 2 CV reconnaissable à quinze kilomètres ?

Audrey pencha la tête et fit la moue :

— Antoine, je vous croyais alsacien, pas marseillais ! Vous exagérez toujours tout. Ça aussi ça fait partie du plan. À ce soir.

Elle quitta l'arrière-salle suivie du gendarme, traversa le café où elle salua à la ronde des connaissances. Puis elle sauta joyeusement dans la rue où le ciel bleu l'accueillit, laissant derrière elle un Steinberger désemparé et vaguement admiratif.

---

23. Dans ce contexte : Ok.

À la recherche de Jacky K

Audrey hâta le pas pour rentrer chez elle. Parvenue sur la lande, elle admira en contrebas de sa ferme la vallée se déployant telle un tableau boisé digne des plus grands maîtres de l'impressionnisme. L'immensité du paysage l'apaisa. Il était presque deux heures de l'après-midi : trop tard pour visiter les ruches et avoir ensuite le temps de se préparer pour son rendez-vous avec la pseudo Audrey Astier. Elle déjeuna de deux tranches de jambon de pays et d'un rocamadour arrosé d'huile de noix. Un verre de vin de Martel fit passer le tout. C'est en observant la bouteille qu'elle songea à passer voir Alain Faure, le viticulteur louant des terres à Janissou.

— À moi il en dira plus qu'aux gendarmes… soliloqua Audrey. Je dois comprendre pourquoi le papé avait un soudain besoin de vendre cette parcelle à laquelle il tenait beaucoup.

Après quoi, chats et chien reçurent leur pitance.

Avant de partir, elle passa un coup de fil à Fernand Béziat depuis son téléphone surveillé ainsi que Steinberger le lui avait conseillé :

— Est-ce que Raoul et toi vous pourriez aller chez Bouyssou voir où en sont les ruches ? Je dois aller visiter les miennes dans le causse, je vais commencer par Pech Merle, insista-t-elle pour ses écoutes.

— Et si tout est bien sec, tu veux qu'on finisse de brûler ?

— Ça serait bien en effet, on ne peut pas laisser ça en l'état…

— D'accord, on s'en occupe.

*

Audrey se rendit par des chemins détournés à la gare de Gramat. Durant le trajet, elle se fatigua les yeux à s'assurer, via le rétroviseur, qu'elle n'était pas suivie. Mais il était difficile de faire la part des choses avec la horde de touristes circulant sur les routes. Elle parvint à la station de trains en soupçonnant une bonne demi-douzaine de personnes. Une fois garée sur le parking, elle jeta un dernier coup d'œil dehors avant de s'extraire de son véhicule et rejoignit calmement, non le train, mais le bus pour rallier Souillac, qui s'étalait depuis le XIIe siècle sur les rives de la Dordogne.

Elle descendit à l'arrêt Hôtel de Ville et occupa l'attente de son rendez-vous à flâner devant les vitrines. Après tout, ce n'était pas si souvent qu'elle avait l'occasion de voir autant de magasins. Elle commença ses emplettes par un nouveau portable à carte, payé en liquide au nom d'Alice Arnal.

Elle avait lu quelque part qu'il fallait toujours conserver ses initiales lorsqu'on falsifiait son identité. C'est donc d'un pas assuré qu'Alice-Audrey entra dans plusieurs boutiques : prêt-à-porter, chaussures, farces et attrapes… À l'issue de quoi, elle était méconnaissable : sanglée dans un tailleur-jupe noir avec escarpins plats assortis, Audrey arborait une perruque brune au carré ainsi que des petites lunettes en aluminium. Un maquillage prononcé et un grand cabas noir dans lequel elle avait rangé ses affaires finissaient de lui donner un air de VRP. Elle faillit éclater de rire devant son reflet dans une vitrine et se demanda si sa mère la reconnaîtrait ainsi attifée. Mais le souvenir de ses parents l'attristait toujours, aussi le chassa-t-elle rapidement.

Il lui restait encore une heure à tuer et avec ce soleil, difficile de musarder dans les rues, d'autant que la ville, située à l'embranchement de l'autoroute et de la nationale 20, était très passagère. Audrey se réfugia à l'Institut du Monde Rural, peu fréquenté à cette heure de la journée, et se mit en devoir de chercher des ouvrages anciens relatifs à l'apiculture. Ne trouvant pas grand-chose, elle s'adressa à la jeune étudiante rangeant des livres dans l'un des rayons.

— Excusez-moi, je cherche un livre intitulé *Traité des abeilles* écrit par La Ferrière, publié en 1720, chez Jombert…

La jeune fille replète aux longs cheveux bruns parut ennuyée :

— 1720… Ça relève des Archives, il faut faire une demande écrite à la directrice avec ce papier-ci.

Elle tendit à Audrey une feuille de papier bleue sur laquelle était inscrit *demande d'ouvrage hors cadre.*

— Et ensuite ?

— Ensuite la directrice l'examine et donne accès ou non à votre requête.

— Tout de suite ?

— Non, dans les trois jours suivant le dépôt de demande.

— Je ne suis que de passage, pourriez-vous lui présenter « exceptionnellement » la requête aujourd'hui ?

— Impossible, madame Delcroix ne travaille pas le samedi et nous sommes samedi.

Audrey examina sa montre, il n'était plus temps de discuter, l'heure de son rendez-vous approchait. Dommage, ça faisait longtemps qu'elle cherchait à consulter cet ouvrage rare. Elle quitta l'étudiante sur un « tant pis » et rejoignit l'air libre un peu déçue. Quoi, cette fille aurait pu faire l'effort de frapper à la porte de cette madame Delcroix… Delcroix…

Le nom lui revint en tête comme un boomerang. N'était-ce pas le nom du médecin ayant signé l'acte de décès de Bouyssou ?

Elle s'arrêta une minute sur un banc, ferma les yeux. Le bulletin médical de Bouyssou jaillit sur l'écran de sa mémoire, enregistré par… le Docteur Delcroix, à Souillac, parti providentiellement en séminaire quand Steinberger avait voulu le convoquer… Même si ce patronyme était courant, c'était tout de même une étrange coïncidence. Et plus Audrey s'approchait de son lieu de rendez-vous, moins cela lui en paraissait une.

L'abbaye bénédictine Sainte-Marie, d'inspiration byzantine avec ses coupoles en lauzes, apparut dans son champ de vision. Elle la dépassa et découvrit non loin un petit café dont l'enseigne, surmontée d'un chapeau haut-de-forme, lui indiqua qu'elle était parvenue sur les lieux de pêche.

Des petites tables colorées s'égaillaient sur le trottoir sans égard pour le promeneur obligé de les contourner par la chaussée. Plusieurs hommes y étaient attablés, souvent devant une bière.

Audrey repéra son contact, assis à l'écart de la gent masculine.

C'était une trentenaire aux cheveux maigres, mi-longs, dont la blondeur ne devait rien à la nature. Elle était vêtue d'une robe en voile prune. D'importantes lunettes de soleil posées sur son nez pointu lui donnaient l'aspect d'un frelon.

— Audrey Astier ? demanda Audrey.

La jeune femme sursauta :

— Oui, comment connaissez-vous mon nom ?

— C'est vous-même qui me l'avez donné quand je vous ai appelée au sujet de la disparition du vieux monsieur.

— Le vieux monsieur, ah oui, oui…

Elle prit un ton mélodramatique :

— Je suis allée à Figeac mais je ne l'ai pas trouvé.

— Oh, je suis désolée répondit Audrey en prenant place à la table. Pourtant j'étais sûre d'avoir reconnu la photo du portrait.

— Cela ne fait rien… Vous prendrez bien quelque chose ?

— Comme vous.

— Une menthe à l'eau, alors. Garçon !

Tandis qu'elle passait commande, Audrey examina discrètement son « double » avec une lancinante question : pourquoi ce jeu de dupes ?

Elle mit aussi à profit ses facultés d'apicultrice pour observer à la ronde comme elle observait ses abeilles. Une mouche était-elle vraiment présente pour les surveiller ainsi que l'avait suggéré Steinberger ? Rien ne paraissait anormal : deux jeunes touristes britanniques, un couple d'amoureux, un senior et un sportif du dimanche.

— En tout cas, c'est très gentil d'avoir appelé, j'ai eu tellement de farfelus. Quel est votre nom ?

— Alice Arnal.

— Enchantée, Alice, dit la pseudo Audrey en lui tendant la main.

Alice-Audrey remarqua que la jeune femme portait quantité de bracelets de pacotilles montant assez haut sur son poignet gauche.

— Que faites-vous dans la vie, Alice ?

— Commerciale.

— Dans quel secteur ?

— Les aliments pour animaux.

— Oh, j'adore les animaux, j'en ai presque un million et demi… Je suis apicultrice ! glousa-t-elle.

— Vraiment ? Où cela ?

— À Roumégouse. Oh, c'est bien perdu mais c'est ce qu'il faut avec des abeilles. Et vous, où habitez-vous ?

— Gramat.

— Les abeilles sont une passion qui m'est venue dès l'enfance. Et vous, vous n'aimeriez pas posséder une ruche ?

— Non, fit Audrey d'un ton qu'elle espéra assez convaincant. Ça pique trop.

— Vous vous trompez, l'abeille ne pique que si elle est agressée. Je vais vous apprendre quelque chose qui va vous surprendre : si l'abeille disparaît demain…

« Le monde n'en a plus que cinq ans à vivre… » Audrey se mordit les lèvres pour s'empêcher de répondre et laissa sa voisine terminer la prédiction.

Le serveur déposa devant elles deux menthes à l'eau avec pailles.

La fille aspira une grande goulée de menthe d'une mine ravie. Audrey lui trouva l'air primesautier, ses lèvres rouges formaient un cœur boudiné autour de la paille, elle se demanda si sa niaiserie était feinte ou calculée.

— En tout cas, moi, dit-elle en écartant ses bracelets sur son avant-bras gauche, j'aime tellement mes filles que je les mets en tatouage.

À cette vue, Audrey faillit recracher sa gorgée en songeant « La vache, un membre Apis Dei en chair et en os ».

Son cœur battait la chamade, elle prit sur elle pour rester naturelle.

— Joli… fit-elle sur un ton négligent.

La fausse Audrey releva ses lunettes sur sa tête, dévoilant des yeux bruns ourlés de mauve.

— Nous sommes une petite association d'apiculteurs amateurs, ça vous dirait de nous rejoindre ?

La jeune femme n'en croyait pas ses oreilles, la fille essayait tout bonnement de la recruter. Ils étaient bien imprudents dans cette confrérie. Audrey tempéra ses ardeurs :

— Mademoiselle Astier…

— Audrey, appelez-moi Audrey.

— Oui, Audrey… Je ne suis pas apicultrice et je vous l'ai dit j'ai peur des abeilles.

— Raison de plus pour rejoindre notre groupe, nous vous aiderons à vous débarrasser de votre phobie. Donnez-moi votre adresse, je passerai vous voir avec un ami.

— Audrey, mon métier me tient éloignée de chez moi une bonne partie du temps et quand je rentre j'ai les enfants, le mari, le chien, bref peu de temps à consacrer à votre association.

La fille se rembrunit :

— Effectivement.

Elle devint silencieuse après avoir été si volubile. La mine renfrognée, elle aspirait sa menthe à l'eau. Audrey ne souhaitait pas couper le contact trop vite, elle devait au contraire gagner du temps :

— Je connais quelqu'un qui serait très intéressé par ce genre de mouvement. Mon directeur, c'est un écologiste pur et dur et…

— Comment s'appelle-t-il ? demanda la fille ranimée.

— Louis Magne, je dois avoir sa carte quelque part. Mais avant, dit Audrey en se tortillant sur sa chaise, il faudra m'excuser, je dois absolument aller aux toilettes…

Sa voisine cligna des yeux en signe d'assentiment. Audrey se leva, empoigna son sac et se dirigea vers le comptoir en priant saint Ambroise, patron des apiculteurs de l'aider à trouver une feinte pour retenir encore un peu la sœur Apis Dei. Et, ô miracle, sur le zinc, apparut un téléphone fixe ancien modèle.

— Les toilettes s'il vous plaît ?

— Au fond à droite, lui indiqua-t-on.

Elle gagna l'endroit non sans avoir raflé une carte sur laquelle étaient inscrites les coordonnées de l'établissement. Une fois enfermée dans les lieux d'aisances, elle composa le numéro de téléphone du café, sollicitant de nouveau saint Ambroise que le serveur, le patron ou quiconque réponde assez rapidement : les lieux étaient malodorants et elle craignait quelque revirement de la pseudo Audrey. La sonnerie retentit cinq fois dans la pièce voisine avant qu'on réponde un énergique « Au Chapeau Bas bonsoir ».

— Bonsoir, Audrey Astier je vous prie, c'est une jeune femme blonde.

— Je vais voir, ne quittez pas.

Audrey n'attendit pas la fin de la phrase pour se hâter de rejoindre sa compagne. Elle arriva presque en même temps que le serveur.

— Il paraît qu'on me demande au téléphone, surtout attendez-moi, j'en ai pour une seconde.

Dans la confusion elle oublia son sac à main, répondant ainsi au vœu d'Audrey. Elle colla le sien à côté, de façon à pouvoir fouiner dedans en ayant l'air de le faire dans l'autre. Dès que la fille eut le dos tourné, elle y plongea la main, ramena sur ses genoux un portefeuille en cuir rouge foncé. Elle l'ouvrit et tomba aussitôt sur la carte d'identité de la blonde qui répondait au nom de Vanessa Breuil, domiciliée à Souillac... Pas le temps de chercher plus d'informations, elle remit le tout en place en l'espace d'une seconde qui faillit lui être fatale, la pseudo Audrey était de retour, assez contrariée :

— Il n'y avait personne au bout du fil, je n'aime pas ça du tout. Je vais m'en aller. Parlez à votre directeur et appelez-moi. Vous savez où me joindre.

Elle paraissait effrayée. Audrey eut presque pitié d'elle et tenta de la rassurer :

— C'était peut-être votre mari qui…

L'autre la cloua du regard :

— Je ne suis pas mariée et personne ne savait que j'étais là…

« Elle ment, songea Audrey, l'Ordre devait forcément le savoir ». Et si l'Apis Dei le savait, une mouche rôdait dans les parages. L'entretien devint tendu, la fille se mit à la regarder d'un œil soudainement inamical, presque soupçonneux. Audrey soutint son regard d'un air candide, la blonde finit par détourner le sien, elle se leva en pêchant son sac. À cet instant précis, un homme assis deux tables plus loin leur jeta une œillade brève mais appuyée qu'il dissimula en consultant son portable. Celui de la sœur se mit à vibrer, elle fronça les sourcils en avisant le nom inscrit sur le cadran lumineux. À nouveau les facultés de perception d'Audrey firent merveille. Comme lorsqu'elle repérait en quelques secondes une reine dissimulée parmi des milliers d'ouvrières, elle aperçut, à l'envers et en zigzag, une suite de lettres qu'elle reconstitua en « Frère Émile ».

La fille rangea nerveusement son téléphone dans son sac :

— Je dois y aller.

Et de quitter la terrasse du café sans même un adieu pour remonter la rue avec empressement en direction de l'Institut du Monde Rural. Audrey termina sa menthe à l'eau en observant la mouche à la dérobée : un « monsieur Tout-le-Monde » rondouillard au crâne dégarni vêtu d'un jogging bleu marine. Elle songea qu'il était temps d'essayer sa seconde perruque. Elle fila aux toilettes, régla au passage la note et troqua sa robe contre son jean, ses escarpins contre ses baskets et son carré brun pour une coupe courte et rousse. Enfin elle chaussa des lunettes de soleil, essuya sa bouche rouge dans un mouchoir en papier et sortit par une porte arrière.

Quelques minutes plus tard, la mouche entrait dans les latrines, se faisant houspiller par une mère de famille et sa fillette. Il dut battre en retraite et se frappa le poing dans la main de rage. Audrey n'était pas loin d'en faire autant. En sortant par l'arrière, elle se retrouva dans des ruelles noires, étroites et inconnues dans lesquelles elle se perdit.

— La vache, je ne sais même pas où je suis, la fille doit être loin maintenant!

Elle finit par déboucher sur la nef de l'abbaye Sainte-Marie. Énervée et franchement démoralisée, elle décida de faire une pause et pénétra dans l'église par une petite porte latérale. La grandeur et la beauté du lieu la saisirent, son dépit et sa colère s'envolèrent d'un coup sous les voûtes romanes. Le chœur polygonal s'ouvrait sur plusieurs chapelles. Elle en fit le tour paisiblement, et quelle ne fut pas sa surprise de découvrir dans l'une d'entre elles la sœur Apis Dei, abîmée en prières. Audrey recula doucement et gagna à quelques mètres un banc caché par un pilier. La pénombre y était maximale, bien utile pour se dissimuler et observer, à condition de retirer ses lunettes de soleil. Plus loin la sœur n'en finissait pas avec ses oraisons. Il y eut un grincement, celui de la porte principale de l'abbaye suivi de pas légers sur les dalles. Audrey ne pouvait ni se retourner ni se pencher sous peine d'être mise à découvert au cas où il s'agirait de la mouche. Par prudence, elle se pencha à son tour sur le banc, joignant ses mains devant son visage.

Ce en quoi elle fit bien car il s'agissait en effet de Frère Émile, qui lui jeta un œil soupçonneux avant d'effectuer une génuflexion et un signe de croix devant le grand Christ. Il resta quelques instants à méditer, se signa à nouveau et rejoignit sa consœur :

— Je ne vous fais pas mes compliments pour votre première mission, chuchota-t-il.

— J'ai reçu un coup de fil suspect et j'ai eu peur, de toute façon elle ne voulait pas rentrer dans l'Ordre, répondit sa comparse sur le même ton.

— Avez-vous pu l'identifier ?

— À première vue il ne s'agit pas d'Audrey Astier. Cette fille ne ressemble en rien aux photos communiquées par Frère César.

— Comment pouvez-vous en être sûre ? Vous n'avez pas fouillé dans son sac…

— Comment l'aurais-je pu ? Quand elle est partie aux toilettes elle l'a emmené avec elle…

— Et vous avez laissé le vôtre quand vous êtes rentrée à votre tour dans l'établissement. C'est une bêtise de débutante, je ne peux en jurer mais je suis presque sûr que cette fille a fouillé dedans. Par prudence, je vais demander votre dessaisissement.

La sœur s'énerva :

— Je vous dis qu'il ne s'agit pas d'Audrey Astier…

L'autre haussa les épaules :

— Chut ! Après tout Sœur Félice décidera de ce qu'il faut faire de vous. Je suis observateur moi, pas tuteur ! Allez, venez.

Ils se levèrent et gagnèrent la sortie non sans avoir jeté un nouveau regard à Audrey perdue dans ses pensées édifiantes qu'elle avait hâte de partager avec Steinberger.

Elle attendit deux longues minutes pour rejoindre le parvis avec une certaine appréhension : le frère et la sœur Apis Dei pouvaient très bien l'y cueillir.

C'est avec un vif soulagement qu'elle découvrit l'endroit vide hors un clochard et son chien. Elle sortit son portefeuille de son sac et en tira un billet de cinq euros qui amena sur le visage du nécessiteux un sourire clairsemé :

— N'auriez-vous pas vu un couple sortir ?

Il hocha la tête, saisit le billet et désigna d'un doigt noir la direction de l'Institut. Audrey le remercia et fonça à leur poursuite tout en songeant que la coïncidence de la directrice de la bibliothèque comme épouse du docteur Delcroix n'allait pas tarder à devenir une évidence.

Lorsqu'elle parvint vers le bâtiment vitré, elle n'eut que le temps de se plaquer contre un kiosque à journaux : le frère et la sœur Apis Dei parlementaient avec l'étudiante qui refusait de les laisser entrer en leur montrant les horaires d'ouverture affichés sur la porte. Mais le frère Émile fit tant de tapage que l'employée finit par accepter d'aller chercher la directrice. Un petit moment plus tard, celle-ci se matérialisa, gracieuse et souriante, dans une robe crème évasée et la bouche impeccable. Audrey eut un choc : c'était « Jacky » alias Sœur Félice, madame Delcroix à la ville. L'apicultrice était trop loin pour saisir la moindre bribe de cet échange, d'ailleurs madame Delcroix les fit rapidement rentrer dans le hall et ferma elle-même les portes derrière eux, puis le groupe disparut de sa vue. Audrey comprit que ce serait tout ce qu'elle obtiendrait d'informations ce soir.

*

La jeune femme rejoignit la gare. Le dernier autobus venait de partir. Elle avisa un taxi mais celui-ci avait déjà été retenu par un client arrivant par le train de Paris ; bien que ce dernier fût loin d'être en vue, le chauffeur ne voulut pas risquer de revenir en retard. Audrey composa le numéro de Marsac en espérant que ce soit Steinberger qui décroche.

Ce fut le cas, sur un ton assez rogue :

— Stein. C'est vous Astier ?

— Oui…

— Où êtes-vous ?

— À la gare de Souillac où je ne trouve ni bus, ni taxi. Antoine, j'ai plein de choses à vous raconter…

— Restez où vous êtes, j'arrive.

Il raccrocha brutalement. Audrey alla l'attendre sur un banc dans le hall de gare, remettant ses péripéties en ordre afin de les restituer avec concision à Steinberger qui aimait les récits organisés. Trente minutes plus tard, un crissement de pneus sur le parking lui indiqua que le 4x4 anglais du gendarme était arrivé. Elle sortit presque en courant, soulagée de voir un visage « ami » et fondit sur lui :

— Je suis si contente…

Steinberger se raidit :

— Je crains que vous ne fassiez erreur…

Il ne la reconnaissait pas et pour cause, elle avait oublié d'enlever sa perruque et ses lunettes.

— Antoine, c'est Audrey !

Elle commença par ôter ses lunettes et put voir les sourcils de Steinberger remonter jusqu'au milieu de son front.

— Astier ! Qu'avez-vous fait à vos cheveux ? demanda-t-il d'un ton horrifié.

— C'est une perruque, je n'allais pas jouer les transformistes ici. Allons-nous-en, voulez-vous.

Il prit son sac qu'il jeta à l'arrière de la voiture tandis qu'Audrey montait à l'avant.

Il la retrouva dans l'habitacle et démarra :

— Je peux savoir ce que vous avez fait tout ce temps ?

— J'ai identifié « Jacky ».

— Quoi, comme ça, en vous baladant dans les rues ?

— En quelque sorte.

Audrey ôta sa perruque et le filet maintenant ses cheveux dans lesquels elle passa sa main pour leur redonner du gonflant.

Puis elle raconta par le menu son après-midi.

— Vous êtes infernale !

— Je suppose que je dois le prendre comme un compliment pour mon travail.

— Audrey, je sors de chez le procureur, il m'a donné son accord pour poursuivre l'enquête…

— Formidable !

Audrey battit des mains mais Steinberger brisa net son bel enthousiasme :

— À condition que cela ne traîne pas trop.

— Ça veut dire quoi, pas trop ?

— Ça veut dire qu'il ne pourra pas tenir longtemps face aux pressions de Paris et que votre carte d'Auxiliaire Civile de Justice est en route. Mais j'attends de vous que vous n'en fassiez pas toujours à votre tête et que vous obéissiez aux ordres. *Shissdrake*, Audrey, je n'ai pas vocation à jouer les baby-sitters.

La jeune femme se mit à rire :

— Je manquerais de discipline, Lieutenant ?

— C'est un euphémisme !

— Il faut parfois sortir du cadre pour obtenir ce que l'on cherche. J'ai pris des risques c'est vrai mais nous avons fait une grande avancée, nous avons identifié « Jacky » ainsi que son mari qui a probablement empoisonné Denis Bouyssou ou du moins légitimé son assassinat. Je suis presque sûre qu'il n'y a pas plus de séminaire que de beurre en broche.

— Sauf que nous n'en avons aucune preuve et que sans preuve, l'affaire s'arrête là.

— À vous de cuisiner Lewis et Neyrat avec les indices que je vous ai rapportés afin d'en obtenir des aveux. Des deux, je pense qu'Aby est la plus fragile, son histoire de petite-fille de nazi est douloureuse, vous pourrez sans doute l'amener là où vous voulez.

— Et Wang ?

— Je devrais voir son neveu aux Abeillades. Thomas y vient tous les ans se renflouer en miel, je tâcherai de le sonder.

— Parfait. Pour Aby, je voudrais que vous m'assistiez, la présence d'une femme faciliterait les choses.

— Je suppose que vous ferez le méchant et moi la gentille ? D'accord mais à une condition.

— Laquelle ? demanda Steinberger en fronçant les sourcils.

— Que vous m'emmeniez dîner, je meurs de faim ! Si vous tournez à la prochaine à droite, il y a une petite auberge à prix raisonnables pour l'administration !

La théorie du château de cartes

Audrey avait passé tout le dimanche à visiter ses ruches, celles de la ferme et celles du causse, sans déceler quoi que ce soit dans aucune. La piste de Steinberger s'arrêtait là.

Le lundi matin, elle était repassée de bonne heure chez le père Grifoul récupérer sa hausse, en tâchant de ne pas faire de bruit car ses volets clos indiquaient que le vieil homme n'était pas réveillé. La réserve de miel était lourde, Audrey l'évalua à une quinzaine de kilos. Elle la déposa chez Janissou où elle reviendrait extraire l'après-midi. Puis, sur le coup des dix heures, elle se rendit à la brigade de Rocamadour où elle retrouva Steinberger. Il s'isola avec elle dans une petite pièce à l'étage meublée d'un simple bureau et de deux chaises en bois. D'un geste, il l'invita à s'asseoir, fit de même face à elle et posa devant lui une chemise rouge de laquelle il tira une feuille:

— Votre contact s'appelle Vanessa Breuil, vingt-huit ans, célibataire, employée à la jardinerie Fleurilot à Souillac où elle demeure également, 28 rue des Charmes. Pas d'antécédent connu, employée modèle. Enregistrée à la DDPP[24] comme apicultrice amatrice pour trois ruches dans son jardin de la rue des Charmes. Il s'agit d'ailleurs de la maison de son père qui est routier international. C'est à cette adresse qu'a été dérouté votre portable.

— Vous allez la convoquer ? demanda Audrey en relisant la fiche de renseignements qu'il avait fait glisser vers elle.

— Et ainsi éveiller les soupçons de l'Ordre qui se dépêcherait de changer de stratégie ? Certainement pas, il faut au contraire la laisser aller et venir à sa guise ce qui n'empêche pas Marsac de fouiller son entourage pour voir qui pourrait correspondre au Frère Émile ou au Frère César.

— Donc vous allez la faire suivre.

Steinberger recula sur sa chaise et fit craquer ses articulations :

— Astier, je pensais avoir été clair, nous ne sommes pas dans l'un de vos feuilletons américains favoris, je n'ai pas moyen de faire suivre Breuil. En revanche, je suis sûr que mon Auxiliaire Civile fera ça très bien.

— Je vois. Et quand la filature prend-elle acte ?

— Cet après-midi.

— Non. Je dois extraire chez Janissou et mettre en pots chez moi, les Abeillades sont dans moins de cinq jours et…

— Et c'est un ordre ! Rappelez-moi, vous avez bien signé, pas plus tard qu'avant-hier soir, un contrat stipulant que vous étiez sous mon autorité ?

24. Direction Départementale de la Protection des Populations.

Steinberger lui adressa son petit sourire fermé qui clôturait le débat, Audrey n'avait plus qu'à obtempérer. Elle fut effrayée, non par la filature, mais par la montagne de travail qui suivrait, jamais elle ne serait prête à temps pour la Fête du Miel, une institution dans la région dont elle était d'ailleurs la marraine. Loin de ses inquiétudes apicoles qu'il considérait un peu comme un amusement, le gendarme rouvrit la chemise et en sortit deux nouvelles feuilles :

— Revenons à notre enquête et passons aux Delcroix. Commençons par madame, dite Sœur Félice, du moins selon Frère Émile. Dorothée Delcroix, née Legendre, 43 ans, directrice de l'Institut du Monde Rural à Souillac, mariée à Martin Delcroix, médecin généraliste. Pas d'enfant. Le couple vit à Lanzac dans une splendide villa avec piscine et fréquente les notabilités. Elle est une fan des *Sixties* et pour satisfaire sa passion, se rend fréquemment à Bordeaux ou à Paris acheter d'authentiques vêtements d'époque. Sinon comme pour Breuil pas d'antécédent connu.

— Et le mari ?

— J'y viens. Martin Delcroix, 51 ans, brillantes études à la faculté de Bordeaux, son cabinet de la rue des Aubugues ne désemplit pas, quand il n'est pas en séminaire bien entendu.

— Bref, on n'a rien.

Steinberger hocha la tête :

— Rien, ce n'est peut-être pas le mot, il y a quelques détails intéressants.

— Du genre ?

— Lui fait partie du conseil municipal, elle, est une cavalière émérite, elle possède sa propre monture dans un haras mais surtout ils forment un couple libertin et fréquentent un cercle échangiste, haut de gamme, il va de soi, le Club 69 à… Terrisse, vous connaissez ?

— Terrisse ? C'est dans la pampa ! Quant au club, je n'y suis jamais allée.

— C'est fort dommage car vous y auriez rencontré une de vos bonnes amies, Élisabeth Neyrat, qui fait partie de la liste des personnes ayant fréquenté l'établissement avec assiduité ces trois derniers mois.

Audrey ouvrit des yeux comme des soucoupes :

— Élisabeth au 69 ?

— *Jo !*[25] Ne m'aviez-vous pas dit qu'elle aimait les hommes, surtout jeunes ? Or chaque premier du mois, le 69 fait venir un contingent de *gogos-dancers* pour dames esseulées en manque de chair fraîche et parmi ces éphèbes, un certain Luis Varga, 21 ans, étudiant en langues francophones à Madrid. Étudiant le jour et *strip-teaseur* la nuit…

— Si Luis est aussi un membre Apis Dei, on le confondra facilement avec le tatouage sur le poignet.

— Oui et même sans ça. Ce *putzfrauplayboy*…

— Traduction ?

— Play-boy de femme de ménage, un gigolo qui va avoir droit à une petite visite de nos locaux, rien de tel que l'immersion pour les langues étrangères… ricana Steinberger.

On toqua à la porte.

Marsac passa le bout de son nez sans avoir attendu d'y être invité :

— Mon Lieutenant, l'Américaine est en bas.

— Faites-la mijoter une quinzaine de minutes,

---

25. Dans ce contexte : oui, oui.

qu'elle soit à point, Astier et moi devons peaufiner notre interrogatoire. Au fait, Marsac, je ne crois pas avoir eu le temps de vous présenter votre nouveau collègue…

Steinberger désigna Audrey du menton :

— Auxiliaire Civile de Justice Astier qui va nous éclairer de ses lumières sur le terrain.

Le pandore roux écarquilla les yeux :

— Auxiliaire Civile de Justice ? *Késako* ?

— Une lubie du procureur qui pense qu'on ne peut pas se débrouiller tout seuls !

Visiblement cette aide ponctuelle via la carte ne passait toujours pas. Marsac demanda en levant le doigt vers le plafond :

— Et ils ont accepté là-haut ?

— Vous voyez une autre raison à la présence d'un civil dans nos locaux ?

Marsac ne répondit rien et Steinberger conclut en s'indignant faussement :

— Eh bien quoi ? Depuis que je suis là je vous entends gémir sur le manque d'effectif.

— Mon Lieutenant, c'est juste que…

— Que quoi Marsac ? Ne me dites pas que vous êtes misogyne ? Pas de ça dans ma brigade !

— J'ai rien contre les dames au contraire, bon si vous n'avez plus besoin de moi…

Comme il allait quitter la pièce, Steinberger l'interpella de nouveau :

— Marsac, cela vous ennuierait-il de laisser votre voiture à l'Auxiliaire Astier ? Elle est en filature ces prochains jours et trop repérable avec son antiquité. Il ne paraît aussi peu prudent qu'elle rentre chez elle ce soir…

— C'est peut-être exagéré, tenta courageusement Audrey qui n'avait pas plus envie que ça de dormir dans un autre lit que le sien.

— On n'est jamais trop prudent, c'est la règle de base du gendarme, pas vrai Marsac?

— Ça, oui, mon Lieutenant.

Tandis que ce dernier fouillait ses poches à la recherche de ses clefs, Steinberger s'adressa à Audrey:

— Avez-vous un ami susceptible de vous accueillir?

La jeune femme fit la moue:

— Pas vraiment.

— J'ai une idée, dit Marsac. Ce soir j'ai quartier libre jusqu'à six heures demain matin, l'Auxiliaire pourrait venir chez moi. On peut quand même recevoir qui on veut chez nous, non?

— En théorie oui.

— Au pire des cas, on dira que l'Auxiliaire et moi... Vous comprenez?

Marsac souriait, ravi à l'idée de faire « bisquer » la brigade en laissant penser que lui, le gros rouquin parfois surnommé « bouboule », puisse être en couple avec une belle blonde comme Audrey. Laquelle Audrey était nettement moins euphorique, de même que Steinberger:

— Je ne veux pas qu'on pense que ma caserne est un lupanar! Vous pourrez réserver une chambre d'hôtel à Gramat, il y en a un pas loin de la caserne justement. L'administration prendra en charge.

— Oh mais non, chef, intervint Marsac qui tenait à son idée de faire passer Audrey pour sa dulcinée, on nous demande tout le temps de faire des économies...

— Hum… ce n'est pas faux. Astier, donnez vos clefs de voiture à Marsac, il ne va pas circuler à pied!

Audrey trouvait qu'il y allait un peu fort mais elle connaissait le prix à payer pour être au cœur de l'enquête: obéir. Aussi tendit-elle son jeu de clefs sans trop ronchonner. Une fois l'échange terminé, Marsac sortit.

— C'est mon meilleur homme, dit le gendarme en chef.

— Et Delpech?

— En congé. Pour Lewis, que proposez-vous?

— J'ai mon idée.

— Je vous écoute.

— Faites comme si je n'étais pas là, j'interviendrai au moment opportun.

— J'ai horreur de naviguer à vue!

Lorsqu'Aby Lewis entra à son tour dans le bureau, elle n'eut pour Audrey, restée appuyée contre le mur, qu'un vague signe de tête et, si elle fut étonnée de la trouver là, elle n'en montra rien. La jeune Américaine était vêtue d'une longue robe fleurie cachant ses sandales mais dévoilant ses épaules et son dos. Ses cheveux noirs bouclés en rond autour de son visage lui donnaient un air juvénile.

Steinberger la fit asseoir sur le siège précédemment occupé par Audrey. Lui-même prit place face à elle, le visage fermé, et durant de longues minutes, mit de l'ordre dans les papiers rangés dans la chemise rouge posée devant lui. En silence. Une tension palpable s'installa.

— Vous vous appelez Abigail Lewis, née Wissenthal le 25 octobre 1989 à Boston, État du Massachusetts,

États-Unis, et vous êtes éleveuse de chèvres et fromagère à L'Hospitalet, département du Lot, France ?

Aby fit oui de la tête.

— Mademoiselle Lewis, pourriez-vous me donner votre emploi du temps du samedi 2 août entre quatorze et seize heures ?

— J'étais au Musée des Arts Populaires, chez Élisabeth Neyrat, je lui ai porté des fromages. Vous ne le savez peut-être pas comme vous êtes nouveau mais on y vend des produits locaux.

— C'est très aimable à vous de me préciser où me ravitailler en produits du terroir… Et dimanche 3, entre neuf et dix-huit heures ?

Aby fit mine de réfléchir, croisant et décroisant nerveusement ses jambes que l'on devinait parfaitement à contre-jour sous le tissu léger :

— Je devais faire mes fromages.

— Deviez ? Vous n'en êtes pas sûre ?

— Si. J'ai commencé par traire mes chèvres, puis j'ai caillé le lait, moulé le caillé, égoutté et salé.

Steinberger consulta ses fiches silencieusement et demanda sans la regarder :

— Pourriez-vous être plus précise dans vos étapes ?

Aby rougit, ses traits se crispèrent de colère :

— Vous croyez que je regarde ma montre quand je fais ça ?

— Mademoiselle Lewis, ou plutôt devrais-je dire madame Lewis car vous êtes mariée n'est-ce pas ? À monsieur Paul Andrew Lewis, médecin sans frontières, actuellement en Syrie.

Aby opina du chef tandis qu'Audrey tombait des nues, l'Américaine ayant démenti être mariée ou même fiancée.

— Je veux un avocat, coupa Aby.

Steinberger se pencha brusquement vers elle en élevant le ton :

— Pour plaider quoi ? Vous n'êtes pas en garde à vue, mais témoin en audition libre donc pas d'avocat, article 62 du code de procédure pénale qui vous autorise à partir à tout moment… Mais, je ne peux que vous conseiller de collaborer pour ne pas faire porter les soupçons sur votre personne en refusant de répondre aux questions. Maintenant si voulez partir…

Steinberger lui indiqua de la main la sortie. Aby ramassa son bas de robe pour ne pas s'entraver et fit demi-tour vers Audrey.

Les cheveux noués en chignon, l'apicultrice, en pantalon et chemise noirs, dit doucement :

— *You should stay.*

— *Why ? I know nothing.*

— *Janissou is my friend and I am so worried…*[26]

Aby consentit à se rasseoir et déclara :

— Mais je ne sais rien et j'ai déjà tout dit. Quand il a disparu, j'étais chez Élisabeth pour la livraison…

— Et le lendemain tu faisais tes fromages, oui j'ai entendu, sauf que tu te trompes. C'est le samedi que tu as fait tes fromages, souviens-toi, je suis passée te demander si tu avais vu Janissou parce que j'avais rendez-vous avec lui et qu'il n'était déjà plus là. Tu avais la charlotte sur la tête et tu étais en pleine opération, c'est toi-même qui me l'as dit. Ensuite je suis restée toute la soirée chez lui à l'attendre : tu n'es pas allée chez Élisabeth ce soir-là.

---

26. — *Tu devrais rester.*

— *Pourquoi, je ne sais rien.*

— *Janissou était mon ami, ça me fait de la peine…*

— Alors je me suis trompée, c'est le dimanche…

— Non plus ! Le salage, c'est toi qui me l'as appris, il y en a pour vingt-quatre heures, tu es peut-être allée chez Élisabeth mais pas pour livrer.

Aby se tint coite et Audrey fit signe à Steinberger de ne pas intervenir. Elle reprit tranquillement :

— Aby, tu n'as même pas demandé pourquoi tu étais convoquée.

L'Américaine ne répondit rien et s'enfonça dans le silence. Audrey songea qu'il était temps de sortir sa pièce maîtresse. Elle ouvrit le grand sac noir, laissé près de la porte d'entrée et en tira un paquet de tissu qu'elle déploya d'un coup sec. Aby releva la tête et put voir une robe verte marquée d'une étoile jaune, celle retrouvée par Audrey dans l'armoire de sa grand-mère quelques jours auparavant. Elle l'étala sur l'Américaine qui se laissa faire, fascinée comme elle-même l'avait été par l'étoile.

— C'était « sa » robe, murmura Audrey.

Aby caressait l'étoile sans un mot. Face à elle, Audrey put voir une pléiade d'émotions défiler sur son visage allant de l'étonnement à l'attendrissement en passant par la curiosité. Audrey devait les exploiter toutes pour confirmer son avantage. De la poche du vêtement, elle sortit la photo sur laquelle apparaissait Annie portant la robe en question, entourée des grands-parents d'Audrey et de quelques membres du réseau Murat ainsi que du petit Janissou. Elle tendit la photo à Aby qui la prit lentement et la lui détailla sur un ton posé, comme on le fait avec les enfants :

— Là, c'est Annie, ta grand-mère. Elle est jolie n'est-ce pas ?

Aby hocha la tête et lui sourit, une sorte de consensus s'installa, comme lorsqu'elle visitait les ruches et que les abeilles poursuivaient leurs tâches sans chercher à piquer. Dans ces moments de grâce, les gestes devenaient plus lents, plus affables, ici c'était les paroles.

— Là, c'est ma grand-mère Suzanne et là mon grand-père Louis... Ici Brigitte, Léon et Philippe... et Albert leur chef... là Janissou son petit frère...

Aby souriait devant cette lointaine effigie d'un bonheur simple.

Audrey continua à soulever le lourd voile du passé :

— Elle est arrivée un beau matin chez Louis et Suzanne, ils n'ont pas posé de questions. Annie s'est tout de suite entendue avec Jeanne, la nièce de Louis et Suzanne. Jeanne fréquentait Albert, c'est comme ça qu'Annie a entendu parler du Maquis. C'était une fille courageuse, elle disait qu'elle voulait rendre ce qu'ils lui avaient offert : la protection et la dignité.

Aby caressait d'un doigt la silhouette d'Annie puis son doigt s'arrêta sur Janissou et ses traits se tendirent. Elle interrogea Audrey du regard qui poursuivit très délicatement :

— C'était un enfant, Aby, il était fier de son grand frère résistant, il a voulu partager sa fierté avec son ami, il lui a fait promettre de ne rien dire et à cet âge-là on a plein de secrets... Il a payé cher. Son frère, tu le sais, a été torturé et fusillé, son fils est mort, sa femme aussi et ça fait longtemps qu'il ne dort plus tranquille...

Elle étala sur les genoux d'Aby la photocopie des lettres anonymes :

— Si tant est qu'il ait jamais dormi, car il a toujours su…

L'Américaine s'effondra d'un coup. Elle laissa tomber son visage dans ses mains et sa poitrine se mit à tressauter de sanglots. Audrey regarda Steinberger qui écarta silencieusement les bras en une muette interrogation. Audrey ne répondit rien et posa sa main sur l'épaule d'Aby en signe d'apaisement. Les lettres et la photo tombèrent, les larmes jaillirent. Audrey pensa qu'il valait mieux laisser crever le chagrin. Il serait peut-être suivi d'aveux.

Ce fut le cas.

Mi-pleurant, mi-parlant, Aby expliqua :

— Je ne savais pas que le papé était un enfant. Élisabeth m'a laissé croire qu'il s'agissait d'un rival d'Albert, et qu'il voulait prendre la direction du groupe… Je savais par ma famille qu'il y avait eu un dénonciateur mais je n'ai pas su qui car ma grand-mère est morte très peu de temps après son arrivée aux États-Unis et elle n'a jamais voulu parler de ça… Mais je savais que tout s'était passé dans ce coin alors je suis venue pour essayer de comprendre… Et puis j'ai rencontré Élisabeth, nous sommes sorties quelques fois ensemble, je lui ai dit que je cherchais la vérité sur ma grand-mère et elle m'a répondu « Je sais ce qui s'est passé ici, même que le responsable il vit en face de chez toi ».

Peu à peu Aby se calma et passa sa main sur ses yeux mouillés :

— Elle a aussi dit qu'il avait dénoncé son oncle comme le traître et qu'à cause de ça on avait dû le muter pour lui éviter d'être tué. Élisabeth disait qu'on jugeait bien les vieux nazis, alors pourquoi pas lui.

Mais que, quand même, elle voulait lui éviter la prison, qu'elle avait un groupe d'amis prêts à lui faire la leçon…

Steinberger décida de reprendre la main :

— C'est une non-dénonciation de crime. Vous aviez connaissance des privations sur une personne vulnérable c'est-à-dire incapable de se défendre en raison de son âge, c'est passible de trois ans de prison.

Aby ne parut pas saisir la gravité de sa situation et répondit à Audrey :

— Le dimanche, Élisabeth est venue et m'a dit qu'il était devant ses juges, qu'il avait manifesté des regrets mais quand j'ai vu qu'il ne revenait pas, je me suis inquiétée et elle m'a répondu qu'il avait eu une crise cardiaque, que c'était encore trop bon pour tout le mal qu'il avait causé. Elle m'a dit de retourner à mes fromages, que ses amis avaient fait le nécessaire et qu'ils s'occuperaient de moi si je parlais trop.

Audrey sentait monter en elle une grande colère qu'elle tâcha de maîtriser au mieux. Steinberger, sentant son émoi, détourna l'attention en demandant :

— Qui sont ses amis ?

— Je ne sais pas. Il faut me croire, je n'ai jamais voulu savoir…

— C'est tellement plus pratique ! *If you know anything, Aby, please, let me know.*[27]

Audrey arrivait à se contenir mais ses narines pincées et ses yeux plissés trahissaient une douleur doublée de courroux. Janissou était mort par la volonté d'une femme névrosée pour laquelle l'honneur l'emportait sur la mansuétude. Audrey sentait qu'Aby

27. — *Si tu sais quelque chose, Aby, s'il te plaît, dis-le moi.*

était détentrice d'autres informations susceptibles de faire avancer l'enquête, aussi employait-elle sa langue maternelle pour les lui soutirer.

Aby se mit à piailler en s'agitant :

— *I know only one name, that one of the lover of Élisabeth…*

— *Who is he?*[28]

Devant le silence d'Aby, Audrey éleva le ton et d'un doigt releva le visage de la jeune Américaine :

— *Hey, look at me! Who is this son of a bicth?*

— *Vincent Capelle, he's a notary…*

— *What else?*

— *I know nothing, I swear…*[29]

Aby éclata en sanglots, Audrey et Steinberger surent qu'ils n'en tireraient plus rien. La colère d'Audrey retomba, laissant place à la douleur : Élisabeth Neyrat avait scellé le destin de Janissou avec la complicité de l'Apis Dei prétendument au service des Abeilles donc de l'Humanité. Pour ne pas laisser éclater son chagrin devant le gendarme, elle sortit brusquement du bureau en claquant la porte et s'adossa au mur du couloir. Là, elle lutta contre ses larmes. Deux morts pour une bêtise d'enfant vieille de soixante-dix ans.

Steinberger la rejoignit presque aussitôt et souffla :

— Je suis désolé, pour le reste les mots sont vains.

---

28. — *Je ne connais qu'un seul nom, celui de l'amant d'Élisabeth.*

— *Qui est-ce ?*

29. — *Regarde-moi et dis-moi qui est ce fils de p…*

— *Vincent Capelle, c'est un notaire.*

— *Quoi d'autre ?*

— *Rien, je le jure.*

— Antoine, murmura-t-elle, je croyais encore qu'on pouvait le retrouver...

À la pensée qu'elle ne reverrait plus le papé, elle s'effondra, contre lui. Mais après un instant de surprise, Steinberger la repoussa doucement et la laissa évacuer son chagrin sans un mot, se contentant d'amicales pressions sur son bras. Il pouvait sentir le parfum sucré de miel dont la jeune femme était imprégnée et cela ne lui déplaisait pas. Il y avait longtemps qu'il n'avait pas tenu une femme dans ses bras et bien qu'Audrey fût tout à fait son genre, il refusait catégoriquement de mélanger le travail et les affaires de cœur. Et puis il n'avait pas l'intention de moisir dans la région et ambitionnait de passer capitaine, or tout changement de grade entraînait automatiquement une mutation. Dans ces conditions, inutile de s'attacher. Il mit un terme aux effusions :

— Auxiliaire Astier, il est temps de partir pour votre filature. La voiture de Marsac est sur le parking du château, une Laguna break bleu marine... Je vais chercher vos affaires.

Audrey fit oui de la tête en reniflant, troublée elle aussi. Contre la poitrine du gendarme, elle avait entendu les battements de son cœur d'homme s'accélérer, signe d'un certain émoi. Elle comprit qu'il la bousculait volontairement et l'approuva. Aby avait soulevé un des fils de la vérité mais il y en avait d'autres à découvrir et pas de place pour les sentiments.

— Beau travail, Audrey, dit-il une fois revenu en lui tendant son sac. Le coup de la robe, pas mal.

— Fréquenter les anciens m'a appris beaucoup de choses, entre autres que seuls le chagrin et la haine sont transmissibles...

Steinberger hocha la tête. La haine, dans sa famille, on en connaissait le goût amer. Joseph, le grand-père, avait fait partie des « Malgré-Nous », ces Alsaciens enrôlés de force dans la *Wehrmacht*. Durant la Libération, ils avaient payé cher cette transgression non désirée. La famille avait dû abandonner sa ferme et ses terres près de Marckolsheim pour un appartement à Strasbourg, là où on ne les connaissait pas. Joseph était rentré dans la gendarmerie pour faire ce qu'il avait appris dans l'armée allemande : obéir. C'est à tout cela que le gendarme songeait lorsqu'Audrey le quitta pour rejoindre la voiture de Marsac par une porte dérobée de la brigade, ultime précaution dans une affaire qui prenait chaque jour des proportions plus tortueuses.

Le fil d'Ariane

Rouler à travers la vallée et longer le fil de la Dordogne était la meilleure chose qui puisse arriver à Audrey pour apaiser son chagrin. La voiture de Marsac était spacieuse, ce qui lui changeait diablement de la cahotante 2 CV. Le tout était de s'habituer à la boîte de vitesses au plancher !

En arrivant à Souillac, bercée par d'authentiques amortisseurs, elle prit la décision de changer de cap et de rallier Limoges. Et par là même de désobéir à Steinberger. L'A20 lui tendait les bras et une forte intuition lui commandait de rejoindre la capitale de la porcelaine pour rencontrer l'épouse d'Olivier Lejeune. Audrey était convaincue qu'elle savait pourquoi son époux s'amusait à farfouiller dans les ruches la nuit venue.

Avant de quitter la gendarmerie, elle avait demandé à consulter le dossier d'enquête afin d'y récupérer l'adresse de Lejeune. Marsac n'avait pas opposé de difficulté, le nouveau statut d'Audrey lui conférant un certain rang d'égalité. Et puis « Stein », comme on l'appelait en douce à la brigade, avait l'air de l'apprécier bien qu'elle le fasse régulièrement enrager. Il surnommait d'ailleurs l'apicultrice *waschp*, la guêpe. Aussi quand elle lui avait demandé le dossier, il subodora quelque coup de Trafalgar, de ceux qui feraient voler des noms d'oiseaux alsaciens dans les locaux de la gendarmerie avant la fin de la journée. Marsac en riait silencieusement d'avance en consultant sa montre : Élisabeth Neyrat avait plus de vingt minutes de retard.

*

Près de quatre-vingts kilomètres plus loin, à la gare de péage de Gignac dans le Limousin, le portable d'Audrey se manifesta sur le siège passager. Le cadran indiquait un appel inconnu. La jeune femme s'arrêta sur le parking pour répondre plus tranquillement. Sa voiture avait beau arborer le macaron « Gendarmerie Nationale » sur un coin du pare-brise, elle ne souhaitait pas s'attirer les foudres de Steinberger dès sa première mission en se mettant en infraction. D'autant qu'étant très éloignée de son lieu de mission, elle n'osait même pas penser à la verte semonce que lui passerait le gendarme en chef quand il le saurait. Madame Lejeune avait intérêt à être causante !

Une voix familière et amicale retentit :

— Allô Audrey ? C'est toi, mille sabords ?

Un large sourire fendit le visage de l'apicultrice. C'était Lebel.

— Oui, comment avez-vous eu mon nouveau numéro ?

— Stein, je viens de l'appeler, c'est lui qui m'a dit que tu étais en planque à Souillac et pourquoi. Alors comme ça te voilà bombardée Auxiliaire Civile de Justice et il n'a rien tenté pour l'empêcher. Il t'a à la bonne le petit bleu !

— À la bonne, c'est vite dit. Il me colle une filature sur les bras alors que les Abeillades sont dans cinq jours et que je n'ai rien de prêt. Et par-dessus le marché, il m'interdit de rentrer chez moi et m'envoie coucher à la caserne, chez Marsac.

— On ne va pas lui reprocher un excès de précautions, moi-même je suis aux aguets. J'ai une mouche, triompha-t-il, un petit gros qui vient trois fois par jour devant chez moi distribuer du pain aux mouettes, il a même un air sympathique. Mais ce n'est pas à un vieux singe qu'on apprend à faire des grimaces, pas vrai ? Alors, où tu en es dans ton enquête ?

Audrey lui relata l'échange avec Aby et la triste conclusion pour Janissou.

Lebel pesta, tous les jurons bretons y passèrent. Élisabeth Neyrat fut même qualifiée de sorcière, l'ancien adjudant-chef oubliant allègrement qu'il avait passé son temps à essayer de la séduire.

— S'en prendre à un vieil homme relève de la dernière indignité… Quant au notaire, il ne vaut guère mieux, il pourrait être poursuivi pour complicité de maltraitance sur personne vulnérable ayant entraîné la mort. Avec ou sans intention de la donner, là sera toute la différence que toi et Stein devrez établir. Mais tu as déjà le mobile : la vengeance.

— Je crois bien qu'il y a un double mobile…

— Un double mobile ? Tonnerre de Brest, comment est-ce possible ?

— Dans la nuit du 5 au 6 août, les ruches du papé ont été cambriolées…

— Tu plaisantes ? Des ruches, cambriolées ? Pour y voler quoi, du miel ? On a déjà connu ce genre de cas, ils embarquent le tout à chaque fois.

— Cette fois, le voleur cherchait une cage à reine dans laquelle Raoul Mallet pense que le papé a dû enfermer une formule en rapport avec la trouvaille dont il voulait me parler le soir de sa disparition. Le voleur, qui se nomme Lejeune, ou plutôt se nommait car on l'a retrouvé pendu, a évoqué « Le vieux *niakoué* ».

— Autrement dit ce moule à gaufres de Wang !

— Exactement. Or Wang, vous le savez, est en recherche de la « super abeille ». C'est lui qui a dirigé le bras d'Olivier Lejeune du labo Pharma Gaïa de Limoges…

Lebel soupira :

— Si le papé a réellement créé une super abeille, elle doit valoir très cher, donc être recherchée à la fois par Wang et l'Apis Dei. Au fait, as-tu reçu le dossier les concernant ?

— Oui merci, beau travail très instructif.

— Et Stein, pas trop fâché que je passe au-dessus de lui ?

— Un peu… Mais il y a plus grave, il a reçu des pressions de Paris pour lui faire abandonner l'affaire.

— Je sais, il m'en a parlé, je l'ai convaincu de n'en rien faire mais j'ai enfoncé une porte ouverte, il l'était déjà !

Lebel eut un petit rire puis il reprit plus sérieusement :

— À charge ou à décharge, l'armée est comme l'église, elle protège ses ouailles. J'ai donc appelé notre hiérarchie pour dire que je le soutenais, ça vous permettra de gagner un peu de temps.

Ce fut moins ces derniers mots que le ton employé qui impressionnèrent Audrey. Lebel lui faisait comprendre que Steinberger avait de la valeur en dépit de son caractère intransigeant et de ses méthodes de travail différentes. L'ancien gendarme traduisit clairement ses impressions :

— Un meurtre sans cadavre est ce qu'il y a de plus difficile à instruire. Dieu merci j'ai toujours eu affaire à de vrais macchabées dans ma carrière. Et puis je n'ai pas eu Paris sur le dos. Ça prouve au moins une chose : que vous êtes sur la bonne voie. Donc aujourd'hui tu filoches une certaine Vanessa Breuil de l'Apis Dei ?

— En fait non.

— Comment ça, non ? Y aurait-il eu contrordre Auxiliaire Astier ?

Le ton de l'aimable Lebel était encore courtois mais voilé de reproche.

— J'ai l'intime conviction qu'il ne se passera rien du côté de Breuil, elle a eu peur hier au café et va se tenir tranquille quelques jours. En revanche je suis convaincue qu'on a un peu aidé Lejeune à se pendre. Sa veuve le pense-t-elle aussi ? Je l'ignore, mais dans son chagrin, elle a peut-être envie de trouver une oreille amie ?

— La tienne par exemple. Attention Audrey, le critère émotion est risqué, il ne fonctionne pas à tous les coups. Mais bon, pourquoi pas, et puis tu as raison pour Breuil, elle va filer droit quelque temps. Je ne te retarde pas plus longtemps. Et si ce bachibouzouk de Stein te fait des misères, je lui dirai…

Audrey se mit à rire :

— Rien du tout, je suis assez grande pour lui dire *shissdrake !*

Elle raccrocha en soupirant d'aise. Parler avec Lebel avait été bénéfique. Elle reprit sa route joyeusement.

Il lui fallut encore une heure pour atteindre la capitale limougeaude bâtie sur sept collines qu'elle contourna facilement pour rejoindre Panazol. La maison des Lejeune était située un peu à l'écart, sur les bords de la Vienne. Cette belle demeure d'architecte détonnait dans le paysage bucolique. Audrey remarqua un petit cabriolet Fiat 500 blanc nacré et deux immenses portes-fenêtres ouvertes : madame veuve Lejeune était chez elle. Le jardin à l'américaine – sans clôture – lui permit d'atteindre facilement la porte dont elle actionna la sonnette. Le carillon déclencha les premières notes de l'hymne britannique qu'Audrey ne jugea pas du meilleur goût.

Une femme très brune aux cheveux noués en queue-de-cheval lui ouvrit. Elle devait avoir dans les trente-cinq ans et était tout de blanc vêtue. Audrey reçut ses yeux fatigués et gonflés de chagrin en pleine figure.

— Madame Lejeune ?

— Oui, répondit-elle sur un ton mourant.

— Audrey Astier. J'ai appris pour votre mari, je suis venue vous présenter mes condoléances.

— Je vous remercie. Vous travaillez à Pharma Gaïa ? Je ne vous ai jamais vue…

— Madame Lejeune, pardonnez mon intrusion dans un moment difficile mais j'ai besoin de vous parler. Votre mari a oublié ceci dans le jardin d'un ami…

Audrey ouvrit sa main au creux de laquelle brillait la gourmette de Lejeune, cassée au cours de son altercation avec Major. Elle l'avait récupérée à la gendarmerie au nez et à la barbe de Marsac. La robe d'Annie Lemaire avait fait parler Aby, pourquoi la gourmette de Lejeune ne délierait-elle pas la langue de son épouse ? Contrairement à Lebel, elle pensait que l'affectif primait sur l'objectif, surtout avec les femmes.

— Vous la reconnaissez, n'est-ce pas ?

— Comment l'avez-vous eue ?

— C'est une longue histoire qui ne se raconte pas sur un palier, d'autant que j'ai fait un long chemin pour vous la conter.

Madame Lejeune hésita quelques instants, elle regarda la gourmette qu'Audrey lui avait confiée et eut un énorme soupir en fermant les yeux. Elle les rouvrit pour dire :

— Entrez.

Audrey pénétra dans une immense pièce servant de salon et de salle à manger. Tout y était blanc, les murs, les meubles… Du moins, ce qu'il en restait : un canapé en cuir. Madame Lejeune désigna de la main son infortune :

— Je suis désolée de vous recevoir ainsi mais presque tout est déjà parti avec les huissiers, le reste ne devrait pas tarder. Nous étions surendettés, je ne le savais pas… Pour être honnête, je ne voulais pas savoir… J'ai un fond de whisky, cela vous convient-il ?

Audrey acquiesça. Le whisky était loin d'être sa boisson favorite mais il contribuerait à libérer les émotions, la parole suivrait.

Madame Lejeune revint quelques instants plus tard avec une bouteille à moitié pleine et deux verres. Elle en tendit un à Audrey et le remplit généreusement.

— Les huissiers sont une curieuse race, ils se sont servis en premier dans ma vaisselle et mes meubles et m'ont laissé ma voiture et mon canapé. Enfin, il ne faut pas demander à des vautours des raisonnements cohérents.

Une fois son verre plein, madame Lejeune s'assit près d'Audrey, avala une grande rasade, puis observant le fond de son verre, demanda :

— Alors, qu'est-ce qui vous amène à Limoges ?

— J'ai pour ami un vieux monsieur du nom de Janissou Laborde…

— Connais pas, désolée.

Audrey scruta du coin de l'œil le visage de sa voisine mais celui-ci resta de marbre.

— Il est apiculteur comme moi et habite près de Rocamadour. Il a mystérieusement disparu l'après-midi du 3 août alors qu'il m'attendait le soir pour dîner.

— Le 3, c'était le baptême de ma nièce, nous avons passé la journée chez mes parents à Pierre-Buffière, nous ne sommes rentrés que le lendemain soir. Vous pourrez le vérifier facilement.

— Je ne suis pas de la police, je suis venue vous expliquer comment, dans la nuit du 5 au 6 août dernier, sur le coup des trois heures du matin, j'ai fait la connaissance de votre mari qui fouinait dans les ruches de mon ami.

Madame Lejeune eut une surprise non feinte :

— Mon mari était aussi apiculteur et, même si je ne pratique pas, je suis assez au fait pour savoir qu'on ne visite pas des ruches de nuit.

— Ce que je vous confirme. Où sont celles de votre époux ?

— Dans le jardin.

— Puis-je les voir ?

Madame Lejeune haussa les épaules et termina son verre tandis qu'Audrey l'imitait :

— Si vous y tenez.

Audrey suivit la propriétaire dans le jardin s'étendant jusqu'à la Vienne. Sur le côté droit de la maison, elle aperçut une splendide piscine dont les eaux scintillaient au soleil. Les ruches, au nombre de trois, étaient alignées près de la rivière sous des saules. Elle s'approcha et nota l'important trafic, signe de bonne santé. Puis elle se retourna vers madame Lejeune restée en retrait :

— Pas de hausses ?

— Si, Olivier les a enlevées peu avant son… suicide mais il n'a pas eu le temps d'extraire. D'ailleurs, si vous les voulez, moi je ne veux pas m'occuper de tout ça. Je vous aurais bien donné les ruches mais elles sont saisies au titre de mobilier !

— Quoi ? Les ruches, saisies ? La vache !

— Comme vous dites. Il en va de même de tout le matériel, extracteur, maturateur, pots vides et pleins, j'en passe et des meilleures. Venez voir…

C'est tout ce qu'Audrey espérait, visiter la miellerie avec bien entendu une idée derrière la tête. Il fallut remonter le talus pour accéder à un cabanon de bois accolé au garage. Dans cette pièce de vingt mètres carrés dédiée aux abeilles, il régnait un important désordre : les hausses vides étaient entassées n'importe où, les seaux à maturer étaient renversés et l'extracteur abandonné dans un coin sans avoir été nettoyé. La récolte de printemps, du miel blanc donc de colza, était cependant bien rangée en pots sur une étagère.

— Les hausses qui vous intéressent sont là, indiqua la femme.

Mais ce n'était pas cela qu'Audrey cherchait. Pour gagner du temps, elle demanda :

— Les hausses pleines représentent une certaine valeur, elles n'ont pas été inscrites à l'inventaire ?

— En fait, les huissiers ne sont pas entrés ici, ils sont restés à la porte et ont fait un prix de gros si je puis dire : deux cent cinquante euros.

Audrey sursauta, tant par le prix dérisoire annoncé que par ce qu'elle venait d'apercevoir sous une chaise, supportant la vareuse de feu Lejeune. À demi caché par le gros enfumoir électrique, un sachet transparent rempli de granulés blancs. Audrey fondit sur la chaise et pêcha le sac qu'elle montra à la veuve de Lejeune :

— Vous savez ce que c'est ?

— C'est écrit dessus, nitrate d'ammonium…

— J'ai mal formulé ma question. Savez-vous à quoi ça sert ?

Madame Lejeune eut une moue dubitative :

— À allumer l'enfumoir ?

— À anesthésier les abeilles pour les faire tenir tranquilles lors de la transhumance.

— Mon mari ne transhumait pas.

— Ce combustible produit une fumée très blanche. La nuit où votre mari a visité les ruches de mon ami, son enfumoir en était rempli, il s'en est servi contre les abeilles et contre moi qui venais lui demander ce qu'il faisait là.

Madame Lejeune pâlit mais ne répondit rien.

— Christine… Vous permettez que je vous appelle ainsi ?

Audrey n'attendit pas d'assentiment et enchaîna rapidement :

— Votre mari devait avoir mis le pied dans un sérieux engrenage pour se comporter de la sorte. Il a aussi blessé gravement mon chien…

— Je ne peux le croire. Olivier aimait les animaux. On n'est pas apiculteur sans raison. Vous mentez.

Audrey s'approcha et dit doucement :

— Christine, vous savez bien que je ne mens pas. Pourquoi mentirais-je d'ailleurs ?

— Comme tous ceux qui sont déjà venus, par intérêt !

— Lequel, dites-moi ? J'ai même parcouru près de cent cinquante kilomètres pour vous rendre la gourmette. Je veux juste comprendre ce qu'il cherchait cette nuit-là. Pour le reste, ça ne me regarde pas…

Audrey brûlait de savoir quels étaient ces autres mais il était trop tôt pour le demander. Comme avec Aby, il y eut cet instant de flottement, celui qui, dans la bataille, décide de son issue.

La jeune femme poussa son avantage :

— Christine, je vis seule dans une ferme. Les soirées d'hiver sont longues et, sans mon ami Janissou avec qui je parlais beaucoup, j'aurais sombré plus d'une fois.

— Venez, dit la femme brusquement, je vais vous dire ce que je sais, ensuite vous prendrez vos hausses et vous partirez.

Elles regagnèrent le salon. Christine Lejeune se servit un nouveau verre de whisky, Audrey se sentit obligée de l'accompagner. Apaisée par deux gorgées d'alcool, madame Lejeune prit la parole :

— J'ai rencontré Olivier au mariage d'un ami commun. C'était il y a trois ans, un coup de foudre... Seulement je suis plus âgée que lui, j'ai eu quarante-trois ans au printemps.

Il y eut un silence qu'Audrey respecta :

— Tout de suite on a voulu un enfant mais je rencontrais des difficultés. On a fait beaucoup de tests, vu des tas de médecins et signé autant de chèques... Il y a quelques mois, le verdict est tombé, je devais bénéficier d'une fécondation in vitro or mon âge m'interdisait de postuler dans mon pays, il me fallait aller à l'étranger. C'est onéreux, environ huit mille euros... Olivier avait déjà trop investi dans Pharma Gaïa pour espérer un nouveau crédit.

Madame Lejeune eut un énorme soupir :

— Bref, Olivier a cherché des gens susceptibles de nous prêter de l'argent. Avec son patron, Fabien Deleuze, c'était impossible, il est encore plus surendetté que nous. Deleuze avait été contacté par un vieux Chinois au sujet d'une nouvelle race d'abeilles capable de vivre plus longtemps et de produire davantage de venin. Deleuze ne voulait pas en entendre parler pour ses recherches sur Parkinson. Olivier ne pensait plus qu'aux huit mille euros dont nous avions besoin et il a rappelé ce monsieur Wang, je crois...

Dire qu'Audrey était tendue comme un arc relèverait de l'euphémisme. Christine Lejeune était tout simplement en train de lui révéler ce que le papé voulait lui dire le soir de sa disparition et ce pourquoi l'Apis Dei ne les lâchait plus d'une semelle.

— Wang est un importateur chinois de miels et à l'occasion d'essaims en bonne santé, expliqua Audrey.

— Olivier disait que s'il trouvait la formule, Wang payerait cher. Mon mari avait obtenu l'adresse du possesseur de la formule, ne me demandez pas comment, je l'ignore. Il devait juste le convaincre de céder la formule au labo pour la bonne cause. Mais quand il est revenu, il n'avait trouvé ni le bonhomme, ni la formule, il était furieux et blessé mais n'a rien voulu me dire.

— C'était Major, mon chien, qui s'est jeté sur lui pour l'empêcher de me poignarder.

— Je suis désolée.

— Ne le soyez pas, vous n'êtes pas responsable des actes de votre mari qui a agi par amour pour vous et par désespoir aussi.

Audrey saisit les mains de madame Lejeune qui étaient froides :

— Christine, j'ai une question très importante. Qui est venu vous voir ?

— Un couple, les Césaré. Je ne les avais jamais vus.

— Pourriez-vous me les décrire ?

— La petite quarantaine tous les deux, lui est très brun avec les cheveux bouclés, il a un accent italien ou espagnol, elle est une femme superbe, brune également, habillée rétro, elle me rappelle quelqu'un, une actrice…

— Jacky Kennedy peut-être ?

— Oui c'est ça.

— Que voulaient-ils ?

— Me présenter leurs condoléances pour Olivier qu'ils avaient très bien connu avant que je le rencontre. Ils sont aussi apiculteurs et ont monté une petite association de défense de l'Abeille, mon mari en faisait partie, paraît-il. Il ne m'en a jamais parlé. Madame Césaré est charmante, nous avons beaucoup parlé de mon mari et surtout du fait que je ne puisse être mère, elle m'a dit avoir dans ses relations un médecin spécialisé dans les cas d'infertilité.

— Moyennant quoi ?

— Mais rien, par pure charité.

Christine Lejeune lui jeta un regard noir. Madame Delcroix-Césaré avait su bercer sa douleur. Audrey devait modérer ses propos si elle voulait en apprendre plus.

— Les Césaré ont-ils des enfants ?

— Oui, un fils de trois ans, un ravissant enfant, j'ai vu sa photo.

« Un enfant qui ne doit pas leur coûter cher à nourrir » songea Audrey en poursuivant :

— Où étiez-vous ? Ici ?

— Non, nous sommes restées longtemps dans le jardin.

— Même le mari ?

— Non, lui est resté à l'intérieur, c'était hier soir et il faisait un peu frais.

Audrey songea que le dénommé Césaré avait pu ainsi commodément explorer les lieux à la recherche de la formule. Il avait dû en être pour ses frais ! Quant à madame Delcroix, ce n'était certainement pas en compagnie de son docteur de mari qu'elle s'était présentée sous un faux nom à madame Lejeune.

— Christine, avez-vous parlé de Wang aux Césaré ?

— Je leur ai dit la même chose qu'à vous et ensuite ils sont partis.

— Vous a-t-elle donné l'adresse de son médecin ?

— Non, elle doit me rappeler.

« Tu n'as pas fini d'attendre » pensa Audrey qui n'apprit rien de plus sinon que les obsèques de Lejeune se tiendraient le surlendemain. Arguant de l'heure tardive pour quitter poliment son hôtesse, elle récupéra les trois hausses qu'elle chargea dans le coffre de la voiture de Marsac et prit congé.

Le trajet de retour lui parut léger et agréable, elle n'était pas venue pour rien à Limoges. Maintenant elle savait quoi chercher. Son portable sonna plusieurs fois, le nom de Marsac apparaissait à chaque fois sur l'écran : Steinberger cherchait à la joindre. Grisée par les vapeurs du whisky et gonflée par ses renseignements, Audrey ne répondit pas, s'amusant follement de le voir insister : il devait fulminer !

C'est en arrivant au péage de Souillac qu'elle fut frappée par une vision, celle de cet Espagnol insistant l'ayant interpellée à Rocamadour le jour où elle était allée à la gendarmerie et qu'elle avait ensuite revu au café, attendant la navette. La description physique correspondait en tout point. Elle avait à présent la certitude que c'était lui qui avait rendu visite à Christine Lejeune. Il était membre de l'Apis Dei et probablement l'amant de madame Delcroix.

Audrey parvint sur les coups de neuf heures du soir à la caserne de Gramat, une bâtisse grise, située non loin du bruyant boulevard urbain. Dans la cour étaient alignés des véhicules de gendarmerie. Elle héla deux jeunes gendarmes s'apprêtant à monter dans une Clio :

— Le lieutenant Steinberger, s'il vous plaît ?

— Il n'est pas là, il est à la piscine.

— À la piscine ?

— Il s'entraîne pour les prochains championnats.

Devant la surprise d'Audrey, son comparse s'indigna :

— Ben oui, il a été médaille d'argent à Londres en nage libre, maintenant il vise l'or.

— Évidemment… bredouilla Audrey, estomaquée par cette révélation. Et Marsac ?

— Marsac, il est au 10, 2e étage, mais il est absent.

Les deux pandores la quittèrent sans plus de façons et, tandis qu'ils s'engouffraient dans leur véhicule, le plus grand dit au plus petit :

— À ton avis, c'est la gonzesse à Marsac ou à Stein ?

— Marsac, il est trop petit pour elle, ricana son collègue.

Audrey haussa les épaules et alla jeter un œil aux hausses dans le coffre afin de vérifier qu'elles n'avaient pas trop souffert du voyage. Elle ne résista pas au plaisir de tirer un cadre pour en admirer la consistance onctueuse. Elle posa celui-ci sur la boîte et en sortit un second, libérant un espace qui révéla une inscription sur l'une des parois latérales « *Rdr.* »

Elle s'interrogea un instant sur ce que cela pouvait signifier, puis elle ouvrit une autre hausse au même endroit et découvrit une suite de chiffres « *0704 1005 1206 1507* » Dans la troisième, un épigramme « *Ch. Crx. St.7* ».

Audrey nota rapidement le tout au dos d'un ticket trouvé au fond de sa poche et monta joyeusement chez Marsac. Elle n'était vraiment pas allée pour rien à Limoges, Stein ne pourrait qu'être ravi. Quoique, avec lui, rien n'était jamais assuré.

Troisième partie

L'envol du frelon

Au malheur !

Dans le grand salon parqueté dont la pièce maîtresse était un piano à queue en palissandre signé Pleyel, Frère Amboise, toujours vêtu de noir, était un peu dans ses petits souliers. Il n'avait pas de bonnes nouvelles à apprendre à sa reine.

— Votre Altesse, on a perdu la fille.

— Perdu ? Dans quel sens, est-elle morte ?

— Hélas non, elle a réussi à échapper à notre vigilance. Ce matin, elle était à la gendarmerie et ce soir sa voiture est toujours sur le parking du Figuier. La situation est d'autant plus critique qu'elle a été nommée Auxiliaire Civile de Justice.

— Par saint Ambroise, il y a anguille sous roche avec le nouveau lieutenant. On le dit bel homme ?

— Très, répondit Frère Ambroise en éteignant d'un battement de cils le désir né de l'évocation du gendarme en chef.

Frère Ambroise était un séducteur invétéré en dépit d'un physique pour le moins déroutant.

Néanmoins, étant un dignitaire de haut rang et détenteur de secrets de nature à faire sauter l'Ordre, ses passions pour les deux genres étaient tolérées. Il était aussi d'une efficacité redoutable, n'hésitant jamais à sacrifier amants et maîtresses au profit de la confrérie. Cette fois encore, il allait le prouver à sa reine.

— Il y a eu un incident avec Sœur Édith à Souillac samedi.

— De quel genre ?

— Du genre à y mettre bon ordre. Ni elle, ni Frère César ne sont à la hauteur. Laissez-moi remédier à tous ces débordements et je vous rapporterai la formule de la Reine Idéale. Cette reine frauduleuse que Frère Amable avait la prétention d'offrir au monde pour le sauver… ricana-t-il. Dieu merci, Frère Angelo et moi avons eu le temps de faire du ménage dans les ruches éleveuses du Frère Amable, sans quoi nous aurions actuellement sur les bras un escadron de reines hybrides, tellement croisées, tellement mélangées que… leurs yeux sont devenus verts ! Pouah !

Frère Ambroise s'en étouffait de rage.

Il mit un genou à terre et baissa humblement la tête :

— Votre Altesse… Je vous demande l'autorisation de reprendre les choses en main. Missionnez-moi, je vous en conjure.

La femme resta un instant silencieuse à observer l'homme courbé devant elle. Son dossier était sulfureux mais il y était souligné qu'il était d'une fidélité à toute épreuve, on le surnommait d'ailleurs « L'Ultra ». La reine et lui étaient de même tendance.

Et surtout elle n'avait pas le choix, pour sa première année de règne, elle voulait se montrer à la hauteur de l'honneur de sa tâche. Aussi étendit-elle sa main jusque sur l'épaule de son meilleur élément :

— Je vous missionne. Dieu fasse que nous tombions sur la formule avant la fille.

Frère Ambroise n'était pas loin de sentir souffler sur lui le vent de foi des Preux Chevaliers en chemin pour la Terre Sainte. Toujours agenouillé, il baisa avec dévotion l'anneau Apis, une imposante chevalière en or facettée d'une abeille en diamant que la reine portait à son annulaire droit.

— *Dei servat Apes*, dit celle-ci.

— *Apes servat homines*, répondit Frère Ambroise.

Il se releva et allait se retirer lorsque la reine demanda encore :

— Et du côté des interrogatoires ?

— L'Américaine a eu peur, elle a livré Neyrat.

— Donnez Neyrat en pâture au petit gendarme, ça l'occupera et il lâchera du lest. Au besoin, réduisez-la définitivement au silence.

— Que dira Frère Nicolas ? demanda Frère Ambroise sur un ton négligeant.

— Frère Nicolas ? A-t-il seulement son mot à dire… N'est-ce pas l'Ordre qui finance son étude ?

— Ça et d'autres choses.

— À la moindre objection, coupez-lui les crédits.

— Bien, Votre Altesse.

Frère Ambroise se retira en se frottant les mains. Il allait commencer par prévenir Frère Alexandre, l'époux de sœur Félice, de son infortune conjugale et il espérait se montrer assez convaincant pour faire juger l'incompétent espagnol. Rien de tel qu'un bon exemple pour tenir les troupes en respect. Ensuite il dérouterait les appels sur sa propre ligne. Pour le reste il avait son idée.

*

Loin des projets du machiavélique frère Ambroise dont elle ignorait jusqu'à l'existence, Audrey était parvenue à l'appartement de Marsac, deux pièces aux murs blancs meublées très simplement, encombrées d'un désordre de célibataire pour le moins endurci. Vêtements et sous-vêtements s'éparpillaient un peu partout et il régnait une odeur de pieds assez prenante.

— Il casse le mythe, là, Marsac… marmonna Audrey en agitant la main devant son nez.

Dans la chambre, le lit n'était même pas fait et une énorme télévision occupait toute une cloison. Le premier geste de la jeune femme fut d'ouvrir la porte-fenêtre donnant sur le balcon pour faire pénétrer un air purificateur. Dehors il faisait doux, elle observa un temps l'animation de la caserne, si éloignée de l'atmosphère paisible de sa ferme. Puis, posant son sac et ses clefs de voiture sur la table, elle partit se rafraîchir dans la salle de bains tout aussi encombrée que le reste de l'appartement et farfouilla quelques instants à la recherche d'une serviette propre. De retour dans la salle à manger, elle tira une chaise et se mit en devoir d'examiner les inscriptions trouvées dans les hausses de Lejeune, recopiées à la hâte sur un ticket de caisse. La meilleure chose à faire était de les remettre au propre, en plus grand aussi. Dans l'un des tiroirs du bahut de bois blanc, elle dénicha un bloc de papier à lettres. Plein. Le gendarme adjoint Marsac ne devait pas être féru de correspondance. Elle arracha une page et retourna à table pour la transcription. Une fois celle-ci terminée, Audrey tâcha de donner une interprétation cohérente à cette suite cabalistique. Elle en était loin lorsqu'on toqua à la porte derrière laquelle elle ne fut pas trop étonnée de trouver Steinberger, en survêtement bleu marine et gilet marqué « Gendarmerie Nationale ». À son visage fermé, elle comprit qu'il allait falloir justifier son déplacement en terres limousines et au vu de ses sourcils froncés, ce n'était pas gagné. Il ouvrit les hostilités:

— C'est bien, Limoges?

— Pas mal, mais comment savez-vous que...

— La gourmette. Quand j'ai vu qu'elle n'était plus dans le dossier, j'ai tout de suite compris et pour la peine, j'ai collé un avertissement à Marsac!

— Quoi?

— Il n'avait pas à vous laisser consulter ce dossier sans mon autorisation, encore moins à vous laisser vous servir dedans. Où vous croyez-vous? Au théâtre?

— Non, mais...

Steinberger haussa le ton:

— Mais quoi? *Shissdrake* Auxiliaire Astier, quand vous déciderez-vous à obéir?

— Sauf votre respect, c'était stupide d'aller surveiller une fille froussarde qui va forcément se tenir à carreaux alors que madame Lejeune est un témoin majeur de l'enquête, Lebel aussi en a convenu...

Steinberger d'ordinaire si maître de lui-même faillit étouffer de rage:

— Ah parce que Lebel était au courant de votre escapade limougeaude ? Bravo !

Une porte claqua, ils se turent. Un gendarme passa devant eux, eut un salut pour Steinberger et un sourire émoustillé pour Audrey dans le dos de son chef. Pour lui, l'affaire était simple : le lieutenant avait ramené une fille pour la nuit.

Lorsqu'il se fut éloigné, la conversation reprit, orageuse mais couverte :

— Je croyais avoir été clair avec vous, ce n'est plus Lebel qui dirige cette brigade.

— En ce cas pourquoi le contacter ?

— Je n'ai pas à discuter de mes actes avec une subalterne. C'est la dernière fois que je vous le dis, obéissez aux ordres sinon je déchire votre carte d'Auxiliaire que je viens de recevoir. Ou plutôt, j'ai une meilleure idée, je vais me faire porter pâle et vous vous débrouillerez avec mon remplaçant, c'est-à-dire l'adjudant Cordier…

— Non ! Ne faites pas ça, je vous en prie.

— Alors obéissez !

— Mais Antoine, plaida Audrey, je ramène des informations capitales…

— Tant que vous ne m'aurez pas donné votre parole de ne plus désobéir, je n'écouterai rien du tout. Vous avez bu ? demanda-t-il en fronçant le nez.

— À peine deux gouttes de whisky avec madame Lejeune, ça délie les langues.

— Vous avez bu pendant le service ?

Steinberger fut mortifié d'un tel manquement aux prérogatives et se demanda pour la énième fois quelle faute il avait commise pour être sanctionné de la sorte. Il aurait admis qu'on lui envoie un supérieur pour le chaperonner mais un civil, qui plus est incontrôlable… Devant son air outré, Audrey se mit à rire, ce qui acheva de l'exaspérer :

— Astier, pas d'insolence !

La moutarde commençait à monter au nez de la jeune femme :

— Vous savez quoi, Lieutenant ? *Shissdrake !*

Et de lui claquer la porte au nez en marmottant un « La vache, quelle bourrique » de ravissement.

On toqua, elle rouvrit.

Steinberger lui adressa son sourire fermé :

— La bourrique vous fait dire que quand vous serez calmée, vous pourrez venir discuter de vos infos, dernière porte au fond du couloir. Bonne soirée.

— Antoine… Attendez-moi… lança Audrey en pêchant sur la table la feuille de transcription. Attendez-moi ou je crie…

Steinberger ricana et poursuivit son chemin à grandes enjambées mais quand elle se mit à hurler et que toutes les portes s'ouvrirent, il fit promptement demi-tour et l'empoigna en la poussant devant lui :

— Vous êtes folle ?

— Antoine, faites-moi confiance, vous n'allez pas être déçu.

— Le diable vous entende, Audrey. Je ne vois plus que lui pour me sauver de vos griffes ! J'espère que vos infos sont en béton armé parce que sinon…

Il ouvrit la porte de chez lui et la précipita dans la pièce principale en bougonnant :

— Vous êtes ma croix Astier !

Son appartement était l'opposé de celui de Marsac. Rangé au carré, meublé avec un certain goût, quoique fort simplement, d'une table ronde et d'un buffet en noyer surmonté d'un miroir.

— Asseyez-vous dit-il en désignant un canapé de velours marron. Avez-vous dîné ?

Audrey secoua la tête négativement. Il annonça :

— Un peu tard pour sortir d'autant que nous devons faire le point sur cette journée pour le moins mouvementée. Je vais faire quelque chose de rapide.

Il passa dans la cuisine où des bruits de vaisselle se firent entendre. Audrey ne put rester les bras croisés. Elle le trouva occupé à dresser une tarte alsacienne avec crème fraîche, oignons, lardons et fromage.

— Ah, une flammeküeche !

— Non, répondit-il sévèrement, une « flammecour » chez nous le « ch » se prononce souvent « r ».

— Oh, toutes nos excuses. À l'allemande donc.

Il cessa son montage et poussa un soupir d'agacement :

— L'alsacien est un dialecte allemanisé, ce n'est pas de l'allemand au sens où nous l'entendons, il y a certes des similitudes mais aussi une énorme différence vocabulistique, notamment par un apport massif de mots yiddish chez nous.

— Un peu comme l'anglais américain et le britannique ?

— C'est ça !

— Où sont vos couverts ?

Tandis qu'elle dressait la table, Audrey remarqua un portrait photographique sur un coin du buffet, représentant deux gendarmes en pied strictement identiques, même taille, même blondeur, mêmes taches de rousseurs. Elle comprit que le frère disparu était son jumeau ayant embrassé la même carrière.

— Mon frère Walter, entendit-elle dans son dos.

— Vous avez un jumeau ?

— J'avais, comme si vous ne le saviez pas d'ailleurs. Tout le canton se gargarise de nos déboires familiaux.

— C'est faux. Je savais que vous aviez un frère disparu mais pas que c'était un jumeau et je puis vous assurer que personne ne s'en gargarise comme vous dites. Au contraire.

— Si vous le dites !

Il déposa sur la table une salade verte et une bouteille de gewurztraminer dont il lui servit un verre. Audrey reprit place sur le canapé, lui-même resta debout avec le sien à la main :

— Il s'était engagé avec moi en Afghanistan, nous étions dans la même compagnie. Notre mission était de former la police afghane. Lors d'une opération de reconnaissance en Kâpîssâ, on est tombé dans un guet-apens, des talibans ont surgi de nulle part… Ça a été terrible, on a commencé à se replier en laissant beaucoup des nôtres par terre. Quand un jeune soldat a été pris, ils l'ont égorgé devant nous…

Audrey pâlit en serrant son verre. Steinberger poursuivit sur un drôle de ton :

— Damien Jouzel, vingt-deux ans… Je reverrai toujours ses yeux affolés quand la lame s'est enfoncée dans sa gorge, il tremblait de tous ses membres, plus la lame s'enfonçait et plus le sang jaillissait, plus son corps gesticulait. Alors j'ai vidé mon chargeur droit devant moi autant pour l'achever que pour tuer ce bâtard. Ensuite on est rentré au camp de base, c'est là que je me suis aperçu de la disparition de mon frère car il n'était pas parmi les morts.

— A-t-il… été pris en otage ?

— À ce jour, ni nous, ni le quai d'Orsay n'avons d'information. Ça fait six mois. Son corps n'a jamais été retrouvé, depuis c'est une suite de questions sans réponse… Walter était brillant, expansif, tout ce que je ne suis pas. Quand il a disparu, j'ai perdu une partie de moi-même et je me sens d'autant plus coupable que c'est moi qui ai insisté pour qu'on s'engage ensemble.

Ses parents, sa mère surtout le tenaient pour personnellement responsable de ce drame mais il n'alla pas jusqu'à s'en ouvrir à Audrey.

— Je suis désolée, sincèrement. Avez-vous vu un psychologue ?

— Non, je ne veux pas qu'on fouille dans ma tête !

La sonnerie du four eut la bonne idée de retentir, mettant un terme aux épanchements.

— Antoine… dit Audrey un moment plus tard alors qu'ils dégustaient la tarte flambée. Je dois vous féliciter, vous ne cuisinez pas mal du tout… pour un homme !

— Je n'ai guère de mérite, nos parents étaient quincailliers, leur boutique de Strasbourg tournait bien, Walter et moi avons rapidement dû apprendre à nous débrouiller seuls.

— Quincailliers ? On n'est donc pas gendarme de père en fils ?

Il s'essuya les lèvres avec sa serviette et but une gorgée de son cher gewurztraminer qui commençait à tourner la tête d'Audrey.

— Savez-vous qui sont les « Malgré-Nous » ?

— Bien sûr, les Alsaciens enrôlés de force dans l'armée allemande.

— Exact. Mon grand-père Joseph (il prononçait Yoseph) avait un cousin du nom de Franz. Celui-ci a été enrôlé le premier, il a déserté pour ne pas trahir la France. Lui et sa famille ont tous été fusillés…

Elle poussa un « oh » de compassion, il poursuivit :

— Ce que voyant, les parents de Joseph l'ont supplié de rester bien sage dans la Wehrmacht. Et à la fin de la guerre, ils ont manqué de peu le lynchage, accusés de trahison par les autorités françaises, lesquelles avaient elles-mêmes décampé comme des *hàsbocks*, des lièvres, devant l'armée allemande en 40. Ma famille est partie en toute hâte sur Strasbourg (le ton se fit ironique) et comme Joseph n'avait pas tout à fait perdu son temps dans l'armée allemande, il a pu postuler dans la gendarmerie. Mon père, lui, a voulu rompre avec ce passé trop lourd en épousant la fille d'un quincaillier. Alors vous pensez comme ça me fait plaisir d'entendre « ours boche » dans mon dos…

Il ajouta en regardant droit devant lui :

— Ours je ne dis pas… boche, non !

L'intransigeant lieutenant Steinberger abaissait sa garde, Audrey le considéra avec une certaine tendresse… Mais chez lui l'orgueil reprenait assez vite le dessus de sorte qu'on avait à nouveau rapidement envie de l'étrangler !

— D'autres questions, Auxiliaire Astier ?

— Heu… non.

— Très bien alors passons à vos « fabuleuses » infos limougeaudes.

La jeune femme lui relata son entrevue avec madame Lejeune en phrases courtes et précises comme il les aimait.

Steinberger hocha la tête :

— Le second mobile serait cette « super reine » capable de vivre plus longtemps… Combien de temps selon vous, Audrey ?

— Une reine vit cinq ans, parvenir au double me paraît déjà relever de l'utopie mais Janissou m'a parlé de sa découverte comme étant de nature miraculeuse, alors…

Elle écarta les mains d'incrédulité et reprit :

— Qui dit plus de longévité dit plus d'abeilles, plus de venin et plus de gelée royale et là on a les labos sur le dos et l'Apis Dei sur les talons.

— Donc le mobile de l'Apis Dei est financier, l'Ordre souhaite récupérer la découverte pour la revendre aux labos et ainsi faire une plus-value.

— En fait, j'irais sur le contraire.

— Comment cela ?

— Souvenez-vous, dans son rapport Lebel a spécifié que l'Apis Dei est en recherche de colonies pures, il a même laissé entendre que l'Ordre aurait des idéologies extrémistes frôlant le nazisme or je ne vois pas comment constituer une « super abeille » sans hybridation. À mon sens, l'Ordre souhaite récupérer la formule secrète pour la détruire.

Steinberger se tint un instant silencieux, avant de lancer :

— Ça se tient. Et votre Wang ?

— Wang a eu vent de la formule. Comment ? Je l'ignore, mais il a voulu la récupérer avant l'Apis Dei. Lui n'est pas si regardant, il souhaite remonter le cheptel de son pays, peu importe que l'abeille soit pure ou non. Il a contacté Pharma Gaïa mais le directeur l'a envoyé au diable alors quand Lejeune l'a rappelé,

Wang a exploité sa détresse comme l'Ordre celle de Bouyssou. Ne perdez pas votre temps à convoquer Wang, il n'est jamais en France, personnellement je ne l'ai vu qu'une fois lors d'une conférence à Pékin. Il préfère laisser Thomas aller au feu pour lui. Lui, je le verrai aux Abeillades samedi mais je doute qu'il parle. C'est le genre à se faire hacher menu en souriant.

— Ce Thomas, on peut au moins savoir s'il est un membre Apis Dei grâce au tatouage…

— On peut, mais ça ne mènera pas très loin. Si on devait mettre en examen tous ceux qui ont des tatouages, font ou ont fait partie d'une confrérie, il faudrait rapidement construire des prisons supplémentaires.

— Exact, il nous faut un élément plus solide. Au fait, j'ai placé Lewis sous contrôle judiciaire quant à Neyrat, elle ne s'est pas présentée à ma convocation cet après-midi.

— Elle n'est pas venue ? Vous allez la reconvoquer j'imagine ?

— Et pourquoi pas lui envoyer un carton d'invitation avec bouquet de fleurs… Perquisition chez elle demain à sept heures.

Audrey était médusée, les évènements s'accéléraient mais elle ne savait si elle devait s'en réjouir, craignant d'apprendre des choses affreuses sur la fin du papé.

Pour secouer son inquiétude, elle sortit de sa poche le papier sur lequel elle avait retranscrit les signes cabalistiques et le mit sous le nez de Steinberger :

— C'était dans les hausses de Lejeune.

— Le numéro de son rucher je suppose.

— Antoine, le numéro de rucher ne s'écrit pas dans ce genre d'endroit, ce n'est pas pratique et surtout c'est polluant. En revanche c'est une cachette idéale. Lejeune était peut-être plus lié à l'Apis Dei que sa femme ne le sait.

— Ou n'a voulu vous le dire.

— Je la crois sincère, son désir de maternité a occulté tout ce qui existait autour.

— *Jo!*[30]

Le gendarme examina les signes avec attention mais eut néanmoins une moue dubitative. Il les relut à haute voix pour s'en donner une idée parlante : « *chcrxst 7 R 0704 1005 1206 1507* ».

— Était-ce dans cet ordre-là ?

— Les chiffres oui dans une première hausse, la lettre R dans une seconde et la suite de lettres + chiffre 7 dans une troisième.

— Allons voir ces hausses.

Steinberger pêcha dans un tiroir une lampe torche qu'il embarqua car il faisait totalement nuit maintenant et suivit Audrey jusqu'à la voiture. Elle ouvrit le coffre, une odeur familière de miel s'en échappa qu'elle huma à pleine bouffée. Puis elle sortit deux cadres de la paroi latérale droite de la première hausse, Steinberger braqua sa lumière dessus et découvrit les inscriptions.

— Avez-vous trouvé ces hausses dans un ordre précis ?

— Pas du tout, elles étaient éparpillées dans la miellerie de Lejeune.

— Les chiffres sont peut-être un code pour désigner un lieu, proposa-t-il tandis qu'ils remontaient ensemble dans son appartement.

---

30. *Dans ce contexte : « Si vous le dites ! » (peu de crédibilité).*

Il prit dans le tiroir du buffet un paquet de cigarettes et un briquet en demandant :

— La fumée vous dérange ?

— Non.

— Souvenir d'Afghanistan, je ne vous en propose pas je suppose ?

— Vous supposez bien.

Il eut un demi-sourire semblant dire « Vous êtes parfaite » et alluma sa cigarette. Audrey songea que cela collait mal à l'image du sportif de haut niveau qu'il était mais ne se sentit pas en droit de le sermonner. À quel titre d'ailleurs, sa carte d'Auxiliaire ne faisait pas de Steinberger son collègue mais son supérieur hiérarchique.

Un cendrier à la main, il recula jusqu'au balcon, recrachant de temps à autre la fumée tout en émettant des supputations :

— Ces chiffres sont peut-être une combinaison pour un coffre recélant le secret de votre papé puisqu'il n'y a rien dans ses ruches, ni dans les vôtres, or la présence de Lejeune fouinant dedans sur ordre de Wang indique clairement qu'il y a quelque chose à découvrir.

— Ça peut être aussi un mot de passe pour initié...

— Pour accéder à quoi ?

— À une réunion de l'Apis Dei ?

— Où ?

— Ça reste à découvrir !

Audrey se leva en réprimant un bâillement, sa journée avait été longue et surtout riche en émotions avec les révélations d'Aby. Néanmoins, elle ne voulut pas laisser à Steinberger qui l'avait accueillie chez lui la tâche de débarrasser la table.

— Laissez, fit celui-ci écrasant son mégot dans le cendrier. J'ai l'habitude de me débrouiller seul.

La jeune femme porta tout de même ses couverts dans la cuisine. Quand elle revint, il dit :

— Il est tard, allez vous coucher.

— Et Marsac ?

— Parti ruminer son avertissement chez sa mère. Pour le reste, nous verrons cela de plus près après la perquisition qui apportera peut-être une autre lumière sur ces formules ésotériques. Bonne nuit et à demain.

Comme elle allait sortir, il la rappela, un tee-shirt blanc à la main :

— Je suppose que vous n'avez pas votre garde-robe de nuit… Il est propre… Audrey…

— Oui ?

— Beau travail.

Après avoir quitté la pièce, elle s'autorisa un sourire. C'était si rare un compliment de Stein.

Revenue dans l'appartement de Marsac, Audrey se déshabilla et passa le tee-shirt de Steinberger, trop grand pour elle. Bah, à la guerre comme à la guerre ! Elle s'allongea sur le canapé avec une couverture, refusant de se glisser dans les draps pas très frais du militaire roux. Mais la caserne était bruyante, notamment en raison de la proximité du boulevard urbain, et son esprit encombré de questions. Au bout d'une demi-heure à tourner et se retourner sur sa couche improvisée, elle se leva et s'assit à la table devant sa copie. Elle désolidarisa les inscriptions les unes des autres, fit des additions, émit des déductions, pianota sur l'ordinateur de Marsac, quand, à six heures du matin… *Eurêka !*

Un peu tôt pour débarquer chez Steinberger. Audrey tua le temps en tapant le patronyme de celui-ci dans le moteur de recherche: deux articles apparurent. Le premier le montrait en militaire et précisait qu'il avait reçu la Croix de la Valeur Militaire avec une étoile pour comportement exemplaire lors de l'évacuation et la mise en sécurité d'environ quatre mille civils... Et pourtant, lors de son épanchement la veille, Stein n'y avait même pas fait allusion. Dans le second éditorial, elle le vit sur la deuxième marche du podium de natation à Londres deux ans plus tôt et à cette occasion, apprit ses mensurations: un mètre quatre-vingt-seize pour quatre-vingt-dix kilos ainsi que le nombre de médailles qu'il avait obtenues, une douzaine en argent et bronze mais jamais d'or.

Elle consulta sa montre: six heures trente. N'y tenant plus elle déboula chez lui triomphante:

— J'ai trouvé!

— C'est une raison pour entrer chez les gens sans frapper? Vous vous prenez pour qui?

C'est sur ce ton courroucé et les sourcils froncés que le lieutenant accueillit ses efforts nocturnes. Alors seulement Audrey s'aperçut qu'il était torse nu bien que vêtu de son pantalon d'intervention bleu marine rentré dans ses rangers. Il se passait une serviette autour du menton. Audrey supposa qu'il devait finir de se raser. Elle se demanda bien quoi, car pas un poil ne dépassait, même sous ses aisselles, put-elle constater en le regardant en coin. À vrai dire, c'était une situation peu formelle, elle en tee-shirt trop grand laissant dépasser ses longues jambes et lui exhibant sa poitrine nue, imberbe et musclée.

La jeune femme en fut troublée et pour cacher son émoi répondit gaiement :

— Pour quelqu'un qui a trouvé la solution !

— Et alors, ça ne peut pas attendre que je sois habillé ?

Il se retourna et continua de s'essuyer le visage face au miroir.

Audrey vit qu'un tatouage courait entre ses épaules, émergeant des multiples taches de rousseur dont son buste était recouvert : pas de doute, il avait un ancêtre roux ! Le tatouage était une longue phrase alsacienne qu'elle lut sans pouvoir déchiffrer autre chose que « Walter ».

Steinberger traduisit :

— Il y a écrit « *Choisis-toi une étoile et pense que c'est Walter* » …

Il faisait naturellement allusion au poème alsacien qu'il lui avait déclamé le jour où ils étaient retournés chez Bouyssou peu après le décès de celui-ci.

— J'ai remplacé Noël par le nom de mon frère pour qu'il soit toujours avec moi. Surtout pour les compétitions… ajouta-t-il plus bas.

Audrey ne parvenait pas à détacher le regard de Steinberger. Si l'homme avait un visage particulier avec son nez fort busqué, et ses traits taillés à coups de serpe, la nature s'était fait pardonner en le dotant d'un corps d'Apollon sculpté par le sport et une hygiène de vie rigoureuse.

— On m'a dit en effet, murmura Audrey, que vous excelliez en natation au point d'avoir été médaillé d'argent…

Il se retourna et la fixa de ses yeux clairs cillant peu :

— Auxiliaire, apprenez que deuxième n'est que le premier des perdants. Vous êtes venue pour parler crawl, papillon ou brasse ?

— Êtes-vous toujours aussi désagréable, même de bon matin ? maugréa-t-elle sans pouvoir cesser d'admirer sa superbe plastique.

— N'allez pas mouiller votre slip, je n'en ai pas à vous prêter !

Audrey rougit jusqu'à la racine des cheveux. Outrée, elle fulmina :

— Mais vous êtes ignoble, vous…

On toqua à la porte, ce qui mit un terme à ses récriminations.

— Entrez ! cria Steinberger en enfilant rapidement son polo bleu ciel qu'il rentra dans son pantalon.

C'était Marsac, revenu de sa sanction, avec un paquet de croissants frais. Il eut un sourire malicieux en voyant Audrey en tenue légère et son chef se rhabillant. Celui-ci rugit en le fusillant du regard :

— Vous voulez un autre avertissement ?

— Heu… non. Chef, Neyrat a tenté de se suicider, elle a été transportée il y a une heure aux urgences de l'hôpital de Gramat.

Ce fut un duo de « quoi ? ».

— Je viens, dit le gendarme en chef en bouclant son arme de service.

Il fit passer le paquet de croissants des mains de Marsac à celles d'Audrey :

— Venez à la brigade en début d'après-midi avec une photo récente pour votre carte et nous ferons le point. *Hopla*, Marsac, *hopla !*[31]

---

31. *Allez, allez !*

The Mission

— Mademoiselle Abigail Lewis ?

— Oui.

— Service d'inspection vétérinaire… Docteur Jean-François Leblay, mon assistant Samuel Vasseur.

L'homme, un géant barbu de deux mètres vêtu d'un costume et d'une chemise noirs, exhiba sa carte professionnelle qu'il rangea presque aussitôt. À peine si l'Américaine aperçut la photo d'identité conforme à son modèle.

— Visite sanitaire. Vous avez votre registre d'élevage ?

— Oui.

Le docteur Leblay entra à la suite d'Aby, sans y avoir été invité, suivi de son acolyte, un jeune homme brun. Celui-ci referma la porte tandis que Leblay donnait un coup d'œil circulaire à la grande pièce à vivre meublée d'un buffet sculpté, d'une table monacale, d'une commode et d'un canapé en cuir gris élimé faisant face au cantou.

Ce salon donnait sur une arrière-cuisine percée d'une porte ouvrant sur une courette, elle-même donnant sur l'étable. Le bêlement assourdi des chèvres leur parvint. Leblay sourit pour demander :

— Pas de signes suspects de pica ou d'ecthyma[32] ?

— Non, elles sont toutes en bonne santé, je fais très attention.

— Bien, bien et votre labo ?

— À côté de l'étable, vous voulez visiter ?

Aby s'activait au-dessus de la commode dont elle avait extrait un dossier à soufflets. Ainsi penchée, elle offrait au docteur Leblay une vue plongeante sur son postérieur moulé dans sa robe en voile bleu, vue qu'il jugea plaisante. Il soupira de délice en relevant ses sourcils fournis et fit signe à son assistant de se placer près de la porte d'entrée. Lui-même jeta un œil sur celle de la cour.

— Je suis désolée, dit Aby, je ne trouve pas ce que vous voulez, je ne comprends pas…

— Laissez donc. J'aimerais vous parler de quelqu'un.

— Ah bon, qui ? Je ne connais personne, je suis américaine et…

— Tsss, vous connaissez bien Audrey Astier ?

— Audrey, oui.

— Où est-elle ?

— Je ne sais pas.

À peine eut-elle fini de dire cela qu'Aby reçut une gifle magistrale de la part du docteur Leblay. Elle poussa un cri en se tenant la joue :

— Vous êtes malade ?

— Non, ça va, mes derniers examens étaient bons !

---

32. Maladies relatives aux ovins.

Alors, où est madame Astier? Elle était à la gendarmerie hier, sa voiture a passé toute la journée sur le parking et le soir elle n'est pas rentrée chez elle.

— Je vous dis que je ne sais pas…

— Ça vous me l'avez déjà dit ma chère, il faudrait veiller à ne pas vous répéter.

Aby reçut une gifle qui la projeta sur le canapé, les larmes jaillirent. L'assistant de Leblay se précipita mais un doigt doctoral l'empêcha de progresser :

— Reste à ta place !

— Je ne comprends rien à ce que vous voulez, renifla Aby. Audrey, elle fréquente le gendarme maintenant…

— Évidemment, il en a fait son Auxiliaire. Pour tout vous dire chère amie, quand je l'ai su, j'en ai été très contrarié mais en y réfléchissant bien finalement c'est une excellente chose, elle est au cœur de nos intérêts.

— Tant mieux, dit Aby sur un ton conciliant, espérant ainsi amadouer son tourmenteur. De toute façon, je vais rentrer chez moi en Amérique, je suis venue pour apprendre quelque chose sur ma famille et maintenant je le sais.

— Comme c'est touchant, n'est-ce pas Samuel ?

Leblay vint s'asseoir près d'elle. Il lui offrit un sourire de loup et lui caressa la tête, Aby recula au fond du canapé, tentant vainement d'échapper à cette caresse. Dans la chevelure courte de la jeune femme, l'homme finit par trouver une mèche assez longue pour l'enrouler autour de son doigt. Soudain il tira dessus violemment. Aby se mit à crier. Leblay approcha son visage du sien et souffla :

— N'empêche que l'Amerloque, elle va attendre un peu pour son retour aux States !

Il donna un tour de boucle, la jeune femme hurla de plus belle :

— Lâchez-moi, je vous en prie, ayez pitié. *Oh Lord, mercy…*[33]

— Chut et écoute, j'ai besoin de toi et tu vas faire ce que je te dis, sinon…

Il se pencha et passa son pouce en travers du cou de la jeune femme dans un geste significatif. D'un regard brillant de peur, Aby suivit son mouvement et aperçut un tatouage sur le poignet de Leblay, un tatouage en forme d'abeille surmontée d'une couronne.

— Voilà ce que tu vas faire, tu ne vas pas quitter Astier d'une semelle. Samedi ce sont les Abeillades, arrange-toi pour être avec elle toute la journée et fais-moi un rapport complet sur ses faits et gestes. Cette garce a quelque chose qui m'appartient et j'ai bien l'intention de le récupérer. T'as compris ?

Aby fit oui en tremblant, les yeux inondés de larmes.

— N'essaye même pas de filer à l'anglaise ou de prévenir qui que ce soit, j'ai des yeux partout, dit-il en désignant son assistant. Et puis il y a Ludovic, tu l'aimes bien le petit Ludo, tu ne voudrais pas qu'il lui arrive du mal…

— Pas lui, je ferai tout ce que vous direz… *Oh my god…*[34]

— Samuel, tu vois, les dames, faut savoir leur parler, question d'expérience.

---

33. *Mon dieu, ayez pitié.*

34. *Oh mon dieu.*

Leblay, qui n'était autre que Frère Ambroise, éclata d'un rire démoniaque avant de se pencher sur Aby et de l'embrasser voracement sous le regard courroucé de son assistant et amant Samuel Vasseur, alias Frère Angelo, Virginio Rossi à l'état civil et accessoirement pèlerin de Compostelle.

*

Audrey prit son petit-déjeuner dans l'appartement de Steinberger, plus accueillant que celui de Marsac. À cette occasion, elle s'aperçut qu'il avait fait la vaisselle de la veille ainsi que celle du matin. Et dans sa chambre, le lit était au carré et les fenêtres ouvertes en grand. Pas de doute, Stein, en dépit de ce qu'il avait vécu, conservait un esprit psychorigide :

— La vache, avec lui ça ne bricole pas !

Après s'être régalée des deux croissants frais et d'un café au lait, elle rinça son bol, prit une douche et à cette occasion, s'aperçut que l'étagère du gendarme était remplie de diverses crèmes hydratantes pour peaux fragiles.

— Il se soigne le grand Stein… s'amusa Audrey en se passant sur le visage une noisette d'un de ses produits.

Elle se coiffa au mieux en vue de la photo d'identité qu'elle allait faire de ce pas, profitant de sa présence à Gramat. C'est au moment de quitter l'appartement qu'elle aperçut le portable du gendarme posé sur le buffet. Elle hésita mais la curiosité fut la plus forte. Elle l'alluma, cliqua sur « vidéo ». Des cris s'échappèrent du téléphone de même que des images affreuses, celles du jeune soldat se faisant égorger. Audrey coupa immédiatement en réprimant un haut-le-cœur et, tremblante, rejoignit l'appartement de Marsac où elle s'habilla à la hâte, puis le parking de la caserne sur lequel elle repéra sa 2 CV. Mais comme ledit Marsac ne lui avait pas rendu ses clefs, elle en fut quitte pour reprendre la sienne. Tant pis.

En ville, Audrey trouva facilement un photographe « à l'ancienne », trois quarts d'heure plus tard elle repartait avec un jeu de photos d'identité « conformes » qu'elle jugea épouvantables. Il y avait plus important : découvrir les raisons pour lesquelles le papé était décidé à reprendre ses terres au viticulteur et ami Faure. Audrey était convaincue que ce dernier n'avait pas tout dit et, dans cet objectif, s'engagea sur la départementale 840 pour rejoindre Alvignac où demeuraient le vigneron et sa femme. Mais les quelques images aperçues sur le portable de Stein ne la quittaient pas. Pour s'en débarrasser, elle mit l'autoradio en route.

La maison des Faure était un beau mas en pierres blondes sur les hauteurs du village. On y accédait par un jardin débordant de fleurs multicolores, passion de madame Faure, une petite dame enrobée aux cheveux blonds roulés en un épais chignon sur sa nuque, pour l'heure occupée à tailler un splendide rosier orangé jaune :

— Audrey…

— Bonjour, Martine, comment vas-tu ?

— Moi ça va mais Alain pas trop. On se fait du souci pour nos vignes, qu'est-ce qu'on va faire si…

Elle n'osa pas achever et poursuivit :

— Et Janissou ? Des nouvelles ?

Audrey secoua la tête. Si Aby avait évoqué le décès du papé, aucun élément ne permettait encore d'étayer cette thèse.

— Alain est là ?

— Dans ses vignes, il n'y a que là qu'il parvient à se relaxer. Tu le trouveras là-bas.

— Janissou était passé vous voir ?

— Oui, il est venu trois fois. À chacune de ses visites, Alain et lui s'enfermaient dans le bureau, ça ne durait jamais très longtemps mais Janissou repartait très contrarié. La dernière fois, il était carrément en colère et a crié en partant « Elles sont quand même à moi ces terres ! ».

— Et Alain, que te disait-il ensuite ?

— Qu'il ne comprenait pas ce besoin subit de vendre, qu'on était sous contrat donc protégés. On devait voir un avocat. Tu rentres prendre un café ?

— Merci, mais je n'ai pas le temps, je n'ai encore rien de prêt pour les Abeillades…

Madame Faure opina du chef. Audrey prit congé et rejoignit les vignes d'Alain Faure, situées sur quatre parcelles au cœur du causse. Baptisé Clos des Roses parce que de petits rosiers roses avaient été plantés entre les ceps ; ce vignoble s'étendait sur neuf hectares. Elle trouva Faure dans le chai. C'était un quinquagénaire de taille moyenne, large d'épaules. Des cheveux grisonnants coiffaient sa grosse tête posée sur un cou de taureau. L'homme était réputé pour être un sanguin. Mais pour l'instant il paraissait plutôt accablé, appuyé contre une barrique de vin.

— Audrey, qu'est-ce qui t'amène ?

— Toi. Comment tu t'en sors ?

Son accent était rocailleux et son timbre de voix chaleureux :

— Pas mal, on vient de tailler les sarments et on a sulfaté, si le temps se maintient, ça devrait être un grand cru.

Audrey sourit :

— Tu dis ça tous les ans.

— Et on espère toujours que l'année nouvelle sera celle d'un cru exceptionnel. Pour ton miel c'est pareil, y a des années meilleures que d'autres.

— Sauf que plus les années passent et moins elles sont bonnes, les pesticides augmentent et la mortalité des abeilles aussi.

Il écarta les bras, traduisant un vide d'impuissance :

— On en est tous là : de Bordeaux à Gaillac en passant par Cahors et Bergerac, sans pesticides, et ben les vignes elles crèvent.

— La vigne est la culture utilisant le plus de pesticides, vingt pour cent à elle toute seule. Maintenant, n'importe quel vin, c'est Château Pesticides avec à la clef tumeurs du cerveau, Parkinson ou baisse de la fertilité dans le meilleur des cas. En tant qu'exploitant, tu es encore plus exposé…

Faure ne se formalisa pas des diatribes de la jeune femme, voilà plus de deux ans qu'elle tâchait de le convertir au bio et il reconnaissait qu'elle avait entièrement raison mais il était pris dans un engrenage : le rendement. Passer en agriculture biologique intimait de laisser la terre au repos plusieurs années : jamais ses créanciers n'auraient cette patience.

— Oh moi, si ça continue, je n'aurai plus à me tracasser de tout ça, si le papé vend vraiment…

— Justement Alain, qu'est-ce que c'est que cette histoire de vente ?

Le viticulteur l'entraîna dans les vignes s'étalant à perte de vue, c'était le début de la véraison, quand les grains formés passaient du vert au violet foncé.

— Le papé était résolu à vendre sauf que je suis protégé par un contrat alors il m'a proposé de racheter les parcelles mais le prix était prohibitif, je ne pouvais vraiment pas.

Audrey ne lui demanda pas le montant de cette proposition, ce n'était pas le sujet du jour :

— T'a-t-il dit pourquoi il voulait vendre ?

— Oui mais je ne dois pas le répéter.

— À qui ?

— À la police.

— Mais moi je ne suis pas la police…

— Pas de la police ? Paraît que le nouveau lieutenant a fait de toi son adjointe ?

— Son Auxiliaire, rectifia Audrey. Pour l'aider à progresser dans un milieu qu'il ne connaît pas mais il ne me fait pas plus confiance que ça. Peu importe, car je suis plus acharnée que lui à découvrir la vérité parce que le papé, c'est à la fois un ami et un père, alors si tu sais quelque chose, je t'en prie, dis-le moi. Je sais qu'il travaillait sur une super abeille pouvant intéresser les labos…

— Non, dit-il en allongeant le pas, ce ne sont pas les labos.

— Alors qui ?

— Je ne peux rien dire. Je ne les connais même pas mais Janissou a dit que c'était des gens dangereux et moi je ne veux pas qu'il arrive quelque chose à Martine.

Audrey n'en revenait pas. L'Apis Dei, car ce ne pouvait être que la confrérie, se conduisait comme la Mafia en pleine campagne quercynoise et avait réussi à imposer une sorte d'omerta.

Elle reformula sa question :

— Je ne te demande pas qui, je te demande quoi et surtout pourquoi.

Il s'arrêta net et observa au loin le vert de ses vignes épousant le bleu du ciel. Un soupir dégonfla sa poitrine oppressée :

— « Ils » ont financé les recherches de la super abeille. Pour être exact, une super reine que Janissou avait baptisée « Reine Idéale » capable de vivre dix ans, de produire un couvain résistant aux maladies, une gelée royale extra et un venin sans effets secondaires. Mais les autres, ils veulent se faire rembourser car Janissou avait décidé de ne plus traiter avec eux.

— Pourquoi ?

— Ça, il ne me l'a pas dit.

— Cette formule, tu l'as vue ?

— Non et franchement il avait l'air tellement exalté quand il m'en a parlé que je me demandais si c'était vrai. Je fréquente assez le cercle des apiculteurs pour savoir que ça relève de l'impossible. Je crois qu'il perdait la tête...

— Pourquoi tu n'as rien dit aux gendarmes quand tu as été convoqué ?

— Parce que Janissou m'avait dit « Si tu parles aux pandores, je suis mort ». J'ai mal fait ?

Audrey le rassura en posant sa main sur son épaule et soupira :

— Non... mais à moi tu aurais quand même pu. Qui d'autre est au courant ?

— Thomas Wang. Il y a un mois, j'ai offert une dégustation de mon dernier cru et il était dans le coin...

— Comme par hasard!

— Il faisait chaud, on était tous un peu échauffés, je ne sais pas qui en a parlé le premier, moi ou le papé, je ne sais plus, je te le jure.

— Je te crois Alain, je te crois...

*

Audrey rentra à la ferme un peu plus légère. Maintenant elle savait exactement ce que Wang, Lejeune et l'Apis Dei cherchaient, certes pour des raisons différentes. Si elle ne connaissait pas la formule pour constituer cette Reine Idéale, elle continuait à penser que cette super abeille ne pouvait résulter que d'une hybridation, d'où déception de l'Apis Dei en recherche d'authenticité.

Parvenue chez elle, elle se demanda si un membre de l'Apis Dei y était venu fouiller ainsi que Stein l'avait supposé. La porte d'entrée étant toujours verrouillée, elle détacha le pot de pétunias rouges suspendu au-dessus. Soulevant le pot de plastique intérieur où elle cachait un double de ses clefs, elle s'aperçut que ce jeu, muni d'un porte-clefs au nom de son rucher, était retourné... Or elle ne s'en était pas servi depuis des mois. Le papé était-il venu lors de son séjour en Tasmanie?

Audrey entra chez elle avec beaucoup de prudence mais tout était impeccable, à se demander si elle n'avait pas rêvé quant au jeu de clefs retourné.

— Cette enquête me rend folle! soupira-t-elle.

Passé le temps des effusions avec Major et les chats, elle déjeuna d'une salade d'œufs durs agrémentés de belles tomates juteuses cueillies dans son potager. Dehors, chien et chats dégustaient leur pitance avec autant d'appétit qu'elle. C'est en savourant son fromage de chèvre qu'elle se demanda dans quel état d'esprit pouvait se trouver Aby maintenant qu'elle avait été démasquée. Elle avait tout de même sa part de responsabilité dans ce qui était arrivé au papé.

Tout en débarrassant la table, Audrey s'adressa à Major qui releva une oreille :

— Tu sais, ce n'est pas une mauvaise fille, son passé à elle aussi est lourd à porter. Tu penses que je devrais aller la voir ?

Major émit un aboiement qu'Audrey prit pour un assentiment. Ce chien comprenait tout, avait-il compris que son maître ne reviendrait pas ?

Une guêpe dans la ruche

Près d'un bouquet de grands chênes longeant la route de Roumégouse, un homme casqué s'intéressait à la roue arrière de son scooter près duquel il était agenouillé. Dans cette position, il avait une vue idéale sur tout ce qui rentrait et sortait de la ferme d'Audrey. Lorsque la jeune femme repassa devant lui au volant du break de Marsac, il comprit mieux les hallucinations du Frère Ambroise qui voyait la 2 CV aux quatre coins du canton. Il y avait eu échange. Frère Angelo enfourcha son scooter et prit discrètement Audrey en filature. Celle-ci rejoignit le bureau de gendarmerie de Rocamadour après avoir déposé la voiture sur le parking du Figuier. Il parut alors d'autant plus difficile de lui coller aux basques que les touristes avaient déserté les rues au profit des restaurants. À l'abri d'une échoppe de vins, il sortit un calepin et allait y consigner ses renseignements quand il se ravisa. Audrey s'était montrée aimable envers lui quand il avait joué les pèlerins égarés voilà dix jours.

Et puis surtout, il ne digérait pas que Frère Ambroise l'ait trompé avec l'Américaine et sous son nez encore, car si Frère Angelo était passionnément amoureux, il était aussi terriblement jaloux bien qu'il sache son maître infidèle. Mais là, il se sentait carrément vexé ! Son sang bouillant d'Italien n'avait fait qu'un tour et appelait vengeance.

*

Audrey pénétra dans les bureaux de la gendarmerie sur le coup de quatorze heures. Au comptoir, Marsac l'accueillit avec un sourire bienveillant :

— Le lieutenant est au premier, il vous attend.

— Marsac, désolée pour votre avertissement…

— Sanction méritée, je n'aurais pas dû vous laisser consulter ce dossier sans son autorisation. De votre côté, ce n'est pas bien d'avoir pris la gourmette dans mon dos. N'en parlons plus. Au sujet du lieutenant, je dois vous prévenir qu'il est d'une humeur massacrante. Sa voiture a été taguée sur le parking du château et il y avait écrit dessus « Dehors le Boche ».

— Oula ! fit Audrey en grimaçant, se souvenant combien cette appellation ulcérait Steinberger.

— Comme vous dites !

Marsac haussa les sourcils et lui présenta le remplaçant de Delpech :

— Dubois, c'est l'Auxiliaire Astier dont je t'ai parlé.

— Madame, fit celui-ci dans un mouvement de tête.

Audrey remercia et emprunta l'escalier menant à l'étage.

Elle retrouva le gendarme en chef dans la pièce où ils avaient interrogé Aby la veille. Visage fermé, il était assis derrière le bureau. Devant lui une chemise bleu ciel ainsi que des stylos et des tampons :

— Auxiliaire Astier, avez-vous vos photos ?

Le ton était neutre, il ne leva même pas les yeux sur elle. Si Audrey avait cru que passer la soirée avec lui dans son intimité dégèlerait leurs relations, elle put constater qu'il n'en était rien.

Le lieutenant Steinberger était parfaitement déroutant, telle une huître il s'entrouvrait pour laisser apercevoir la perle de fragilité qu'il cachait en lui puis se refermait brutalement. Audrey chercha dans son sac et les lui tendit.

— Asseyez-vous, dit-il toujours sans la regarder.

Il occupa quelques minutes à découper l'une des photos qu'il colla ensuite sur une carte barrée de lignes tricolores. Un coup de tampon et il faisait glisser la carte vers elle :

— Toute perte sera sanctionnée.

— Antoine, Marsac m'a dit pour votre voiture.

Il leva enfin les yeux et dit :

— Je ne pensais voir ces choses-là qu'en Corse !

— Ce ne sont pas des gens d'ici, ils sont ouverts et ça fait déjà une bonne décennie que toutes les cultures se croisent dans notre région. C'est une provocation de l'Apis Dei.

— Apis Dei ou autre, il comprendra que je ne suis pas là pour être aimé mais pour faire appliquer la Loi. Je n'ai pas plié devant les talibans alors devant des congréganistes…

Il renifla bruyamment et dit soudain en se penchant vers elle :

— Vous vous êtes servie de mes produits Astier ?

— Oui, je n'avais pas les miens.

L'esprit germanique[35] de Steinberger fut choqué d'une telle incursion dans son intimité, le ton devint acerbe :

— Vous avez fouillé dans mes affaires ?

— Oui… enfin… c'est-à-dire…

— Ne vous avisez pas de dire à qui que ce soit que vous avez vu ce genre de choses chez moi, compris ?

— Vous avez ma parole. Permettez-moi de vous faire remarquer que si vous l'avez senti sur moi, les autres doivent le sentir sur vous…

— Très juste, je ferai désormais attention à en prendre sans parfum.

— Vous devriez surtout lire les contenus : vos crèmes sont remplies de produits pétrochimiques…

— Vous avez aussi fouillé dans mon portable !

— Veuillez me pardonner.

Il la fixa quelques instants, puis laissa tomber :

— Excuses acceptées mais ne refaites plus jamais ça !

Audrey hocha humblement la tête, il leva une main pour signifier la fin de l'aparté.

— Comme vous l'avez appris ce matin, Neyrat s'est ouvert les veines et a perdu beaucoup de sang, elle est aux soins intensifs à l'hôpital de Gramat, son pronostic vital n'est plus engagé mais elle reste néanmoins hors de portée d'interrogatoire. Elle a laissé une lettre…

Steinberger ouvrit la chemise et en tira un feuillet rose, un papier à lettres de midinette, pensa Audrey en s'en saisissant.

35. Attention : germanique ne signifie pas uniquement allemand mais aussi belge, hollandais, autrichien, jurassien, alsaciens, suisse… Soit 81 millions de locuteurs !

Je soussignée Élisabeth Neyrat, née le 22 janvier 1960 à Gourdon, directrice du Musée des Arts Populaires de Rocamadour, déclare être seule responsable de la mort de Janissou Laborde demeurant à La Borie-L'Hospitalet, que je considère comme responsable de la chute du réseau Murat le 10 juin 1944, perte dont mon oncle, Robert Joffrin, a toujours été tenu pour responsable. Laborde a confirmé avoir répété à son camarade de classe Émile Grangier la composition du réseau de résistants…
Je m'accuse également du crime de Grangier tout aussi coupable…

Audrey cessa sa lecture et s'exclama :
— Quoi, elle aurait aussi tué ce Grangier ? On n'en a pas entendu parler !
— Parce qu'il habitait Figeac qui sort de ma juridiction, j'ai eu mon homologue qui n'a pas été contacté pour mort suspecte ce qui tend à indiquer un crime parfait, mais avec les personnes âgées, ce n'est pas très difficile à simuler. De toute façon Émile Grangier a été incinéré il y a plus d'un mois alors…
Audrey poursuivit sa lecture :

Cependant Laborde n'a pas été exécuté comme je l'avais prévu au départ, il s'est donné la mort dans sa cellule le lundi 4 août en absorbant une capsule de cyanure, une façon comme une autre de ne pas faire face à ses responsabilités et de fuir son jugement. Son corps a été incinéré et ses cendres dispersées sur le parvis des Cathédrales à Rocamadour.

Audrey était effondrée.

— Où et comment a-t-il été incinéré?

— Marsac a fait le tour des crématoriums dans un rayon de soixante-dix kilomètres, aucun défunt ne correspond à la description de monsieur Laborde dans le laps de temps imparti. Donc elle a un complice.

Il n'osa pas poursuivre son idée affreuse ce dont Audrey lui sut gré: désosser le corps du papé façon Landru et mettre les restes à brûler dans un bon four à bois.

— Ce complice ne peut être que le même qui a molesté ce pauvre papé. C'est immonde, dit la jeune femme en cherchant un mouchoir à papier dans son sac pour essuyer ses yeux mouillés.

— Figurez-vous que j'ai reçu un appel de maître Vincent Capel, l'amant de Neyrat, accessoirement notaire. Il demande à me voir.

— Vous pensez qu'il s'agit du complice?

— Oui mais à ce stade de l'enquête, il est absolument impossible de dire à quel degré, il vient pour charger Neyrat qu'il a probablement incitée à se dénoncer, voire poussée au suicide. Il n'empêche qu'elle n'a pas pu agir seule, c'est trop de besogne.

Audrey réfléchit et dit:

— Ce Capel est peut-être un membre Apis Dei.

— Nous le saurons très vite.

— Qui a appelé les secours?

— Luis Varga, amant occasionnel de Neyrat. Il avait la clef de chez elle et revenait de sa nuit au 69, il l'a trouvée dans sa baignoire les poignets et les chevilles ouverts... D'ailleurs, je l'attends après vous mais je sais déjà qu'il a un alibi solide: les 2 et 3 août il était encore en Espagne et la nuit dernière il travaillait… si tant est que se déshabiller en public soit un métier, conclut-il dans un haussement de sourcils avant d'ouvrir la chemise bleue. Il peut tout de même détenir quelques informations… Sinon, les conclusions graphologiques concernant le testament de monsieur Laborde en faveur de l'Apis Dei sont arrivées : c'est un faux, plutôt bien imité selon les experts. Conclusion : il y a un faussaire au Club des Abeilles !

Steinberger marqua une pause, pour dire avec toute la douceur dont il était capable :

— Vous n'avez pas terminé la lecture, dans les dernières lignes, Neyrat dit que les cendres du papé ont été transportées dans une boîte que je vais envoyer au labo.

— Comme les cendres d'un chien… murmura la jeune femme.

— Audrey… je suis sincèrement désolé.

Elle leva les yeux vers lui et dit très vite pour changer de sujet :

— Si on parlait de ma découverte de cette nuit ?

— Je vous écoute.

Elle sortit de son sac une feuille pliée en quatre qu'elle ouvrit devant lui en la faisant pivoter sur le bureau.

— R indique la ville de Rocamadour, Ch veut dire chemin de Croix station 7, c'est la plus grande des stations, elle s'enfonce dans la roche… Enfin cette suite de chiffres correspond aux dates de réunions de l'Apis Dei. Partons de la première, le 7 avril, considérée par les théologiens comme la naissance du Christ, n'oubliez pas que l'Apis Dei a été adoubée par l'Église en 1905… Le 7 avril doit correspondre à la première réunion annuelle de l'Ordre ce qui colle avec le calendrier apicole, c'est la fin de l'hivernage. Vous ajoutez 33 jours au 7 avril et ainsi de suite.

— Pourquoi 33 ? demanda Steinberger.

— Antoine, je croyais les Alsaciens très pieux. 33 est l'âge auquel le Christ est mort sur la Croix et ça correspond, regardez…

— Donc la prochaine réunion c'est…

— Le 17 août, soit dans 4 jours, au lendemain des Abeillades…

— Je parie que vous avez envie de leur rendre une petite visite ?

— On ne peut rien vous cacher !

— C'est risqué, ces gens-là n'hésitent pas à tuer ceux qui les embarrassent. J'irai avec une brigade restreinte et…

Audrey le coupa brutalement :

— Pas question. Je ne me suis pas tué les yeux toute la nuit en décryptage pour rester faire tapisserie.

— C'est bien ce qui m'inquiète !

Il fut convenu de concentrer les moyens sur ce conclave et d'abandonner les filatures des membres de moindre importance de l'Apis Dei. Quant à les convoquer, ça ne ferait que les mettre sur la défensive. Audrey comme Steinberger pensait que certains avaient probablement été mis au vert. Concernant l'audition proposée par Vincent Capel, le gendarme l'interprétait comme une demande de contact entre l'Ordre et lui, contact qu'il comptait bien exploiter. Audrey, elle, comptait sur les Abeillades pour cuisiner Thomas Wang.

Elle récupéra les clefs de sa 2 CV auprès de Marsac et, tandis qu'elle regagnait le parking du château où le gendarme avait l'habitude de se garer, son téléphone sonna. C'était Aby, mielleuse qui souhaitait lui parler et même s'excuser. Audrey lui suggéra de la rejoindre chez elle : elle avait beaucoup de travail pour la mise en pots et peu de temps à lui accorder.

*

Aby débarqua dans la miellerie moins d'une heure plus tard. Audrey, attablée devant un fût, remplissait les pots en verre qu'elle faisait ensuite glisser sur le côté. Une centaine attendait d'être scellée.

La jeune Américaine ne ressemblait en rien à la petite chose déconfite laissée à la gendarmerie la veille. Elle était rayonnante et ses yeux bleus brillaient d'un éclat sans pareil, ce qui intrigua Audrey. Pour quelqu'un censé montrer une certaine humilité au regard de ses actes, elle affichait une sacrée assurance.

— Je peux t'aider ? demanda-t-elle joyeusement en glissant son doigt sous le jet de miel qu'elle porta à sa bouche avec délice : humm…

— Oui, tu peux fermer les pots sur la table et coller les étiquettes, là dans la boîte…

Aby s'assit sur le banc, un peu en décalé, et s'attela à la tâche :

— Tu as fait combien de récolte ?

— Dans les mille deux cents kilos je pense, fais attention avec les étiquettes, il y a des pots de deux cent cinquante grammes, cinq cents et un kilo…

Tandis qu'Aby s'appliquait au collage, Audrey demanda sans cesser d'empoter et surtout en faisant attention de ne pas déborder :

— Tu as l'air d'aller mieux qu'hier matin, ça t'a apaisée de savoir la vérité ?

— Oui, je te jure que je ne savais pas que les choses s'étaient passées ainsi.

— Élisabeth a déclaré qu'il s'est empoisonné et toi qu'il a eu une crise cardiaque…

— Moi j'ai dit ce qu'Élisabeth m'a dit. Je ne sais pas ce qui s'est passé là-bas, je n'y suis pas allée.

— Où ça, là-bas ?

— Élisabeth m'a dit qu'ils allaient chez un bon ami à elle qui avait une maison de campagne mais je ne sais pas où. C'est joli, ces étiquettes avec ces grandes abeilles, tu as changé ?

— Oui, le fournisseur n'en avait plus avec les alvéoles. Pourquoi tu m'as dit que tu n'étais pas mariée ?

— Mon mari est afro-américain.

— Et ?

— Je l'ai épousé pour me « dénazifier » mais même chez les Juifs on n'aime pas le mélange des races, les miens ne l'ont pas accepté. Ça a créé beaucoup de disputes entre nous. Il voulait que je rompe avec ma famille mais on ne peut pas rompre avec sa famille quoi qu'elle vous fasse, n'est-ce pas ?

La voix de l'Américaine continua de lui parvenir en fond sonore :

— Alors il est parti en mission humanitaire, pour faire un break mais je suis décidée à contacter mon avocat pour demander le divorce.

Audrey ferma le robinet et se décala pour faire face à la jeune femme :

— Vous ne pouvez pas essayer de recoller les morceaux ?

— Non, je ne veux plus jamais le revoir. Ma famille avait raison ce n'est pas un homme pour moi.

— Tu as rencontré quelqu'un d'autre ici ? demanda-t-elle doucement en vissant les couvercles.

Aby ne répondit rien mais ses joues se colorèrent.

— C'est donc ça, tu as quelqu'un dans ta vie ? Qui est-ce, je le connais ?

— Je ne peux rien te dire, il… il est marié. Et toi, tu sors avec le gendarme ?

— Moi avec Stein ? Tu es folle.

— Tu vas avec lui au restaurant, tu passes ton temps à la gendarmerie et il te fait son adjointe. Tu me prends pour une demeurée…

— Stein et moi avons des relations strictement professionnelles… En plus il a un sale caractère et il est parfois brutal…

Aby eut une moue malicieuse :

— Ce n'est pas désagréable quelquefois d'être un peu malmenée. Il a un vilain nez mais quand même, il est assez joli garçon…

— Oui si on aime le genre militaire coincé !

— Et tu n'aimes pas ?

— Pas plus que ça.

— Élisabeth doit aimer car elle était verte de rage de vous avoir vus ensemble au restaurant. Elle a dit comme ça : « Il va me le payer ».

— Elle a bien failli réussir. Mais je te jure que tous ceux qui ont porté la main sur le papé le regretteront. Et pour ça, je n'ai pas besoin de Stein !

Il y eut un silence durant lequel ne résonnait plus que le bruit des couvercles vissés sur les pots. Audrey se leva pour aller chercher un autre fût qu'elle installa sur la table.

Ainsi dissimulées l'une à l'autre, la conversation reprit :

— Qu'est-ce qu'elle a dit à Stein, Élisabeth ? demanda Aby sur un ton trop indifférent pour ne pas soulever la curiosité d'Audrey dont l'instinct lui soufflait qu'une partie de dupes s'engageait.

— Elle ne s'est pas présentée et a tenté de se suicider. Elle a laissé une lettre où elle reconnaît être la principale instigatrice de la disparition du papé.

— Je suis un peu étonnée qu'elle ait voulu se tuer, elle avait l'air très sûre d'elle. Et son amant notaire, vous l'avez convoqué ?

— Du fait de sa liaison avec Élisabeth, il le sera, quand, je ne sais pas, je suis l'Auxiliaire de Stein, pas son bras droit.

Sur l'étagère de la récolte de printemps, le portable d'Audrey sonna. Elle se rinça les doigts dans une bassine d'eau posée près du fût, s'essuya rapidement et répondit.

« Quand on parle du loup… » songea Audrey.

Elle répliqua sans donner d'indices sur son interlocuteur. Celui-ci l'informait que les alibis de Varga étaient recevables et que Vincent Capel avait reconnu avoir prêté sa résidence secondaire dans la campagne figeacquoise à Élisabeth Neyrat et son vieil ami mais que lui-même n'y avait pas mis les pieds depuis plus d'un mois. Naturellement Capel avait aussi un alibi : il avait passé le week-end du 3 août chez son agent d'assurances, lequel confirmait bien entendu.

— Audrey, Capel a le tatouage et je parie que l'agent d'assurances l'a aussi. En résumé ce sont de faux témoins… Vous n'êtes pas seule ?

— Non, ma petite voisine américaine est venue me donner la main pour la mise en pots.

— Je vois, fit Steinberger. Soyez prudente.

Elle attendit qu'il ait raccroché pour dire :

— Je t'embrasse Alicia.

— Ta sœur ? demanda Aby un moment après.

— Oui, avec le bébé qui s'annonce, elle ne sait pas si elle pourra venir à Noël chez mes parents.

— Vous devez être très heureux de cette naissance?

— Mais oui bien sûr, répondit évasivement Audrey.

Les deux femmes terminèrent la mise en pots en orientant volontairement la conversation sur des choses sans intérêts. Audrey voulut retenir Aby pour dîner mais celle-ci déclina l'invitation, l'apicultrice supposa qu'elle avait un rendez-vous plus intéressant. Néanmoins Aby insista pour venir l'aider à tenir son stand de miels aux Abeillades.

Dehors elle eut un signe discret pour Frère Angelo, nouvelle mouche d'Audrey. Comme celui-ci ne décolérait pas de se voir préférer l'Américaine, il ne répondit pas à son salut et nota dans son carnet :

Mardi 12 août: rien. Astier n'est pas sortie de sa ferme. Lewis y est entrée vers 15 heures et en est sortie à 19h15.

À elle de se débrouiller avec Frère Ambroise !

Audrey occupa les jours précédant la Fête du Miel à se rendre aux obsèques de Denis Bouyssou, incinéré le mercredi 13 août. Il y avait peu de monde, elle y retrouva les apiculteurs Mallet et Béziat, Alain Faure et sa femme ainsi que quelques membres de la famille du défunt dont les cendres furent, selon ses volontés, dispersées sur la Dordogne.

Le lendemain, elle rapporta sa récolte au père Grifoul avec lequel elle passa un moment. Il s'étonna de ne plus voir ni Élisabeth, ni Aby. Encore une fois Audrey mentit pour le préserver :

— On est tous très occupés par les Abeillades.

— C'est une occasion merveilleuse de faire comprendre aux gens que la ruche n'est pas munie, au cul, d'un robinet qu'il suffit de tourner pour en faire couler du miel.

— Je tâcherai de faire aussi imagé, sourit Audrey en le quittant.

— Dis-leur aussi que les fleurs sauvages se raréfient, que les cultures sont empoisonnées et que les pesticides nous tuent à petit feu.

— Ah ça oui !

Rentrée chez elle, elle passa trois jours à confectionner des pains d'épices fondants, à remplir des petits pots en verre de pelotes de pollen multicolores aux propriétés anti oxydantes et des fioles de propolis aux vertus désinfectantes. Sans oublier un pot de crème sans parfum pour la peau fragile de Steinberger à base de cire et de miel auxquels elle ajouta quelques gouttes de venin d'abeilles. Enfin au matin du grand jour, elle se leva de bonne heure pour récupérer un cadre noir d'abeilles frétillantes qu'elle glissa dans la ruchette d'observation en plexiglas.

*

La fête battait son plein. Les touristes étaient au rendez-vous et le soleil de la partie. À onze heures du matin, il faisait déjà chaud. Aby avait tenu parole et déployait depuis neuf heures une collection de sourires charmeurs aux promeneurs. Elle semblait transformée et dans sa robe en voile blanc et capeline assortie, elle avait tout d'une sirène, une sirène qui n'avait pas besoin de chanter pour attirer la clientèle.

— Tu es très en beauté aujourd'hui, lui dit Audrey qui elle-même n'avait pas fait de frais, jean, tee-shirt blanc siglé au nom de son rucher et panama pour se protéger des ardeurs du soleil.

L'Américaine la remercia, les yeux en liesse.

— Ton amoureux marié va-t-il venir ?

— Oh non, sa femme est très jalouse.

— Ah !

— Et je la comprends… fit Aby en se penchant vers Audrey. C'est un amant hors pair ! gloussa-t-elle.

— Vraiment ? Quel âge a-t-il ?

— Hum, dans les cinquante ans…

— Le double de ton âge ?

— Je vais même te dire mieux, il est laid, avec une barbe et des cheveux longs mais c'est un maître.

— Il a un nom, ce maître ?

Aby roula des yeux, hésita puis haussa les épaules :

— Il s'appelle Jean-François Leblay, docteur Leblay, il est vétérinaire… mais je l'appelle Amour.

Audrey n'eut pas le loisir d'interroger plus avant l'Américaine. Une petite fille rousse, en extase devant la ruchette d'observation où les abeilles s'affairaient, l'interpella :

— Dis, elle est où la reine ?

— Essaie de la repérer, je vais te donner un indice : elle est plus grande que les autres.

— Je ne la vois pas…

— Allons bon… regarde bien, elle a une pastille verte sur le corps…

— À quoi ça sert ?

— À indiquer son année de naissance.

Les yeux de la fillette s'illuminèrent :

— Ah oui je la vois… Mais c'est quoi cette pastille, on dirait un sac à dos… Et la nuit, elle l'enlève pour dormir ?

Audrey s'amusait des remarques enfantines toujours accompagnées d'une implacable logique.

À quelques mètres, une gravure de mode asiatique s'approcha du stand massé devant la porte d'entrée du Musée des Arts Populaires. Dans son costume blanc de très belle facture et sa chemise noire, Thomas Wang se pencha sur la main de l'apicultrice.

— Chère Audrey, je suis ravi de vous revoir… mademoiselle Lewis…

— Moi de même Thomas. Comment se porte votre oncle ?

— Plutôt mal, son cœur lui a encore joué un vilain tour et il ne sort plus guère de son appartement de Shanghai… J'ai bien peur qu'il ne passe pas l'année, ajouta-t-il avec un air de componction peu en rapport avec la réalité.

Audrey savait en effet qu'entre Thomas et son oncle existait un conflit larvé. Le second ne pardonnait pas à son neveu d'être un « sang-mêlé » ; par son père, Thomas était en effet français. Et ce Chinois Blanc comme le surnommait la famille Wang rappelait par trop les heures sombres du colonialisme. Néanmoins, Thomas étant son seul descendant mâle direct, le vieux Wang avait dû apprendre à faire contre mauvaise fortune bon cœur.

— Ce panama vous sied à ravir…

Audrey lui sourit pour son compliment.

Il poursuivit :

— Est-ce là toute votre récolte ?

— Non, je n'ai amené qu'une centaine de kilos, j'en ai mille autres à la maison.

— Je les prends, je sais que votre marchandise est gage de qualité. J'ai aussi vu avec monsieur Béziat, son miel de lavande est comme toujours exceptionnel.

Il mit tous les mystères de l'Asie dans son sourire :

— Il faut vous lancer dans la lavande… je vous réserverais votre marchandise d'une année sur l'autre.

— Planter une parcelle de lavande implique plusieurs années d'attente avant d'obtenir des résultats.

— La vie est longue Audrey… Et monsieur Laborde ? Je ne le vois pas…

— Il s'est absenté, répondit-elle en regardant Aby de côté. Celle-ci était tendue et faisait toute une affaire d'aligner les pots.

Thomas Wang était trop bien élevé pour insister. C'était un assez bel homme d'environ trente-huit ans. Son sang français avait affiné ses traits asiatiques dont il avait conservé les yeux bridés et les cheveux très bruns coiffés en arrière. Toujours tiré à quatre épingles, il sillonnait le Sud-Ouest dans une berline de luxe avec chauffeur à la recherche de miels et de produits haut de gamme pour le Parti. Thomas vivait entre Bordeaux et Shanghai où l'attendait Liên, fille d'un haut fonctionnaire, épousée sur ordre mais la malédiction des Wang se poursuivait, aucun héritier n'était venu couronner cette union.

— Toujours pas de gelée royale, Audrey ?

— Juste pour ma consommation personnelle. Thomas, vous savez bien que pour avoir de la gelée, il faut faire de l'élevage de reines, or moi, je ne le pratique qu'à toute petite échelle, pour le remplacement des miennes… Permettez-moi de vous présenter le nouveau lieutenant de gendarmerie qui remplace Lebel parti à la retraite… Lieutenant Steinberger, Thomas Wang, négociant.

Le gendarme qui venait d'arriver tendit une main franche à Wang Jeune, celui-ci fit de même, la manche de son costume blanc remonta légèrement sur son avant-bras droit où une montre en or barrait le corps d'une abeille tatouée… Cette vision soudaine et rapide frappa Audrey comme un coup de poing. Elle aperçut le regard froid de Steinberger. Lui et Wang n'avaient visiblement pas l'intention de faire plus ample connaissance.

— Astier, puis-je vous entretenir ? demanda le gendarme.

Thomas Wang s'inclina :

— Veuillez me pardonner, je ne viens que d'arriver et j'ai encore beaucoup de monde à voir. Je repasserai pour conclure notre accord avant mon départ pour Bordeaux le 18. À bientôt Audrey. Mademoiselle Lewis… Lieutenant… dit-il dans un mouvement de tête auquel Steinberger répondit par un hochement de tête.

Wang s'éloigna gracieusement, discrètement escorté par son garde du corps, un Asiatique rond comme un Bouddha. Audrey les suivit un temps du regard puis, confiant son stand à Aby, elle fit quelques pas au côté de Steinberger.

— Vous avez couché ensemble ?

— Votre indélicatesse est comme le tonneau des Danaïdes, sans fond !

— Ce Wang vous couve d'un regard énamouré, alors je vous demande si vous avez été amants ?

— Je n'ai pas été la maîtresse de Thomas et je n'ai jamais senti qu'il avait envie que je le devienne. Et quand bien même, en quoi cela regarde-t-il l'enquête ?

— S'il est un témoin dans l'affaire qui nous intéresse et que vous avez eu une relation, alors vous devenez aussi témoin, voire suspect.

— Ainsi vous auriez le plaisir de me supprimer ma carte…

Un sourire fin étira les lèvres de Steinberger.

— Eh bien ce ne sera pas encore pour cette fois, mes relations avec Thomas sont du même ordre qu'avec vous : professionnelles.

— *Jo !*[36] Qu'avez-vous pu apprendre de lui ?

— Vous êtes arrivé trop tôt, votre mine renfrognée l'a fait fuir.

— Je suis gendarme, coupa Steinberger, pas *gogo-dancer !*

— Certes mais on n'attrape pas les mouches avec du vinaigre, mettez-vous ça dans la tête. Pour Thomas, j'ai quand même pu apercevoir un tatouage en abeille, c'est un membre radical de l'Apis Dei. Si j'avais couché avec lui, lieutenant, j'aurais pu vous l'apprendre beaucoup plus tôt.

— Un point pour vous ! De mon côté, j'ai perquisitionné chez Capel, on a retrouvé une corde dans le cabanon de jardin, je l'ai envoyée au labo avec la boîte. Pas de traces de sang. J'ai entendu

---

36. Dans ce contexte : ok n'en parlons plus !

madame Capel qui a évidemment confirmé les déclarations de son mari, quoique les témoignages des proches puissent être contestés. Quant à l'agent d'assurances Aymeric Cazeau, il certifie avoir passé le week-end avec Capel.

— Cazeau, ça ne me dit rien mais je vais rarement à Figeac. Au fait, madame Lejeune m'a rappelée hier soir, elle s'est souvenue d'un détail : son mari arborait depuis peu un tatouage en abeille au poignet gauche…

— Donc un Libéral récemment intronisé d'où les dates de rendez-vous cachées dans les hausses afin que sa femme n'en sache rien. Étrange tout de même cette discrétion alors qu'il se fait tatouer à un endroit bien visible.

— Il a justifié ça auprès de sa femme comme un coup de tête…

— Admettons.

— J'ai vu Alain Faure, il confirme que le papé travaillait sur une super abeille, en fait une Reine capable de vivre dix ans et dotée de quelques autres prouesses techniques. Il voulait vendre les parcelles pour rembourser l'Apis Dei qui avait financé ses travaux. Janissou ne voulait plus traiter avec eux ou bien les travaux ne correspondaient pas à leurs attentes, Faure ne sait pas très bien car il n'y croyait pas. Autre chose, c'est à une dégustation de vin organisée par Faure, une dégustation dont les participants ont fini un peu éméchés si vous voyez ce que je veux dire, que Thomas a eu vent de la découverte du papé, ou plutôt confirmation car en tant que membre Radical il devait être au courant et sans doute a-t-il été envoyé en éclaireur car Faure prétend que Thomas n'avait pas été invité et qu'il a débarqué sans crier gare. Comme vous l'avez entendu, il doit passer me voir avant son départ le 18, je le cuisinerai comme vous dites dans votre jargon…

— Hum, en tout cas, Faure nous a dissimulé de précieux indices passibles d'une garde à vue.

— Et à quoi cela vous servirait-il? En tant qu'Auxiliaire, je suis là pour vous épauler, c'est ce que je fais en collectant des renseignements devant servir à l'avancement de l'enquête, non à la retarder.

— Il n'y a que moi pour décider à quelle allure doit avancer l'enquête mais vous avez raison, la garde à vue n'avancerait à rien. Demain soir, rejoignez-moi à la caserne sur le coup de neuf heures, nous partirons avec Marsac et Dubois ainsi qu'une brigade de façon à nous mettre en place avant la tombée de la nuit, je suppose que ces oiseaux-là n'opèrent pas de jour. Vous avez très certainement une nouvelle mouche, semez-la en prenant la nationale plutôt que la départementale. Et pour Aby, faites attention, je la trouve un peu trop pendue à vos basques…

— Oh, en ce moment, elle est amoureuse, d'un vétérinaire marié, docteur Jean-François Leblay je crois…

Steinberger composa le numéro de la gendarmerie sur le portable prêté par Marsac. C'est justement celui-ci qui répondit:

— Faites des recherches sur un certain docteur Leblay, Jean-François, vétérinaire… Vous l'a-t-elle décrit? s'enquit-il en masquant l'appareil.

— Grand, la cinquantaine, une barbe et des cheveux longs bruns… Ah oui, laid!

— Laid ?
— C'est ce qu'elle a dit. Laid, mais amant hors pair !
Steinberger haussa les sourcils :
— Je ne comprendrai jamais rien aux femmes !
— C'est pourtant clair, répondit malicieusement Audrey.
Le gendarme allait répliquer quand la réponse de Marsac tomba : il n'y avait aucun vétérinaire de ce nom-là, ni dans le département, ni dans les régions voisines.
— Audrey… dit-il après avoir raccroché. Il est possible qu'Aby soit aux mains de l'Apis Dei, soyez très prudente.
— Je le serai, attendez-moi quelques instants.
— Pourquoi ?
Elle sourit :
— Surprise.
Moins d'une minute plus tard, elle lui tendait la pommade préparée à son intention :
— Une crème sans parfum confectionnée par mes soins à partir des produits de mes ruches, vos taches de rousseur m'en diront des nouvelles !
— Pfutt…

« Dei servat Apes, Apes servat Homines »

Dans son meublé de Gramat, Frère Angelo tournait en rond comme les ours du splendide parc animalier situé en face de chez lui. L'Américaine venait de marquer un point et pas des moindres. Hier aux Abeillades, elle était parvenue à introduire un logiciel espion dans le nouveau portable d'Audrey. Les quelques minutes durant lesquelles l'apicultrice s'était éloignée en compagnie du gendarme avaient suffi. Tous les appels qu'elle passerait désormais aboutiraient chez Frère Ambroise, lequel filait le parfait amour avec Aby. Frère Angelo se sentait évincé mais ne pouvait néanmoins rien faire pour Audrey sinon risquer de perdre définitivement les faveurs de Frère Ambroise. Une fois le codex trouvé, Frère Angelo espérait bien que la liaison avec l'Américaine prendrait fin, elle était trop stupide pour savoir retenir l'amant exigeant qu'était le numéro 2 de l'Apis Dei. Il se résolut à prendre son mal en patience et en prévision du conclave qui se tenait le soir-même, passa son costume noir, cira ses chaussures et accrocha à son col romain gris sa broche abeille en métal doré. Il eut une pensée pour Audrey qui, elle aussi, à sa façon, contribuait à la sauvegarde des essaims. Puis, haussant les épaules, il se signa en murmurant « *Alea jacta est* ».

*

Alors que le protégé de Frère Ambroise enfourchait son scooter, Audrey parvenait à la caserne après avoir emprunté la nationale comme le lui avait suggéré Steinberger. Elle avait scruté son rétroviseur durant tout le trajet sans rien repérer d'anormal hors quelques touristes retardataires à la recherche d'une auberge accueillante. En revanche, elle avait eu toutes les peines du monde à se débarrasser d'Aby et avait dû prétexter un rendez-vous d'affaire avec un négociant dans un restaurant gastronomique de Gramat. L'Américaine avait eu un sourire laissant suggérer que la soirée prendrait une tournure plus intime. L'apicultrice n'avait pas relevé, si Aby était réellement un agent de l'Apis Dei, cela permettrait d'intoxiquer la Confrérie, au moins le temps de la mission de reconnaissance.

Sur le coup de vingt heures trente, Audrey stationna son véhicule sur le parking de la gendarmerie. Elle fut interpellée par un militaire :

— Ce n'est pas possible de vous garer ici…

— Mais si, c'est possible, répartit la jeune femme en exhibant sa toute nouvelle carte d'Auxiliaire qui fit son office : dégager la voie.

Sur un petit nuage, elle rejoignit rapidement,

l'appartement de Steinberger. Quelle ne fut pas sa surprise de découvrir le lieutenant et ses deux militaires, Marsac et Dubois, en treillis kaki.

— Il y a la même tenue et des rangers pour vous dans ma chambre, pour les tailles, j'ai fait au mieux...

— Pourquoi devrais-je me changer? Je suis en noir, c'est suffisamment discret.

— Ça n'est pas la tenue réglementaire pour les interventions extérieures alors filez vous changer, à moins que vous ne préfériez que Dubois et Marsac s'en chargent.

Les trois hommes la fixèrent sans sourciller. Audrey sentit que les intéressés n'allaient pas tarder à obéir à leur chef. Elle haussa les épaules et tourna les talons.

— N'oubliez pas le gilet pare-balles... Et attachez vos cheveux! cria Steinberger dans son dos.

Quelques minutes plus tard, elle ressortait transformée en jeune G.I.:

— Qu'est-ce que c'est lourd ce truc! grimaça Audrey en tirant sur le plastron du gilet.

— Si vous préférez une balle dans le buffet... dit Marsac.

— Pas sous mes ordres, répliqua Steinberger.

— Les manches sont trop grandes et les rangers sont pour un bûcheron canadien.

— Vous allez en intervention, pas à un défilé de mode! Après tout, c'est vous qui avez insisté pour venir, alors conformez-vous au règlement!

— Faudra-t-il aussi que je vous fasse le salut militaire? ironisa Audrey en portant la main à son front.

— D'abord on ne salue que coiffé, ensuite la paume cachée, c'est le salut américain... En France, c'est paume ouverte et bras à l'horizontale… Marsac, démonstration.

Le pandore roux s'exécuta avec sérieux, terminant sur un claquement de cuisses. Cette mise au point faite, Steinberger donna le signal du départ et le groupe rejoignit le parking de la caserne où les attendait une voiture banalisée, une 306 break blanche aux vitres fumées, servant ordinairement au radar embarqué. Assis à l'arrière près d'Audrey, Dubois expliqua :

— Avec les véhicules un peu anciens, on n'éveille pas les soupçons des automobilistes et puis on peut se coucher le long de la voiture et viser facilement avec les jumelles… Chef, quand est-ce qu'on reçoit l'UltraLyte LR ?

— À la rentrée, répondit Steinberger s'engageant sur la nationale rejoignant Rocamadour.

— Chic ! Ce nouvel appareil est terrible, léger, maniable avec une portée de neuf cents mètres au lieu des six cents des jumelles…

Dubois se frottait les mains, ravi à l'avance de ses futures prises, ce qui médusa Audrey. Elle croisa le regard de Steinberger dans le rétroviseur, il mit aussitôt un terme au lyrisme de son gendarme :

— Ça va Dubois, vous n'êtes pas obligé de faire l'article.

Il reçut un appel radio, la brigade expédiée une heure plus tôt en appui aux abords de Rocamadour était en place. Le reste du voyage se passa en silence, ils débarquèrent à la nuit tombée sur le parc de stationnement du Château de Rocamadour. Une demi-douzaine de voitures étaient garées, Steinberger se rangea un peu à l'écart et éteignit les phares.

La planque commença. Marsac se retourna vers Dubois :

— Dis donc, ton cousin, il est toujours au 2e Rima ?

— Oui, pourquoi ?

— Il t'aurait pas envoyé une de ces petites « blagounettes » de bidasses ?

— Ah si, tiens…

— Holà holà, s'insurgea Steinberger qui craignait le pire.

— Laissez donc, dit Audrey, chez les apiculteurs non plus on ne fait pas dans la dentelle !

Dubois reprit :

— C'est un général qui passe ses troupes en revue, il demande au premier troufion : « Soldat, un fusil ça sert à quoi ? À fusiller mon général. Parfait. » Y s'adresse au deuxième troufion : « Et un canon ? À canonner mon général. Parfait ». Au troisième, il demande : « Et un tank ça sert à quoi ? ».

— Je sais, je sais trépigna Marsac, « à tanker » !

— Non, à « tankuler » !

Les deux militaires s'esclaffèrent ; par égard pour Audrey, Steinberger réprima un fou rire mais quand Dubois se retourna vers la jeune femme pour expliquer, en esquissant le geste de tirer sur une barre, « À cause du canon, vous comprenez… » il se pencha du côté de la fenêtre pour éclater de rire.

Audrey sourit en secouant la tête avant de partager à son tour l'hilarité ambiante.

— Vous voyez, elle n'était pas méchante, je suis sûr qu'en Afghanistan, vous en avez dû en entendre des pires.

— Des bien pires, soupira Stein dégrisé tandis que Marsac se retournait pour adresser un froncement de sourcils à Dubois. Il ne fallait pas rappeler au chef la guerre et, par extension, la disparition de son frère.

Dubois écarta les mains en signe de protestation mais déjà leur supérieur rebondissait :

— Marsac, portez-vous sur la station 87 et signalez tous mouvements. Pour un maximum de discrétion, il serait prudent de ne pas utiliser Corail[37], Dubois va me passer son portable.

Le pandore roux sortit souplement de la voiture mais n'emprunta pas le chemin de croix descendant vers la ville médiévale. Il contourna le château dont il rasa les murs et fondit dans la nuit.

— Marsac connaît Rocamadour comme sa poche, commenta Steinberger, il y a passé toute son enfance.

— Et surtout, dit Dubois, heureusement qu'on est venu hier en civil en repérage.

Le trio resta un moment à observer le parking. Au bout d'une dizaine de minutes, un gardien apparut sur le chemin de ronde, longue silhouette noire au visage cagoulé, la poitrine barrée d'un fusil d'assaut. Dubois émit un long sifflement :

— Ils sont outillés dans ce club !

— *Verdamm* ![38]

Un véhicule utilitaire blanc arriva, un couple en descendit. Ils étaient assez élégants quoique tout de noir vêtus. L'homme était d'une taille moyenne, la femme également avec une épaisse natte blonde, tous deux avaient la petite quarantaine.

— C'est peut-être des touristes, chef !

— Habillés comme pour aller au bal ? Soyez sérieux, Dubois !

---

37. Canal officiel des gendarmes.

38. Nom de Dieu.

— Ou alors des notables, il y a peut-être une réception au Château ? rétorqua celui-ci.

— N'importe qui que ce soit, rien ne justifie une sortie d'armes lourdes.

Ils se turent, une berline venait de s'arrêter. Le chauffeur ouvrit la porte arrière pour laisser place un homme d'Église, grand et sec. Le couple s'approcha avec déférence. Bientôt ils furent rejoints par un motocycliste. Et quand celui-ci ôta son casque, Audrey bondit :

— C'est Virginio, c'est Virginio !

— Calmez-vous, Astier. À vous agiter comme ça, vous allez finir par nous faire repérer. Qui est Virginio ?

— Virginio Rossi, un pèlerin. Il m'a demandé l'hospitalité le soir où Janissou a disparu. Dans la nuit, je l'ai retrouvé errant dans la salle à manger. Il m'a dit s'être perdu en cherchant les toilettes, je l'ai cru.

— À ce moment-là vous n'aviez aucun élément pour vous en méfier, c'est donc un membre Apis Dei comme les trois autres.

— Et moi, dit Dubois triomphalement, je sais qui est l'ecclésiastique, c'est Monseigneur Blanc, l'évêque de Prayssac… Je l'ai vu dans le journal, la photo titrait « Les abeilles de l'évêché se remettent à l'œuvre ».

— Quoi d'autre dans l'article ? interrogea son chef.

— Ma foi, je ne sais pas, je ne l'ai pas lu. J'aurais dû ?

Une autre berline de luxe arriva, l'homme qui en débarqua avec grâce s'attira l'ironie de Steinberger :

— Astier, n'est-ce pas votre amoureux transi ?

C'était en effet Thomas Wang qui s'inclina devant chacun des personnages présents. Audrey n'eut pas le temps de répliquer, le portable de Dubois vibra sur le tableau de bord.

— Stein, j'écoute…

La conversation fut assez brève, ponctuée d'un « Rien que ça » goguenard. Steinberger conclut sur un « On arrive » avant de leur livrer le contenu de ses informations :

— C'est bien à la station 87, une cinquantaine de personnes est déjà là, les voies d'accès au chemin de croix sont fermées depuis Rocamadour où sont installés des contrôles. Ce soir, sauf incident, pas d'interpellation. Voilà comment on va procéder : Dubois vous irez voir s'il y a un autre moyen d'accès que le contournement du château qui est pour le moins ardu…

Steinberger eut pour Audrey un regard insistant, espérant assez vaguement qu'effrayée par la tâche, elle resterait dans la voiture.

— Quand j'escalade un arbre pour récupérer un essaim voyageur, je ne vous attends pas !

— Très bien, alors dès que le groupe rejoindra son conclave vous me suivez. Et pas un mot ! Vous, Dubois, jonction avec Marsac, ce soir à moins d'un beau flagrant délit, on observe et rien d'autre. Rendez-vous ici dans deux heures. Je veux remonter le plus haut possible. N'appelez qu'en cas de nécessité.

Dehors, l'assemblée se dirigeait lentement vers l'entrée du jardin où elle fit encore une station : chacun sortit, qui de son sac ou de sa veste, une longue cape brune barrée de bandes sépia évoquant les segments du corps de l'Abeille Noire. Chaque membre s'enroula de cette cape, rabattant sur sa tête la large capuche entièrement noire dont la base était bordée d'un duvet brun doré. Il ne fut plus possible de distinguer qui que ce soit, ils disparurent de leurs vues. Steinberger et Dubois s'assurèrent de leurs armes de service et de leurs matraques télescopiques. Dubois sortit le premier, disparaissant tous les deux mètres derrière une voiture, puis contre le muret du jardin du château sans jamais quitter du regard les allées et venues du cerbère. Enfin la nuit l'absorba et ce fut au tour du gendarme et de l'apicultrice de quitter l'abri protecteur de la 306. Le cœur d'Audrey battait la chamade mais elle se serait fait couper en deux plutôt que de l'avouer. À son tour, elle crapahuta silencieusement derrière Steinberger en direction du château, un ensemble de bâtiments flanqué d'une tour crénelée datant du XIVe siècle, dominant la falaise. Une très étroite bande de terre permettait un contournement à l'est pour rejoindre le chemin de croix; à condition de couper ensuite par les jardins de la citadelle.

La progression ne pouvait s'effectuer qu'en file indienne, avec beaucoup de prudence, cet itinéraire bis culminant sans protection à quelque cent cinquante mètres au-dessus du vide.

— Ne regardez pas en dessous, fixez mon dos, chuchota Steinberger.

Plus facile à dire qu'à faire. Le chemin allait en pente et il était impossible de s'accrocher aux aspérités coupantes de la falaise. En dépit des recommandations de Steinberger, Audrey jeta un œil en dessous où scintillaient des milliers de petites lueurs, celles des lumières de Rocamadour. Un frisson la parcourut. Pour se donner de la contenance, elle dirigea son regard sur la falaise d'en face à laquelle la lune arrachait, çà et là, un éclat minéral tandis que les arbres se tordaient en ombres maléfiques, exerçant un attrait mortifère sur la jeune femme. Elle ne parvenait plus à en détacher les yeux. Elle avança un pied qui glissa au bord du précipice, des cailloux chutèrent dans le vide, elle resta paralysée, le cœur battant, incapable de raisonner. La main chaude et puissante du gendarme se referma sur la sienne, il la tira doucement en arrière et ils restèrent un moment ainsi, adossés à la paroi inhospitalière. Lorsqu'il sentit que le pouls d'Audrey diminuait, il lui lâcha la main et lui demanda d'un signe de tête si tout allait bien. Elle opina silencieusement, ils poursuivirent leur chemin.

Quelques minutes plus tard ils aboutissaient le long de la terrasse du château, la piste ne menait d'ailleurs guère plus loin, sinon dans le vide.

Steinberger s'accroupit le long de la balustrade et scruta la cour intérieure garnie de massifs. Une longue allée de petits cailloux blancs longeait le corps de logis dont les portes-fenêtres laissaient apparaître les illuminations des lustres à cristaux. Il y eut un bruit de portes, puis de pas, enfin de voix, celles de deux hommes et d'une femme. Celle-ci apparut très clairement dans la lumière des réverbères, très élégante dans une robe évasée en soie noire ceinturée d'un nœud blanc. Des souliers vernis blancs et des gants assortis complétaient cet ensemble.

— C'est Jacky, souffla Audrey tapie derrière Steinberger dont émanait une odeur vague de blond-roux teintée d'eau de Cologne.

Les deux hommes étaient vêtus de manière identique : costume noir et chemise à col romain gris. Jacky donna le bras au plus âgé qui devait avoir dans les cinquante ans et des cheveux très blancs taillés en brosse.

— N'est-ce pas son mari censé être en séminaire ? chuchota-t-elle.

— Affirmatif.

Steinberger sortit de sa poche un caméscope à peine plus grand qu'un téléphone portable. Il se tordit pour filmer les protagonistes entre les balustres.

— Et l'autre qui est-ce ? Ce n'est pas le gouverneur du château...

Audrey désignait un grand échalas à longs cheveux blonds ondulant sur ses épaules dont le visage marqué démentait l'allure juvénile.

— Aucune idée, murmura le gendarme en rangeant son appareil.

Le trio fit quelques pas côte à côte avant de disparaître dans un escalier de pierres plongeant dans les entrailles du jardin.

Steinberger jeta un œil au chemin de ronde : la voie était libre. Il sauta par-dessus la balustrade et aida Audrey à faire de même. Ils traversèrent rapidement la moitié de la pelouse pour se réfugier derrière un gros tilleul. Steinberger se pencha et de nouveau, scruta le chemin de ronde mais il se rabattit vivement : le gardien allait et venait, surveillant la terrasse. Le gendarme fit signe à l'apicultrice qu'ils allaient courir jusqu'au mur du bâtiment face à l'escalier. Mais là-haut le cerbère n'en finissait pas d'examiner l'esplanade. Avait-il repéré leur présence ? Une minute longue comme un siècle s'écoula avant qu'il ne s'éloigne, une autre toute aussi interminable fut consacrée à rejoindre le corps de logis où un encorbellement offrait un maigre abri.

— Je descends dans le souterrain, si dans dix minutes je ne suis pas de retour, retournez à la voiture et prévenez Marsac, murmura Steinberger sans tenir compte des sourcils froncés d'Audrey ni de sa bouche arrondie sur une objection.

Il attendit que la sentinelle fasse demi-tour pour se jeter dans la bouche en pierres de taille. Figée et inquiète, Audrey avait une peur bleue de rester seule à cet endroit. N'écoutant que son instinct, elle descendit à son tour dans le ventre de la terre. Le long couloir de pierres était éclairé par des torches ce qui lui permit de distinguer parfaitement la suite de marches usées. Elle arriva ainsi jusqu'à une crypte pareillement illuminée, au plafond de laquelle était sculptée « Durandal », l'épée de Roland dont on pouvait admirer l'originale fichée dans le rocher du sanctuaire. Audrey se trouva face à un choix : à gauche une petite porte en bois cloutée, en face un corridor fermé par deux épais rideaux de velours noir parsemés de points dorés, qui de plus près s'avérèrent être des abeilles brodées.

Elle s'engouffra dans le boyau et accéléra le pas, craignant d'y être surprise en plein milieu. Au fur et à mesure qu'elle progressait, un tumulte lui parvenait, comme celui d'une salle comble peu avant le début d'un opéra ou d'une pièce de théâtre.

D'une main tremblante, elle écarta légèrement les tentures et entrevit une scène formidable : un temple romain troglodyte constitué d'une double rangée, en quinconce, de huit colonnes doriques alignées en un cercle quasi parfait. En son panthéon, bruissait une foule prosternée, tel un énorme essaim grâce aux capes rayées de sépia. Les capuches dissimulaient les visages mais toutes étaient orientées vers une estrade surmontée d'une colossale abeille de feu. La tribune comportait un trône vide recouvert de velours cramoisi. Au fond du corridor le grincement de la porte cloutée retentit.

— Par saint Ambroise, que Stein apparaisse, marmonna-t-elle en se recroquevillant contre le mur.

Mais le gendarme ne se matérialisa pas et elle se glissa de l'autre côté du rideau, espérant se dissimuler derrière l'une des colonnes. Une main la happa tandis qu'une autre s'abattait sur sa bouche et qu'on la tirait violemment en retrait.

Lorsqu'elle entendit *shissdrake* à son oreille, Audrey respira mais il ne la laissa pas s'expliquer et bougonna :

— Je vous avais dit de ne pas bouger de là-haut. Maintenant plus un geste.

À peine eut-il fini de dire cela que les rideaux s'écartaient largement pour laisser passer les huit membres de la Cour dont les mantes étaient barrées de doré. Ils s'installèrent quatre par quatre de part et d'autre du trône, en fonction de leur appartenance. Au pied de l'estrade, la multitude s'était tue sans relever la tête mais on la sentait onduleuse, en attente de quelque chose de formidable : leur Reine. Elle arriva enfin par le même chemin que sa Cour, enroulée dans une houppelande d'or. Sa main était posée sur le poing d'un Frère gigantesque dont la cape entièrement noire flottait autour de ses grandes enjambées. Il conduisit la Reine jusqu'à son siège et se retira en prononçant la formule rituelle « *Dei servat Apes, Apes servat homines* ». Puis il se tourna vers les fidèles, ôta sa capuche, révélant son visage de Raspoutine et cria :

— Frères, Sœurs : la Reine.

Une énorme clameur reprit la devise latine, puis chaque membre se découvrit. La Reine ne releva que partiellement sa coiffure, de sorte que seule sa Cour pouvait distinguer ses traits. Parmi ceux de sa garde rapprochée, au moins trois visages connus d'Audrey : Delcroix, le grand sifflet blond et l'ecclésiastique aperçus lors de leur arrivée.

— Et là, à droite, chuchota Steinberger l'œil rivé à son caméscope miniature, le notaire et l'agent d'assurances.

— Frère Ambroise, dit la Reine d'une voix grave, nous vous écoutons. Donnez-nous l'ordre du jour.

— À l'ordre de ce jour : le renouvellement des deux cellules de leurs éléments masculins, comme à chaque fin d'été, mais avant cela nous avons à statuer sur la conduite de Sœur Félice et de Frère César. Exclusion ou pas exclusion.

La foule se mit à marteler :

— Exclusion, exclusion, exclusion.

La Reine leva une main temporisatrice :

— Paix là, mes biens chers frères et sœurs. Laissons s'exprimer les accusés.

La sœur Félice monta sur la scène, les mains croisées sur sa poitrine et la tête baissée. Elle passa devant son mari en lui jetant un regard implorant auquel il resta parfaitement hermétique. Aussitôt Frère Amboise apostropha l'accusée :

— Tu as fauté au sein même de la colonie alors que tu sais que ce genre de relations est considéré comme incestueux, qu'as-tu à dire pour ta défense ?

— Rien sinon que j'ai commis une énorme faute et qu'il ne se passe pas une minute sans que je la regrette.

— Tu regrettes vraiment ?

— Oui.

Sœur Félice poussa un cri, Frère Ambroise s'était jeté sur elle, l'avait saisie par les cheveux et l'obligeait à s'agenouiller, ceci sans que son mari n'émette le moindre geste en sa faveur.

— Dis « Je regrette, plus jamais je ne fauterai, plus jamais je ne trahirai la cause que j'ai choisie, une cause noble au-dessus de tout ce qui peut exister ».

Sœur Félice s'exécuta d'une voix tremblante.

— Dis « Je ne suis rien, une poussière parmi les poussières et je demande humblement pardon à ma Reine et à ma colonie ».

La femme répéta mot pour mot, la tête toujours tirée en arrière par Frère Ambroise qui murmura à son oreille dans un sourire libertin :

— Demain, onze heures à mon bureau.

Un battement de cils lui confirma qu'il serait obéi ; il lâcha sa proie et dit très fort :

— Sœur Félice a manifesté d'authentiques regrets, elle ne mérite pas notre anathème mais pas encore notre pardon.

Il lui tendit main pour l'aider à se relever :

— À la prochaine mission extrême, tu es en première ligne, demain à mon bureau, je te dirai ce qu'il en est. Et maintenant va-t'en, disparaît de notre vue pour ce soir.

La femme descendit rapidement de l'estrade et passa à quelques mètres d'Audrey et de Steinberger, dissimulés par une colonne. Avant qu'elle ne disparaisse derrière les rideaux, Audrey put voir qu'elle pleurait. Elle fut sidérée par l'attitude de son mari mais eut soudain un étrange pressentiment :

— Ce frère Ambroise correspond assez à la description du docteur Leblay, l'amant d'Aby… souffla-t-elle à Steinberger.

Il acquiesça en mettant un doigt sur sa bouche et d'un coup de menton désignait la scène sur laquelle montait un nouvel arrivant dans lequel Audrey reconnut le touriste espagnol. Ce dernier avait beaucoup perdu de sa superbe. Un formidable coup de poing le projeta à terre tandis que Frère Ambroise glapissait :

— À genoux devant ta Reine, fils d'iniquité.

L'autre obtempéra, écartant les mains sur ses cuisses en signe d'humilité.

— Su Majestad…

— Parle français ou latin, nous n'entendons pas d'autres langues ici, ricana son persécuteur. Tu es accusé de haute trahison et tu encours la peine de mort, alors choisis bien tes mots pour ta défense.

L'Espagnol s'insurgea, tournant son doigt sur sa tempe :

— Haute trahison, mais tu es fou ?

Frère Ambroise posa un genou à terre et se pencha vers Frère César qu'il regarda droit dans les yeux :

— Tu me traites de menteur ? Abandon de poste, fornication incestueuse, insubordination envers tes supérieurs, pour moi ton compte est plus que bon.

Il se releva souplement et désigna le quidam d'un geste théâtral :

— Frère César, ici présent, n'a d'autre cause que son sexe… Tout un programme, n'est-ce pas ?

La foule s'esclaffa.

— Qui a manqué dissoudre notre vénérable institution, sans laquelle le monde court à sa perte. Maintenant la police est à nos basques et les curieux à nos portes, joli bilan !

Un grondement retentit, confortant Frère Ambroise :

— Frères et Sœurs Apis Dei, le sort du traître est entre vos mains, souvenez-vous dans votre jugement que cet individu n'a adopté nos valeurs que pour servir ses desseins. Nous n'avons aucune garantie qu'il n'aille pas vendre ce qu'il sait à nos ennemis, j'entends par là les labos. J'ai fait mon devoir, faites le vôtre.

La Reine se leva et vint se placer près de son bras droit :

— Vous avez entendu Frère Ambroise, que ceux qui se prononcent pour la mort lèvent la main droite…

Une centaine de mains se leva, en fait toutes celles de l'assemblée.

L'Espagnol regarda autour de lui d'un air apeuré, comprenant tout à coup que ce qu'il avait pris pour un jeu était en train de devenir un piège mortel.

Il se jeta aux pieds de la Reine :

— Señora Mau…

Un vigoureux coup de pied dans les côtes l'empêcha de prononcer le nom de la reine et il resta recroquevillé par terre. Sur un signe de Frère Ambroise, deux membres de la Cour, un de chaque tendance, empoignèrent l'Espagnol, le remirent à genoux et lui maintinrent la tête en arrière pour permettre un égorgement plus aisé. Un grand couteau au manche en forme d'abeille surgit de la cape de Frère Ambroise.

Sous les torchères, les yeux rubis de l'insecte lancèrent un éclat maléfique. La lame n'était pas dentelée comme celle du couteau du papé, mais longue et effilée. Frère Ambroise l'éleva à deux mains au-dessus de la gorge de l'Espagnol qui ferma les yeux en se signant. La foule retint son souffle, Audrey de même. Steinberger sortit rapidement son 9 mm, pointa Frère Ambroise et tira. Le tir particulièrement bien ajusté fit sauter le poignard des mains du sbire sans le blesser ce qui ne l'empêcha pas de cracher comme un chat en colère dans leur direction. La foule se décala et se tourna vers eux comme un seul homme, prenant conscience de leur présence. Elle devint grondante et menaçante tel un essaim bourdonnant prêt à assaillir. Une clameur indignée s'éleva, déviant son centre d'intérêt : l'Espagnol tentait de prendre la fuite.

Profitant de la confusion, Steinberger prit Audrey par la main, écarta vivement les pans des rideaux et engagea une course folle dans le corridor. Mais alors qu'ils remontaient quatre à quatre les marches pour déboucher dans le jardin, ils furent stoppés dans leur élan par le cerbère cagoulé pointant sur eux son fusil d'assaut. Steinberger leva les mains en signe d'apaisement :

— Laissez partir ma collègue, nous nous expliquerons entre hommes.

— La ferme ! Et pose ton arme… Je me disais bien que j'avais vu passer deux silhouettes. Et des flics en plus.

— Je suis gendarme, pas flic, dit Stein en posant son 9 mm sur le muret.

L'autre répondit dans un grand rire :

— La nuance est subtile, de toute façon police, gendarmerie, douanes, vous êtes tous du côté des voleurs plutôt que de celui des volés.

— C'est faux, je ne peux pas vous laisser dire une chose pareille.

— Vous développerez vos arguments avec Frère Ambroise, moi je ne suis qu'un subalterne. Pour l'instant demi-tour calmement, les mains sur la tête.

Il agita son fusil dans leur direction, Steinberger se résolut à obéir, il tenta une dernière plaidoirie en faveur d'Audrey :

— Laissez-la partir.

— Pour qu'elle aille ameuter tout le canton, tu me prends pour un débutant ? Avancez maintenant sinon…

L'homme ne termina pas sa phrase, Marsac venait de lui asséner un coup de matraque bien placé, il s'effondra et chut au pied des escaliers.

— C'est pas réglementaire Marsac, les coups au visage ou dans la nuque !

— Chef, on révisera le règlement une autre fois, venez vite.

Steinberger récupéra son arme, fit passer Audrey devant lui et ils traversèrent le jardin en courant jusqu'au chemin initial. Marsac passa le premier, Audrey suivit. Les premiers coups de feu retentirent alors que le gendarme en chef enjambait la balustrade. Le retour vers le parking s'effectua sous les balles rebondissant sur la paroi de la falaise. Un éclat de roche entailla la joue d'Audrey qui poursuivit néanmoins sa trajectoire en regardant où elle mettait les pieds. Jamais elle n'avait autant senti les battements de son cœur que ce soir. Enfin ils furent hors de portée des tirs et bientôt le bitume apparut sur lequel un crissement de pneus se fit entendre, celui de la 306 que Dubois avait rapprochée. Le trio sauta à l'intérieur, Dubois démarra sur les chapeaux de roues tandis que les premiers membres débarquaient à leur tour sur l'aire de stationnement.

— C'était moins une, dit Marsac. Ces gens sont complètement toqués ! Et ça se dit au service des hommes ?

— Ça va, Astier ? demanda Steinberger assis à l'avant en se retournant sur son siège. Vous êtes blessée ?

Audrey porta la main à sa joue et la ramena un peu rougie :

— Ce n'est rien.

Marsac lui tendit un mouchoir en papier qu'elle roula en boule sur sa blessure.

— Vous n'allez pas rentrer chez vous ce soir, ces malades sont capables de vous y attendre. Vous venez à la caserne, Marsac vous laissera son appartement, il ira chez Dubois.

Il montra son caméscope :

— J'en ai assez là-dedans pour procéder demain aux premières interpellations, ça devrait les calmer.

Chasse à l'homme

Au premier étage de la gendarmerie de Rocamadour, depuis huit heures, Steinberger fulminait : pas un seul membre Apis Dei n'avait été appréhendé, tous avaient filé au nez et à la barbe de ses hommes pourtant déployés stratégiquement autour de la citadelle. Une collection de nom d'oiseaux alsaciens vola dans les locaux où Marsac et Dubois, non concernés par cette diatribe, ne s'en faisaient pas moins tout petits. Assis devant l'ordinateur, ils faisaient défiler au ralenti les images enregistrées la veille lors du conclave de l'Apis Dei.

— Nous avons au moins cinq noms, dit Steinberger debout derrière eux. Le notaire, Capel, l'agent d'assurances, Cazeau, le couple Delcroix et l'évêque de Prayssac, Monseigneur Blanc. Il faut faire vite.

— Il est à parier que l'Église protégera son évêque, avança Dubois.

— Et que Delcroix a déjà dû repartir en séminaire, je sais, mais ils sont témoins passifs d'une tentative d'exécution. Ils doivent s'en justifier.

Steinberger rejoignit une petite table où étaient empilés les procès-verbaux d'interpellation qu'il commença à signer.

— Qu'avons-nous sur les autres ?

— J'ai beau agrandir l'image, fit Marsac, je ne peux obtenir aucun détail sur la chef, pas même la couleur d'un œil. Quant aux autres membres de sa garde, c'est l'inconnu.

— Il y en a un qui ne peut ignorer ce qui se passe la nuit dans ses jardins : le gouverneur du château, Raymond Orfeuil...

— Il a le bras long, émit Dubois.

— Et moi musclé ! Convoquez-le pour ce début d'après-midi. Et notre Raspoutine des temps modernes, une info ?

— J'ai peut-être quelque chose, dit Marsac. Ça remonte à loin mais je crois bien qu'il s'agit du même gazier...

Il pianota sur l'ordinateur sur l'écran duquel il fit apparaître un article de presse titrant : *La prise d'otage du P.-D.G. d'Agri-Techniques tourne au drame.*

Dix ans plus tôt, la filiale française d'un grand groupe allemand de produits chimiques installée à Libourne en Gironde avait été prise à partie par des ouvriers viticoles. Douze d'entre eux s'affirmaient victimes de tumeurs au cerveau, conséquence directe des épandages de pesticides dont ils avaient la charge. Naturellement Agri-Techniques démentit et ne voulut rien entendre, l'affaire fut relayée par les médias et les activistes de tous poils accoururent des quatre coins de la France, trop heureux d'en découdre. L'un d'entre eux, plus discret et plus radical, suggéra de séquestrer son directeur afin de négocier plus aisément. Pour appuyer les pourparlers, on lui sectionna le petit doigt bien que son propriétaire clamât qu'il était hémophile. À peine le temps d'envoyer ce trophée à la maison mère que Jean Gouin, le directeur, succombait à une hémorragie. Il ne fut plus d'aucune utilité, c'est à ce moment-là que la police décida de donner l'assaut. On procéda à plusieurs arrestations dont un géant barbu tatoué d'une abeille sur le poignet, répondant au nom de Maxime Lebœuf, né à Brest le 1er novembre 1960, ancien de la Légion Étrangère qu'il avait quittée avec le grade de capitaine. La mauvaise illustration du quotidien correspondait parfaitement, quelques rides en moins, au Frère Ambroise alias Lebœuf qui affirma n'appartenir à aucun mouvement et être seul responsable du décès de Jean Gouin. La police n'en demandait pas plus, la justice non plus. Elle le condamna à une détention de dix-huit années. Incarcéré à la prison de Gradignan, il y fit des émules et tâta de la braguette. Il s'y montra aussi détenu modèle de sorte qu'il retrouva l'air libre à la moitié de sa peine, à l'issue de laquelle il prit la clef des champs.

— Bravo, Marsac, conclut Steinberger, cherchez-moi son adresse.

— J'ai déjà cherché chef, je n'ai rien trouvé, il doit avoir des faux papiers.

— Dans la Légion, on change très souvent d'identité. Il est possible qu'il ait conservé celle qu'on lui a donnée. Voyez du côté des faussaires à Brest et aussi avec la gendarmerie locale.

— Vous aviez remarqué qu'il se penche vers Sœur Félice et qu'il lui murmure quelque chose ?

Steinberger et Dubois se courbèrent ensemble au-dessus de l'épaule de Marsac qui repassa l'image. C'était assez succinct mais exploitable à condition d'avoir sous la main quelqu'un lisant sur les lèvres.

— J'ai une nièce qui est sourde muette, je pourrais lui montrer cette vidéo, suggéra Marsac.

— Quel âge a-t-elle ? demanda son chef.

— Quatorze ans, ses parents habitent Gramat.

— Elle est mineure, il faudrait une autorisation du juge.

— Il faudrait oui, mais on n'a pas le temps…

— Bon eh bien allez-y maintenant, d'ailleurs les P.-V. sont prêts. De mon côté, je vais aller faire un tour au temple par le chemin de croix. Il s'agirait quand même de savoir si l'Espagnol est toujours de ce monde !

— Chef, pour accéder au temple depuis la station, il y a une porte dissimulée dans la roche, une porte à code secret que nous n'avons pas. Il vaudrait mieux passer par le château…

— *Jo*[39], soupira Stein, allons-y pour un nouveau P.-V.… Dubois, allez chercher le luminol et laissez tomber la convocation d'Orfeuil, on discutera aussi bien dans son salon. Et qu'on fasse le tour des tatoueurs aussi. *Shissdrake*, ce genre de tatouage, ça ne doit pas se demander tous les jours.

— Pas sûr qu'ils acceptent de nous fournir la liste de leur clientèle…

— Avec une commission rogatoire, ils nous donneront même leur arbre généalogique ! Messieurs, *ànn d'àrwet* ![40]

---

39. Dans ce contexte : bon.

40. Au boulot.

*

Ce 18 août au matin, Audrey quitta la caserne d'assez mauvaise humeur : elle avait affreusement mal dormi et Steinberger n'avait même pas pris la peine de passer la voir avant de rejoindre la brigade. De sorte qu'elle ne savait rien ni des suites de l'enquête, ni de ce qu'elle devait faire.

Moins de dix minutes plus tard, elle pénétrait dans la cour de la ferme non sans une certaine appréhension. Le Frère Ambroise avait pu y expédier n'importe lequel de ses sbires pour lui régler son compte. Et c'est d'une main peu assurée qu'elle tourna la clef dans la serrure. Major et les chats lui souhaitèrent la bienvenue comme d'ordinaire ce qui la rassura. Elle fit quand même le tour de sa maison deux fois avant de se barricader. Un solide petit-déjeuner et une douche brûlante lui rendirent un peu de lucidité. Elle décida d'appeler Lebel pour lui conter leur aventure de la veille ainsi que ses déductions au sujet de la découverte de Janissou. À cette occasion, l'ancien adjudant s'aperçut que son flair de gendarme avait quelquefois fait défaut :

— Tu dis que ce bachi-bouzouk de Thomas Wang était présent au conclave ?

— Absolument, et il a le tatouage sur le poignet droit ! En revanche, même Radical, ce n'est pas un membre d'élite, il était parmi la foule. Mais c'est lui qui a confirmé l'existence du codex à son oncle, lequel l'a relayé auprès de Pharma Gaïa.

— À l'heure qu'il est, Thomas doit être dans un avion pour Shanghai, je ne pense pas que tu fasses de bonnes affaires avec lui ! N'empêche que c'est une curieuse coïncidence, l'oncle arme le bras de

Lejeune et le neveu est membre de l'Apis Dei. Ces deux cachalots sont en recherche du codex pour leur propre compte : d'abord ils remontent leur cheptel, ensuite ils vendent la formule via des licences.

— En fait, le codex concerne une super reine capable de vivre dix ans et surtout de produire du venin sans effets secondaires…

— Pour lequel les labos payeraient des sommes folles et cet olibrius de directeur de Pharma Gaïa serait passé à côté ?

— Fabien Deleuze est un scientifique pur et dur, la médecine verte ne l'intéresse pas quant à ceux de l'Apis Dei, comme vous, je les soupçonne d'intégrisme. Cette super reine ne peut qu'être le fruit d'une hybridation, ils ne doivent pas aimer ça du tout. S'ils trouvent le codex, c'est pour le détruire.

— Existe-t-il seulement ? soupira Lebel.

— Sûrement, mais Dieu seul sait où, je n'ai rien trouvé qui y ressemble nulle part, pas même dans mes ruches comme le supposait Stein.

— À propos de Stein, à ce stade de l'enquête, il est en mesure de procéder à des interpellations, qu'est-ce qu'il attend ?

— Je suppose que c'est en cours. Comme il m'a laissé quartier libre, je vais en profiter pour poser les lanières anti-varroas un peu partout, je terminerai par les ruches du papé et je mettrai la récolte en pots.

À l'autre bout du fil, Lebel s'exclama :

— Il n'a pas mis les scellés ?

— Je n'en sais rien et je n'irai que dans le jardin, je passerai par l'extérieur…

— Violation de domicile, il ne va pas être content le petit bleu !

— Je vous tiens au courant, répondit Audrey très vite avant de raccrocher.

*

À vingt kilomètres de là, dans son manoir de Montal, établi non loin de sa scierie, Frère Ambroise ôta les écouteurs de ses oreilles dans lesquelles était tombée la conversation d'Audrey avec Lebel grâce à la puce installée par Aby dans le nouveau téléphone de l'apicultrice.

Il se retourna vers Virginio, allongé nu sur le lit aux draps froissés :

— Tu avais raison, cette fille n'est pas sotte du tout, pas comme l'Amerloque là-bas, elle me tape sur les nerfs tu ne peux pas savoir.

— Pourquoi tu ne te débarrasses pas d'elle, je ne te suffis plus ?

Frère Ambroise grimaça :

— Ne complique pas tout Virginio, je vais me débarrasser d'Aby et aussi de cette Audrey, elle en sait trop.

— Si tu touches à elle, tu mettras le gendarme en colère donc à nos trousses…

— Tu t'es tracassé, toi, de le mettre en colère quand tu as écrit des horreurs sur sa voiture ? Permets-moi de te dire que ça manquait de grandeur !

— Je ne comprends pas ce que tu lui trouves à ce faux rouquin avec toutes ses taches de rousseur partout… Pouah, on dirait un gorille albinos.

— Je suis un homme éclectique. D'ailleurs, toi, tu as bien l'air d'une petite sauterelle italienne, ça ne nous empêche pas de bien nous entendre physiquement.

Frère Ambroise se passa la langue sur les lèvres, un tic qui, Virginio le savait, se manifestait chaque fois que son maître ressentait du désir.

Il se redressa sur un coude :

— Tu n'aurais pas la prétention de séduire le gendarme.

— Séduire ? Je n'ai pas de temps à perdre en séduction, quand j'ai envie de quelque chose, je le prends et c'est tout. Tu as vu avec Aby…

— Ce n'est pas une lope comme nous.

— Parle pour toi, moustique ! Lui et moi, on est des anciens combattants…

— Bon et après ?

— Après il y a des fois où ta tête est comme un champ de mines. Tu payerais cher pour ne plus revoir ce que tu as fait par devoir mais aussi parfois avec un certain plaisir : tuer. Et pour ça, tu as deux solutions, l'alcool ou les stupéfiants. Je serais bien étonné qu'il n'y touche pas, déjà de mon temps, au Koweït, on ne pouvait pas aller en mission sans un pétard… Mais qu'est-ce que tu peux bien comprendre à tout ça, toi ? Et maintenant file te poster devant chez Frère Amable, ta chère Audrey doit s'y rendre et moi j'ai un rendez-vous important.

— Je vois bien de quel genre, ce rendez-vous, marmonna le jeune homme en s'habillant.

Frère Ambroise s'esclaffa et lui claqua le postérieur en guise d'encouragement :

— La jalousie est un vilain défaut !

*

Audrey débarqua chez Janissou en fin d'après-midi.

Il faisait beau et chaud et les touristes circulaient allègrement.

Elle vit qu'un groupe patientait devant chez Aby qui ouvrait régulièrement sa bergerie aux visites. Audrey renonça à aller la saluer pour le moment et s'approcha de la maison du papé où effectivement des scellés avaient été apposés. Mais ceux-ci étaient brisés et la porte entrouverte…

Mue par la curiosité, Audrey entra dans la demeure. Sans la chaude présence du vieil homme, elle était devenue d'un froid mortel. Audrey se secoua et partit au rucher où les abeilles poursuivaient inlassablement leur labeur. Cette pérennité était rassurante, la vie continuait malgré tout. Elle s'inquiéta tout de même du devenir des vingt-deux ruches du papé, elle avait tout à fait la place de les accueillir chez elle mais en l'absence de testament, impossible d'en disposer.

Elle songea soudain que, selon l'antique coutume, lorsqu'un berger des abeilles disparaissait, il fallait orner les ruches d'un ruban noir…

Un bruit de plantes sèches piétinées la fit se retourner brutalement, elle sourit en portant la main à son cœur. C'était Ludovic, le petit voisin parisien.

Audrey se baissa pour se mettre à sa hauteur et l'embrassa :

— Salut Ludo, c'est gentil de me rendre une petite visite. Tu viens avec moi poser les lanières pour empêcher les vilains poux de piquer les abeilles ? Mais il faut s'habiller tu sais car lorsqu'on a volé leur butin, elles deviennent agressives…

L'enfant sourit, prit Audrey par la main et la remorqua jusque dans la maison où il prit l'escalier.

Intriguée mais silencieuse pour ne pas le brusquer, la jeune femme se laissa mener jusqu'à la chambre d'ami qui était aussi celle du fils de Janissou. C'est justement le portrait de celui-ci qu'il décrocha du mur pour le mettre dans les mains d'Audrey. La jeune femme s'assit sur le lit face à Ludovic et expliqua doucement :

— Charles... Tu ne l'as pas connu et moi à peine, il était soldat mais soldat de la paix. On les appelle des Casques Bleus, tu en as vu quelquefois à la télévision, ils sont là pour aider les populations. Charles est mort en faisant son travail, à Sarajevo, en Yougoslavie, c'est un pays qui n'existe plus...

Audrey avait l'impression de lui raconter une histoire tant tout ceci semblait loin, comme ayant appartenu à une autre vie. Elle se leva et remit le portrait en place :

— Si tu veux, on peut aussi mettre le miel en pots, tu viens me donner la main ?

À sa grande stupeur, l'enfant fronça les sourcils, décrocha une nouvelle fois le portrait qu'il lui tendit à l'envers, en dardant ses prunelles vertes sur elle.

Le cœur d'Audrey se mit à battre, elle se laissa tomber sur lit, Ludovic près d'elle. Ses mains fébriles soulevèrent les crochets retenant le fond en carton, qui, une fois ôté, révéla une feuille de papier. Audrey la déplia et lut :

Ma belle,

Si tu es arrivée jusque-là, c'est que je serai tombé dans les griffes de l'Apis Dei. C'est une société secrète dont le but est on ne peut plus noble : sauver les abeilles et, par là même, l'humanité. Je suis entré dans l'Ordre en 1952, initié par un ancien résistant.

Malheureusement, depuis quelques années, l'Apis Dei n'est plus aussi bien gérée, il y a à sa tête un redoutable bras droit du nom de Frère Ambroise, autant dire Satan au service de Dieu.
Comme tu le sais, je travaille depuis des années à la sauvegarde les colonies. Pour mes travaux, l'Apis Dei m'a prêté les fonds mais j'ai dû hybrider et Frère Ambroise, qui est un fondamentaliste, est furieux. Il veut à la fois ses fonds et la formule.
Pour les fonds je suis d'accord mais pas pour la formule qu'il veut détruire alors qu'elle pourrait endiguer l'effondrement. Je connais ses méthodes cruelles pour faire parler (c'est un ancien légionnaire), le moment venu je prendrai une capsule de poison et tout sera dit. Tu es ma relève, dans ce but, je te lègue tout ainsi que la maison et les ruches.
Bien à toi.
J.
PS : mon hybridation a entraîné une mutation physique : les yeux sont verts.

Audrey essuya une larme du plat de sa main et retourna la page dans tous les sens pour y découvrir la formule. Elle se leva, l'approcha de la fenêtre pour lire en transparence mais les rayons du soleil ne délivrèrent aucun message. La jeune femme fit la moue :
— Le papé dit qu'il me donne la formule mais il n'y en a pas. À moins d'une baguette magique, je ne vois pas comment la faire apparaître…
Audrey tâta le papier qui était assez épais. À moins que…
Elle dégringola jusqu'à la cuisine, récupéra un paquet d'allumettes sur la cuisinière et se rendit

ensuite dans la salle à manger où elle avisa sur le buffet un chandelier argenté dans lequel trônaient trois bougies torsadées partiellement consumées.

— Le papé a peut-être laissé un message secret dessous celui-ci, avec de l'encre invisible qu'on appelle encre sympathique, expliqua-t-elle au garçonnet qui ne l'avait pas quittée. Ensuite il ne reste plus qu'à faire apparaître le texte avec une source de chaleur…

Audrey gratta une allumette et enflamma la mèche d'une des chandelles, quand celle-ci donna sa pleine mesure, elle approcha prudemment la feuille de la flamme et la fit glisser de bas en haut.

— La vache…

Devant deux paires d'yeux émerveillés, des hiéroglyphes apparurent, quatre par quatre sur trois colonnes. Audrey reconnut la chouette, le serpent, ce qui semblait être une jambe. Pour le reste, elle était bien incapable de dire quoi, encore moins de traduire. Mais elle savait qu'elle venait de découvrir le fameux codex tant convoité par Wang, Lejeune, les labos et même Frère Ambroise.

Elle sortit son téléphone portable de sa poche et contacta Lebel pour lui annoncer joyeusement la nouvelle :

— J'ai trouvé le codex, il était derrière le portrait photographique de Charles.

À l'autre bout du fil, Lebel était tout aussi enthousiaste :

— Mille sabords ! Tu es rentrée dans la maison en dépit des scellés ?

— Ils ont été brisés, la porte était ouverte, quelqu'un est venu en reconnaissance.

— N'empêche que tu n'aurais pas dû entrer mais plutôt appeler Stein… Bon, enfin, qu'est-ce que ça dit ?

— Je ne sais pas, c'est en hiéroglyphes, il va me falloir un certain temps avant d'en faire la traduction.

Tandis qu'elle parlait ainsi, elle regardait Ludovic et sourit en le voyant observer les dessins avec attention. Et soudain ce fut le chaos. La porte s'ouvrit avec fracas pour laisser passer deux hommes à la mine patibulaire : un grand barbu et un plus jeune qui n'étaient autres que Frère Ambroise et Virginio qui se jeta sur Ludovic. Ce dernier se mit à hurler. Devant le pistolet semi-automatique Glock 17, pointé sur son front, Audrey laissa tomber son téléphone que Frère Ambroise expédia au loin d'un coup de pied.

— Ma chère, nous nous sommes quittés sans avoir eu le temps de faire connaissance hier soir lorsque vous vous êtes introduite à notre conclave sans y avoir été invitée…

— Je ne discuterai de rien avec vous tant que vous ne laisserez pas partir le petit et que vous ne baisserez pas votre arme.

— Je crains que vous ne soyez pas en mesure de négocier, Virginio tient l'otage et moi… j'ai ce qui m'intéresse, fit-il en se baissant prestement pour ramasser la feuille échappée des mains de Ludovic.

Audrey tourna la tête vers Virginio qui ceinturait le jeune garçon tout en lui barrant la bouche de sa main :

— Vous êtes abject, dire que je vous ai accueilli comme un authentique pèlerin et ce grand jeu du catholique pratiquant que vous m'avez joué…

— Il ne vous a pas menti, il est très croyant, disons seulement qu'il lui arrive de prendre des libertés avec la religion.

— Maltraiter un vieillard et maintenant un enfant me paraît être une curieuse interprétation erronée des préceptes de la Bible.

— Et pourtant c'est lui qui a empêché que je vous règle votre compte chez Bouyssou, dire que j'ai eu la faiblesse de céder à ce caprice.

Audrey put ainsi identifier la voix entendue lorsque Bouyssou l'avait assommée chez lui.

— Et Denis, pourquoi l'avoir tué ?

— Ce sentimental manifestait des regrets au point de ne plus en dormir la nuit et de vouloir se rendre à la gendarmerie pour y faire des aveux fâcheux.

— C'est vous qui avez brisé les scellés ?

— Oui et nous sommes allés aussi chez vous, en toute discrétion, vous n'avez rien remarqué et nous n'avons pas touché à vos animaux, vous voyez que nous ne sommes pas des brutes.

Elle allait répliquer quand Virginio prit la parole :

— Audrey, croyez-moi ou pas, je n'ai pas voulu tout ça.

La jeune femme, oubliant qu'elle lui devait la vie, l'ignora superbement et s'adressa au Frère Ambroise, qui, elle devait l'admettre, était plutôt impressionnant avec ses deux mètres, sa longue barbe brune et surtout son regard magnétique :

— Comment avez-vous su que j'avais trouvé le codex ?

— Un cadeau de votre voisine Aby, une puce dans votre nouveau portable le jour des Abeillades quand vous fricotiez avec votre gendarme. En cinq minutes, le tour était joué.

— Vous êtes le docteur Leblay ?

— Une identité parmi d'autres…

Audrey était atterrée mais n'en montra rien, cette explication avait au moins un avantage, celui d'éclairer sa situation.

— Bon, vous avez ce que vous voulez, alors partez. Je n'ai que faire de votre codex auquel je ne crois pas.

— Vous en savez beaucoup trop pour que je vous laisse vivre. Mais peut-être qu'après tout vous pourriez nous servir, en poursuivant les recherches car vous avez certaines connaissances qui nous font défaut.

Soudain, Aby se matérialisa dans l'encadrement de la porte, il y eut un instant de flottement durant lequel la jeune Américaine passa la scène en revue. Lorsqu'elle aperçut Ludovic aux mains de Virginio elle poussa un cri strident. Une détonation la réduisit au silence. Aby s'écroula sur le sol, une balle de 9 mm en plein front, tirée froidement par son amant le Frère Ambroise. Dans la poitrine d'Audrey, son cœur suspendit un battement mais elle parvint à rester calme. Son attention fut détournée par un bruit de voix.

Par terre, à l'autre bout de la pièce, Lebel s'égosillait dans le portable resté ouvert :

— Audrey, tu es là, réponds… Bande d'ectoplasmes, si vous touchez un seul de ses cheveux, vous le regretterez…

— On évacue, asséna Frère Ambroise en faisant signe à Audrey de sortir.

Elle s'exécuta tandis que Virginio prenait Ludovic sous le bras mais celui-ci lui mordit vigoureusement la main. Virginio hurla une insanité italienne mais lâcha néanmoins prise, l'enfant prit la fuite. Frère Ambroise renonça à le poursuivre : trop de monde.

Ce fut un soulagement pour Audrey. Poussée dans le dos par le canon du Glock, souvenir de la Légion, elle enjamba le corps d'Aby et au passage croisa son regard fixe et étonné. Elle marcha ainsi jusqu'à la berline noire arrêtée devant chez Janissou. Virginio ouvrit le coffre, attendant qu'elle y monte. Audrey hésita, espérant encore un vague secours des touristes circulant près d'elle sans s'apercevoir du drame qui se jouait sous leurs yeux. Un coup de crosse au visage la rendit plus docile. À demi assommée, elle fut précipitée dans le coffre où régnaient une chaleur étourdissante et le noir le plus complet, elle n'entendit plus que le ronflement du moteur.

Rendez-vous en enfer

Steinberger perquisitionnait chez Frère Ambroise, alias Maxime Lebœuf ou encore Emmanuel Brun au nom duquel avait été achetée la scierie lorsqu'il reçut un appel affolé de Lebel. Les traits du lieutenant se durcirent en écoutant le récit de son prédécesseur, il conclut avant de raccrocher :

— *Hopla !*[41] Dubois, emmenez Madame à la brigade.

Steinberger désignait Sœur Félice. Assise sur une chaise, les plis de sa robe vert d'eau gracieusement étalés autour d'elle, elle croisait et décroisait ses longues jambes dans un sourire nerveux.

— De toute façon, vous, je ne vous dirai rien, ni ici ni dans vos locaux.

— Vous veniez pour coucher avec Lebœuf, sur ordre de ce même Lebœuf, nous le savons.

— Et ensuite ? L'adultère n'est plus un délit depuis 1975.

---

41. Allez !

— Le moins qu'on puisse dire c'est que vous n'êtes pas rancunière. Embarquez-la.

C'est grâce à l'élégante madame Delcroix que les gendarmes étaient remontés jusqu'à Frère Ambroise. En visionnant la vidéo du conclave, la nièce de Marsac avait rapidement traduit les paroles du numéro 2 de l'Apis Dei. Ensuite les choses allèrent très vite, la planque devant le domicile des Delcroix, la filature... Mais en arrivant à scierie tout le monde avait fait chou blanc. Le propriétaire avait quitté les lieux en laissant pas mal d'indices à charge, parmi lesquels des brouillons de la lettre testament en faveur de l'Apis Dei. Après l'appel de Lebel, Steinberger comprit mieux le pourquoi de ce départ précipité :

— Marsac avec moi, chez Laborde vite, Lebœuf y est passé, il y a eu coup de feu.

Les deux hommes gagnèrent rapidement leur véhicule. Steinberger prit le volant tandis que Marsac déclenchait le gyrophare.

C'est toutes sirènes hurlantes et à tombeau ouvert que la 306 traversa le causse. Lorsque les deux gendarmes arrivèrent devant chez Janissou, il y avait foule. Un groupe de curieux entourait un camion de pompiers aux portes arrière ouvertes pour permettre le passage d'une civière supportant un corps empaqueté.

Steinberger et Marsac se frayèrent un chemin, un rapide salut pour les hommes du feu, puis le gendarme en chef ouvrit d'autorité le sac mortuaire et eut un soupir de soulagement en reconnaissant Aby.

— Abigail Lewis, vingt-cinq ans, nationalité américaine, elle habitait en face, dit-il aux brancardiers en refermant le sac.

— Vous avez une idée de qui lui a fait ça? demanda l'un des secouristes.

— Affirmatif... Marsac, que ceux qui n'ont rien vu s'éloignent, interrogez les autres, je fais le tour de la maison.

Il ne fallut pas plus de cinq minutes au jeune lieutenant pour juger de l'absence d'Audrey. Quant à Marsac, il ne recueillit que des informations contradictoires.

— Allons chez elle, proposa-t-il en tendant à son chef le portable d'Audrey récupéré sous une chaise.

— Elle serait partie sans sa voiture ? Peu probable...

— Sauf si quelqu'un l'a prise en stop alors qu'elle errait sur la route après avoir échappé à Lebœuf...

— *Jo...*[42]

Mais la ferme d'Audrey se révéla tout aussi dépouillée de sa présence. Dans la cuisine, Steinberger tira une chaise et s'assit pour réfléchir en caressant la tête de Major venu à sa rencontre :

— Ils l'ont emmenée mais où ?

— À la crypte ?

— Ou dans un cul de basse-fosse du château !

— La crypte est facile à vérifier, Dubois doit être de retour à la brigade, il peut s'y porter rapidement. Je l'appelle.

— Qu'il aille au château aussi, le gouverneur n'a pas tout dit ce matin.

— Vous l'avez entendu comme moi ! Il a un alibi du tonnerre, la nuit dernière, il jouait au poker dans une arrière-salle du 69, une douzaine de personnes peuvent témoigner de sa présence sans parler de la tenancière avec laquelle il a terminé sa nuit.

---

42. Dans ce contexte : peu probable...

— Oui mais il a le tatouage.

— Pas suffisant, vous le savez.

Marsac se retourna pour composer le numéro de Dubois, Steinberger continua de se creuser les méninges pour situer Audrey, ayant conscience qu'une course contre la montre s'engageait. Marsac revint :

— Dubois se porte à la crypte. Et si on rappelait Lebel ?

— Pour l'affoler alors qu'il est cloué au fond de son lit ? Il ne serait pas d'une grande aide ! Astier m'a dit avoir été contactée par une extralucide au sujet de Laborde…

— Chef, vous n'allez pas croire à ces choses-là.

Steinberger se leva, déployant sa haute taille, ses yeux bleus virèrent au noir :

— Vous avez mieux ? Je ne prendrais pas le risque de la retrouver avec une balle entre les deux yeux comme Lewis. La fille s'appelle Lacrimosa de Saint-Graal… Oui je sais, c'est ridicule rien qu'en le disant… Appelez-la, dites-lui qu'on arrive.

*

La voyante officiait à Gourdon, dans un bâtiment du XVe siècle juché au cœur du quartier historique auquel on accédait seulement à pied. Il fallait d'abord pousser une lourde porte en ogive et monter un sombre escalier en colimaçon. Aussi lorsque les deux gendarmes pénétrèrent dans le bureau aux tentures tirées de la médium, Steinberger n'était pas loin de faire demi-tour, doutant tout à coup de son initiative. Le chandelier à cinq branches allumées, les deux crânes de chats, les vieux grimoires empilés, le sablier, la boule de cristal et les cartes étalées sur le bureau composaient une atmosphère fantasmagorique à souhait. Quant à l'officiante elle-même, une grande quadragénaire rousse d'une maigreur impressionnante, elle dégageait une sensation d'oppression.

— Que me vaut la présence des forces de l'ordre dans mon humble demeure ?

— Nous recherchons cette femme, dit Steinberger en lui présentant la carte d'Auxiliaire retrouvée dans son sac abandonné.

Lacrimosa de Saint-Graal avait beau être voyante et lire au plus profond des âmes, elle n'en chaussa pas moins ses lunettes pour examiner la photo de l'apicultrice.

— Je connais cette personne, je lui avais dit de venir me voir pour retrouver son ami mais elle n'est pas venue, elle n'a pas cru en mon pouvoir. Et pourtant elle aussi a le don mais elle ne le sait pas. Il faudra lui dire de venir me voir quand vous la retrouverez.

— Oui bon, ce qui nous intéresse c'est où elle est maintenant.

— Comment voulez-vous que je le sache ? marmonna Lacrimosa en ôtant ses lorgnons et en faisant bouffer ses longs cheveux dans un geste de coquetterie adressé à Marsac au charme duquel elle n'était pas insensible.

— Vous êtes voyante, faites-nous une démonstration de vos capacités.

— Vous pensez que ça se fait comme ça ? J'ai besoin de temps et de concentration et…

Le poing de Steinberger s'abattit sur le bureau,

faisant sursauter les crânes de chats ainsi que leur propriétaire :

— Vous avez trois minutes chrono pour vous concentrer et deux pour me donner le résultat de vos méditations…

Marsac tenta une intervention aussi apaisante qu'inutile :

— Chef…

— Passé ce délai, je fais le tour de vos locaux et je trouverai bien de quoi fermer votre boutique.

Lacrimosa soupira :

— Je n'aime pas vos manières, Lieutenant…

— Peu m'importe !

— Je sais ce qui vous importe et je vais le faire, non par crainte de vos menaces, mais par empathie. Je sais aussi combien cette Audrey s'est démenée pour retrouver son vieil ami et ces choses-là, de nos jours, ça ne se voit plus beaucoup. Maintenant sortez, vous êtes rempli d'une colère qui profane mon recueillement. Laissez-moi la photo et allez attendre dans mon antichambre.

Tout lieutenant qu'il fut, à la tête de ses brigades, tout meurtri de cette mise en demeure et son amour-propre en berne, Steinberger n'en obtempéra pas moins.

Tandis que les deux hommes patientaient nerveusement dans la salle d'attente, côte à côte sur un grand canapé de velours rouge, leurs téléphones sonnèrent de concert.

— C'est Dubois, dit Marsac.

— Le procureur pour moi, émit son chef en se levant.

Il quitta la pièce pour un échange plus discret et

revint quelques minutes plus tard :

— Appel du ministère, les aveux de Neyrat suffisent, on doit laisser tomber.

— Et le meurtre de l'Américaine, il justifie ça comment ?

— Crime de rôdeur ! Quant à l'enlèvement de Astier, sans témoin, ni plainte déposée, il est inexistant pour l'instant. Pour le reste, il est désolé !

— Il est... désolé et c'est tout ?

— C'est tout ! Marsac, il vaut mieux que vous restiez en dehors de ça, rentrez à la brigade...

Steinberger ne put terminer sa phrase, le pandore roux le coupa brutalement :

— Si vous voulez vous débarrassez de moi, cherchez autre chose !

Le gendarme en chef jaugea son homme, leurs deux regards se soutinrent :

— Merci Fabien, dit-il en lui tendant une main franche sur laquelle Marsac referma la sienne : une amitié de frères d'armes venait de naître.

C'est le moment que choisit la voyante pour les appeler :

— Messieurs, si vous voulez bien entrer...

Ils suivirent la médium et reprirent leur place dans les fauteuils face au bureau de l'officiante.

— Elle est vivante, laissa tomber celle-ci dans un sourire.

— Où ?

— Patience, Lieutenant, j'y viens... Elle est enfermée dans le souterrain d'un château...

— Quel château ? s'énerva Marsac. Il y en a plus de mille dans la région !

— Un château tout près d'ici...

Lacrimosa ferma les yeux, leva les mains et prit un ton de pythie :

— Je la vois assise par terre, son pied est retenu au mur d'un long couloir de pierre dont l'aboutissement donne sur la falaise. On y accède par une crypte au plafond de laquelle se trouve une sculpture en forme d'épée…

— Durandal ! s'exclamèrent ensemble les deux gendarmes qui se levèrent d'un jet, venant de situer l'endroit.

Ils virèrent sur leurs talons. La voyante protesta énergiquement :

— Et mes honoraires alors ?

— Envoyez votre facture à la gendarmerie de Rocamadour… cria Steinberger en dévalant les escaliers suivi de près par Marsac.

Il fallut dix bonnes minutes aux gendarmes pour regagner leur véhicule garé sur la place du marché en contrebas du quartier historique et dix autres pour sortir de la ville. La 306 traversa de nouveau le causse à vive allure mais cette fois en silence, inutile de se faire annoncer.

— Au fait, demanda Steinberger, qu'a dit Dubois ?

— Que le gouverneur a quitté le château, assez précipitamment au vu de ses placards vidés, et qu'il n'y a personne ni au temple, ni à la crypte, répondit Marsac en s'agrippant à la poignée de la porte.

— Et avec ça, ils veulent me faire lâcher l'affaire !

Le soir tombait quand Steinberger stationna la voiture sur le parking du château à la même place que la veille, un peu à l'écart. Le chemin de ronde était étonnamment vide et l'endroit semblait désert.

Les deux gendarmes ne s'en réjouirent pas pour autant. Le danger pouvait surgir de n'importe où, Steinberger le savait mieux que quiconque après une année passée à courir sus aux talibans.

Ils passèrent leurs gilets pare-balles, vérifièrent leurs armes et accédèrent au jardin par le château, les portes de celui-ci étant grandes ouvertes. Bien qu'illuminés par des réverbères, les lieux paraissaient abandonnés. Ils les traversèrent sans rencontrer âme qui vive.

— Ce n'est pas normal, chuchota Marsac en jetant un œil inquiet du côté des baies vitrées éteintes. Ou cette Lacrimosa est une truande ou ils vont sortir de nulle part et nous mettre en pièces.

— Je pencherais plutôt pour cette option, je sens des yeux partout.

Ils parvinrent jusqu'à l'entrée de l'escalier qu'ils empruntèrent prudemment, parcoururent le couloir en se retournant à tour de rôle. Parvenus à la crypte, Steinberger leva la tête vers l'épée sculptée dont la pointe indiquait la porte cloutée fermée. Marsac lui fit signe de se pousser et entra le premier, arme au poing, accédant à une petite pièce ronde meublée de deux chaises paillées et d'un grand coffre en bois sculpté dont il souleva le couvercle pour vérifier que personne ne s'y cachait. Steinberger le rejoignit. C'est à cet instant qu'ils entendirent la porte se refermer sur eux. À double tour.

Marsac se jeta sur la poignée :

— On est fait comme des rats, chef !

— Pas encore, répondit celui-ci en désignant entre les deux chaises une minuscule porte au-dessus de laquelle Durandal était répliquée à la verticale.

Il passa quasiment à genoux, suivi par Marsac. Devant eux, un escalier en pente raide aux marches humides et courtes. Impossible de faire vite. Enfin le souterrain apparut, long boyau noirâtre sans fin.

— Faites attention, Marsac, marches glissantes.

Un bruit de cliquetis leur parvint, puis une voix plaintive :

— Antoine…

— Audrey ?

La voix s'affermit :

— Antoine, allez-vous en, c'est un piège…

Ce dernier mot fut suivi d'un gémissement puis d'un grand rire. Steinberger activa le pas :

— Audrey, où êtes-vous ?

— Elle est là, ne vous inquiétez pas mon Lieutenant.

La violente lumière blanche d'une lampe torche fut braquée sur les gendarmes. Éblouis, ceux-ci portèrent la main en visière au-dessus de leurs yeux, puis ils s'habituèrent et Steinberger distingua une scène surréaliste : Audrey, les deux mains enchaînées et la lèvre tuméfiée, était tenue en joue par Frère Ambroise.

— Vous en pincez pour cette dinde au point de vous aventurer dans ce coupe-gorge ?

— Je fais mon devoir de gendarme, protéger les citoyens.

— Il ne fallait pas vous mêler de nos affaires. Est-ce qu'on vient mettre le nez dans les vôtres, nous ? Il y aurait pourtant à dire, vous laissez proliférer la vermine qui détruira bientôt le monde et par là même la créature de Dieu, certes imparfaite, qu'est l'homme. Heureusement que nous sommes là pour y mettre bon ordre.

— Tuer des innocents au nom d'un idéal n'a rien d'une noble action.

— Je combats le mal et vous, le bien, finalement on se ressemble, dommage que vous vous soyez trompé de cause.

Steinberger déclencha discrètement son portable :

— Pourquoi avoir enlevé Laborde ?

— Nous lui avions avancé des fonds pour des recherches sur une reine capable de pondre un couvain résistant et de produire un venin sans effets secondaires or il a travaillé sur une hybride.

— Ne vaut-il pas mieux des cheptels hybrides en bonne santé plutôt que leur disparition ?

Frère Ambroise ricana :

— L'impureté contribue à la destruction d'une race et je ne tolère pas l'impureté. Au début Laborde partageait nos convictions et puis cette fille est revenue au pays, elle l'a converti au mélange des espèces. Quelle horreur ! N'empêche qu'on ne l'a pas tué, il s'est donné la mort en s'empoisonnant. Et vous savez où il avait caché sa capsule de cyanure ?

— Non.

— Dans une branche de ses lunettes, je me suis fait avoir comme un débutant et je ne me laisserai pas avoir une deuxième fois.

— Qu'avez-vous fait du corps de Laborde ?

— On l'a dépecé dans ma scierie, je suis outillé pour ça, ensuite on l'a incinéré dans mes fours.

— Et Aby Lewis ?

— Elle était ma maîtresse mais elle nous a vus malmener Astier et le petit. Elle criait tellement, je voulais qu'elle se taise, je déteste les cris ! Quant à vous, maintenant, vous en savez tous trop, vous devez périr.

— Vous ne vous en tirerez pas comme ça, Lebœuf.

— Je sais, lança celui-ci, mais ce n'est pas encore pour cette fois alors ôtez-vous de mon chemin et surtout pas de coups tordus…

Il écarta les pans de sa veste noire, dégageant une ceinture d'explosifs.

— … Sinon à nous quatre, on fera un beau feu de joie.

— Calmez-vous, fit calmement Steinberger, vous avez ma parole de sortir d'ici tranquille.

— Posez vos armes à terre.

Les gendarmes s'exécutèrent et levèrent les mains à la hauteur de leur poitrine en signe d'allégeance mais ne purent s'offrir que le luxe de fusiller Frère Ambroise du regard lorsqu'il passa devant eux, remorquant Audrey plus morte que vive, le Glock sur la nuque. Il la poussa dans les escaliers étroits où elle chut plusieurs fois.

Steinberger comme Marsac bouillaient intérieurement mais Frère Ambroise les tenait en respect dans un sourire sardonique. Une fois passés la minuscule porte, ils disparurent de la vue des gendarmes qui ramassèrent rapidement leur arme et se lancèrent à la poursuite du duo. Ils trouvèrent la salle ronde vide et fermée à clef. Ils s'écartèrent d'un côté de la porte pendant que Steinberger tirait sur la serrure, il dut s'y prendre à trois reprises avant qu'elle ne cède. Une fois dans la crypte, un bruit de pas lointain leur indiqua que les fuyards remontaient dans le jardin. Marsac fit le tour par le temple et le chemin de croix pour prendre Frère Ambroise à revers tandis que Steinberger se précipitait dans le couloir.

Au moment de s'engager dans les escaliers menant au parc, il braqua son arme devant lui et émergea enfin. Il abaissa son calibre en voyant Frère Ambroise traverser la pelouse en direction du logis, Audrey toujours devant lui :

— Avance sale garce.

Une exclamation retentit dans leur dos :

— Lebœuf !

L'interpellé se retourna et sourit devant Steinberger, pistolet pointé :

— Jeune homme, avez-vous bientôt fini de me courir après de la sorte, je suis beaucoup plus âgé que vous. Il y a quelques années, je n'aurais pas dit non mais maintenant… fit-il avec un sourire hypocrite.

Parfaitement insensible à cette ironie douteuse, Steinberger vit avec un certain soulagement Marsac arriver, arme au poing, dans le dos de Frère Ambroise. Mais même celui-ci pris en tenaille, la situation demeurait tendue, il pouvait dégoupiller à tout moment. Le gendarme en chef opta pour la diplomatie et fit signe à son adjoint de rester à bonne distance. Alors seulement Frère Ambroise s'aperçut de cette présence :

— Je suppose que le reste de la cavalerie ne va pas tarder à rappliquer… Vous serez dix contre un.

— Lebœuf, conduisez-vous comme le lieutenant que vous êtes…

— Que proposez-vous ? Vous admettrez quand même que je suis en position de force.

— Je l'admets, encore que l'Apis Dei serait bien orpheline sans son meilleur second…

En flattant l'orgueil de Frère Ambroise, Steinberger venait de marquer un point.

L'autre sentit souffler sur lui l'appel du devoir et une grande fierté à assurer la continuité de sa charge. Il redressa le torse et ses yeux noirs flambèrent d'un éclat sans pareil :

— Connaissez-vous les règles du duel à Volonté, mon Lieutenant ?

— Oui, mais nous n'avons ni le nombre de témoins nécessaires, ni les mêmes armes. Et puis je suis en service. Lâchez Astier et je suis votre homme pour quand il vous plaira.

— Il me plaît maintenant, sans témoin et chacun avec son arme.

— J'ai dit non.

— Mon Lieutenant, puis-je vous faire remarquer que je suis un képi blanc avec le grade de capitaine, donc supérieur au vôtre, vous me devez obéissance.

— Très juste, capitaine Dessay, n'est-ce pas ? Ou bien devrais-je encore dire Emmanuel Brun ?

— Dessay est mort au Koweït, Lebœuf à la prison de Draguignan quant à Brun, il ne va pas tarder à disparaître lui aussi mais de façon beaucoup plus éclatante que ses prédécesseurs.

Frère Ambroise arma son pistolet et introduisit le canon dans la bouche d'Audrey qui sentit le froid de l'acier. Elle ferma les yeux tandis que Steinberger perdait un peu de son sang-froid :

— Très bien, très bien… Duel maintenant mais relâchez-la. Tout de suite !

— Vous me donnez votre parole de militaire que ça se jouera à la régulière.

— Vous l'avez.

— Une dernière chose, au cas où vous n'auriez pas le bon goût de mourir avant moi…

Frère Ambroise sortit de sa poche le testament de Janissou, le roula en boule et devant Steinberger et Audrey consternés, l'avala. Il déglutit avec peine, le papier étant épais, mais n'en fanfaronna pas moins :

— Ce fut un délice… Et maintenant à vous très chère…

Il fouilla de nouveau sa poche, en sortit une clef et, de sa main libre, déverrouilla maladroitement les menottes d'Audrey. Puis il se pencha sur elle, l'empoigna brutalement par le cou et posa ses lèvres sur les siennes. Horrifiée Audrey sentit la langue de Frère Ambroise se heurter au barrage de ses dents qu'elle tint serrées à se les casser. Finalement il s'arracha à elle en vociférant :

— Tu n'es pas digne du n°2 de l'Apis Dei que je suis… Va-t'en.

Pour toute réponse, Audrey lui cracha au visage. Frère Ambroise répliqua immédiatement en lui décrochant une gifle magistrale.

— Lebœuf ! hurla Steinberger en se précipitant.

Mais Frère Ambroise pointa son doigt vers lui :

— Tu bouges, on saute !

Audrey en profita pour rejoindre Marsac tandis que le duel verbal se poursuivait :

— Vous ne valez pas mieux que ces chiens de talibans.

— Vous vous trompez, je suis au service de l'Humanité, scanda Frère Ambroise en s'inclinant devant le gendarme en chef.

— Rien que ça !

— Je sens à mon égard un embryon d'ironie… fort déplaisant… il pourrait vous en cuire ! Mon Lieutenant je suis à vous.

— Pas tout à fait, nous ne sommes pas à égalité, vous avez une ceinture d'explosifs, si je vous touche, tout sautera à cinq cents mètres à la ronde.

— Enlevez votre gilet pare-balles, je retire ma ceinture. À vous l'honneur.

Steinberger détacha sa protection et la jeta dans l'herbe tandis qu'au loin Audrey secouait la tête en psalmodiant des « non » silencieux.

Frère Ambroise dégrafa sa ceinture qu'il tint à bout de bras. Virginio apparut comme par magie, sorti sans doute du logis, la récupéra avec précaution, puis alla s'asseoir en tailleur un peu plus loin, le cordon d'explosifs posés sur ses genoux.

— Quoi encore ? aboya Steinberger lorsque Frère Ambroise hocha la tête dans sa direction.

— Votre insigne… Elle me déplaît fort !

— Vous n'avez pas la prétention de me faire battre en duel à demi-nu ?

— Si, à la romaine comme des gladiateurs que nous sommes. Virginio est très discipliné vous savez, il a le sens du sacrifice, en cas de désobéissance de votre part, il dégoupillera la ceinture. Oh, j'allais oublier, il va vous présenter ses excuses pour votre voiture, si, si j'y tiens…

Frère Ambroise eut un claquement de doigt.

— Je suis sincèrement désolé, déclama l'intéressé sur un ton qui ne l'était pas du tout.

Steinberger haussa les sourcils en secouant la tête et se dévêtit de son polo qui rejoignit son gilet pare-balles sur la pelouse. À son tour, Frère Ambroise se débarrassa de sa veste et sa chemise, révélant une large poitrine velue. Il détacha ses cheveux qui flottèrent sur ses épaules, lui conférant l'allure d'un homme de Néandertal. Sur son bras droit un tatouage qui avait de quoi faire frissonner, celui du blason de la division Charlemagne[43].

Il sourit à Steinberger, l'enveloppant d'un regard mêlant haine et désir.

— Marsac, faites quelque chose, ils vont se tuer, Lebœuf peut bien aller au diable mais pas Stein... chuchota Audrey.

— On ne peut plus rien faire, Lebœuf est un « jusqu'au boutiste », il n'hésitera pas à nous faire tous sauter si on ne passe pas par ses volontés. Et puis avouez que c'est un combat de titans...

— Marsac !

Audrey avala sa salive en les voyant tourner sur la pelouse comme deux fauves. Ils se mirent en position dite à Volonté, dos contre dos et marchèrent quinze pas. Frère Ambroise était face à la terrasse, Steinberger, devant le logis. Les canons abaissés se relevèrent. Virginio donna le signal :

— Tirez !

Ils se retournèrent. Frère Ambroise, troublé par son adversaire, fit feu mais rata son coup, la balle alla briser une porte-fenêtre. Steinberger resta quelques instants, les yeux brillants de dureté à examiner son rival ; quelques instants que le *frater* mit à profit, bondissant sur le gendarme qu'il bouscula pour disparaître dans la nuit. Steinberger se jeta à sa poursuite et le vit escaladant l'étroit escalier menant aux remparts. Ils se retrouvèrent vingt mètres plus haut sur un premier pallier ceinturé d'une rambarde fer rouillé.

— Allons Lebœuf, soyez raisonnable.

---

43. Division de SS français : 1943-1945.

— Raisonnable est le mot le plus détestable de la langue française, que de débâcles signées en son nom.

Les deux hommes, distants de quelques mètres, se mesurèrent. Steinberger pouvait parfaitement abattre Frère Ambroise placé pile dans sa ligne de mire.

— Vous n'auriez pas pu intégrer la Légion, Lieutenant, vous êtes trop timoré !

Frère Ambroise éclata de rire puis, avisant le second escalier semblant s'ajuster aux cieux tant il était à pic, il s'y engagea avec une certaine agilité en se retournant plusieurs fois. Steinberger, peu coutumier des lieux, progressait plus lentement. Enfin il parvint à la terrasse du donjon donnant à la fois sur les jardins et le parking. Lebœuf l'harangua :

— Ça va mon Lieutenant, pas trop cotonneux ?

— *Verschiss di !* [44]répondit Stein dans un alsacien à consonance allemande pour être saisi de Frère Ambroise.

— Tss, tss… Insulte à supérieur ?

Lebœuf éclata de nouveau de rire avant de s'échapper, il grimpa encore trois marches et hâta le pas sur la courtine menant au parapet. Steinberger l'y rejoignit tranquillement. À moins de se jeter dans le vide, Lebœuf était maintenant à sa merci. Il le trouva penché au-dessus du muret, ses longs cheveux bruns flottant au vent.

— Nous voici parvenus au bout du chemin, et maintenant que faisons-nous ? demanda-t-il en se retournant. Vous ne tirerez pas sur votre supérieur.

— Détrompez-vous.

---

44. Va te faire foutre - À prononcer Ferchiss di.

— Vous n'en ferez rien, je le sais. Vous êtes trop germanique donc discipliné, c'est même pour ça qu'on vous a donné la Valeur Militaire.

— Ne parlez pas de ce que vous ne savez pas.

— Je sais très bien de quoi je parle au contraire, j'étais au Koweït et quand on revient de ce genre d'endroit, la rationalité ne fait plus partie de notre vocabulaire. Vous connaissez notre devise « Légionnaire un jour, légionnaire toujours ». Donc chacun pour soi, désolé…

Exhibant un pistolet de poche de type Beretta, Frère Ambroise fit feu, la balle égratigna l'épaule de Steinberger auquel le goût du sang et l'envie de meurtre enfouis depuis son retour d'Afghanistan six mois plus tôt remontèrent d'un coup. Les pulsations de son cœur augmentèrent, l'image du taliban égorgeant Damien lui revint, il appuya sur la détente. Un filet de sang coula du biceps de Frère Ambroise tandis que son pistolet tombait à terre mais Steinberger ne s'en tint pas là. Il avait replongé en Kâpîssâ et vida le reste de son chargeur sur Frère Ambroise. Sous les déflagrations, celui-ci tituba et glapit de désespoir. Le silence succéda aux détonations. Lebœuf était encore debout, le regard stupéfait. En bas, Marsac en profita pour se jeter sur Virginio et le neutralisa au moyen de sa matraque, puis il emporta au loin la ceinture d'explosifs.

Soudain lui et Audrey virent le corps de Frère Ambroise basculer, flotter un court instant avant de s'abattre lourdement dans le jardin, quasiment à leurs pieds. Marsac fit reculer Audrey qui ne pouvait détacher les yeux du colosse abattu tel une statue renversée.

Steinberger les rejoignit et, se penchant sur le *frater*, appliqua deux doigts sur son cou :

— Il est vivant. Marsac, appelez les secours.

— Vous avez vu le tatouage ? C'est un nazi, qu'il crève !

— Pas question, je veux qu'il vive et qu'il soit jugé.

— Vous êtes blessé… dit Audrey en tendant à Steinberger son polo qu'il enfila.

— Ce n'est rien, une égratignure.

— Nom de dieu, chef !

Steinberger et Audrey dirigèrent leur regard du même côté et ce qu'ils virent les laissa sans voix. Frère Ambroise s'était levé. Criblé de balles, sanguinolent et effrayant, il se dirigea en chancelant jusqu'au muret sur lequel il s'assit à califourchon d'abord, puis les deux jambes dans le vide. Ce fut au tour de Marsac d'emprunter le juron favori de son chef :

— *Shissdrake!* Vous lui avez mis quatre balles, il a fait un vol plané et il est encore debout !

— C'est fini Lebœuf, vous avez eu ce que vous vouliez, maintenant rendez-vous.

— Jamais.

— Mon capitaine, plaida encore le gendarme en chef en lui tendant la main.

Frère Ambroise, refermant la sienne ensanglantée sur celle de Steinberger, l'attira brutalement contre lui :

— Un membre Apis Dei meurt mais ne se rend pas.

Et, sous le regard effaré des protagonistes, il dévissa, tâchant d'entraîner Steinberger dans sa chute. Marsac se jeta sur son chef en le retenant par la taille et Audrey agrippa Marsac. Penché aux trois-quarts par-dessus le muret, Steinberger incapable de se dégager de la poigne herculéenne de Frère Ambroise, avait son visage tout prêt du sien. Devant son regard encore vif, il tenta une dernière conciliation, en haletant :

— Lebœuf… nous irons au tribunal ensemble… Je ferai face à mes responsabilités.

— *Dei servat Apes, Apes servat hominem*, répondit celui-ci en ouvrant son poing, disparaissant ainsi dans la nuit.

On entendit un choc mat puis plus rien.

Marsac aida son chef à se relever et demanda en lui posant la main sur l'épaule :

— Ça va ?

Steinberger hocha la tête.

Soudain, un appel retentit :

— Flic !

Steinberger se retourna et aperçut Virginio, posté au premier étage du logis, armé d'un arc chargé dont la corde était tendue jusque derrière sa joue.

— Bon sang, grogna Marsac, j'aurais dû lui mettre un coup de Taser et ne pas me contenter de le matraquer.

— Baissez votre arme, intima Steinberger, si vous voulez qu'on parlemente. Soyez…

Il n'eut pas le temps de réagir, la flèche accompagnée d'un long sifflement se ficha dans son épaule gauche. Ce fut comme un coup de poing.

Il porta la main à sa blessure, tira sur la flèche dans un feulement de douleur. Celle-ci remonta lentement d'entre ses chairs, c'était l'une de ces longues flèches anglaises faites pour effectuer un maximum de dégâts. Aussitôt une fleur de sang s'étala sur son polo bleu ciel et il tomba sur le sol, les yeux vers le ciel.

— Antoine, hurla Audrey en se précipitant vers lui.

Une seconde flèche s'arrima dans la terre, près du corps du gendarme, manquant de peu l'apicultrice. Virginio allait réarmer quand une détonation retentit. Son corps bascula par-dessus la fenêtre et chut sur la terrasse. Marsac venait d'abattre le jeune Italien. À son tour il se porta au chevet de son chef.

— Antoine, vous m'entendez… implora Audrey.

Steinberger cligna deux fois des yeux avant de les refermer.

— J'appelle les secours, dit Marsac.

L'apicultrice resta agenouillée près du gendarme, elle lui prit la main qui était froide et rouge du sang de Lebœuf. Puis elle releva son polo, dégageant la plaie béante qui suintait.

— Les pompiers seront là dans une vingtaine de minutes.

— Il faut parer au plus pressé, allez au château, ramenez-moi du linge propre, de l'eau, une paire de ciseaux et quelque chose de fort à boire. Et un bâton aussi…

— Qu'est-ce que vous comptez faire ?

— Je vais nettoyer la plaie et la combler. Il n'aurait pas dû arracher la flèche mais ce qui est fait est fait. Je vais lui appliquer un remède de Maori.

À cet instant, Steinberger reprit conscience :

— Antoine, faites-moi confiance, je vous en prie.

Il abaissa ses paupières en signe d'assentiment et tandis que Marsac filait, la peur au ventre, vers le logis, Audrey entreprit de le rassurer en passant sa main sur son front :

— Ça va aller, dans trois semaines vous êtes chez vous en Alsace…

Le pandore roux revint les bras chargés et déversa ses provisions sur une serviette. Il déboucha une bouteille d'alcool à 90° qu'Audrey lui arracha des mains avant de la jeter au loin :

— Vous voulez le faire sauter au plafond sans parler de lui ronger les chairs ? Donnez-lui quelque chose à boire…

Marsac introduisit quelques gouttes de Whisky entre les lèvres blêmes de son chef. Audrey lui fit signe de lui en renverser sur les mains, elle se les frictionna avant de nettoyer la plaie à l'eau. Puis elle tira de la poche de sa chemise un long tube transparent rempli d'une matière ambrée.

— Qu'est-ce que c'est ?

— Du miel additionné de propolis.

— Du quoi ?

— Du miel de lavande, il est excellent, meilleur même que le Manuka dont on nous rebat les oreilles. Les miels clairs sont antalgiques en plus d'accélérer la cicatrisation quant à la propolis, c'est un puissant antibiotique naturel, qui plus est désinfectant. Tous les légionnaires romains avaient ça dans leur paquetage et que je sache, ils ont conquis une partie de l'Europe.

Tandis qu'Audrey parlait ainsi à un Marsac qui ne savait trop s'il devait rire ou se fâcher, elle injecta dans la blessure le contenu entier de sa préparation et assainit les contours de la plaie.

— J'ai toujours cette potion magique sur moi !

Soudain elle sentit ses mains devenir chaudes et sans qu'elle comprenne comment, sans même qu'elle puisse s'y opposer, ses deux paumes ouvertes formèrent un huit au-dessus de la poitrine du gendarme.

Un flux accompagna cette apposition, un flux doux et suprême comme celui de la vie. Audrey le rabattit de toutes ses forces à l'intérieur du corps de Steinberger, peu à peu le fluide s'amenuisa comme une rivière devenue simple filet d'eau. Ses mains retombant brutalement lui firent comprendre qu'elle avait gagné la partie, il vivrait. Elle se sentait épuisée mais trouva la force d'ironiser en appliquant un minuscule pansement sur la lésion :

— Vous n'avez pas trouvé plus petit ?

— Si vous croyez que j'ai eu le temps de faire l'état des lieux !

— Redonnez-lui du whisky, il doit rester éveillé.

— Comment vous avez fait ça ? demanda Marsac.

— Fait quoi ?

— Ben ça, les mains, votre truc de sorcière, il a l'air d'aller mieux.

— Oui, il va s'en tirer, pour le reste il faut me croire si je vous dis que je n'en sais rien, c'était quelque chose de plus fort que moi.

Audrey tapota les joues de Steinberger :

— Antoine, réveillez-vous. *Shissdrake*, vous n'allez pas me faire ce coup-là.

Il ouvrit les yeux et murmura :

— *Verräcka*...[45]

— Qu'est-ce qu'il dit ?

— Crevé, traduisit Marsac.

Elle se pencha vers lui et sourit :

— Non pas *verräcka*, il y a une médaille d'or qui vous attend.

— Et puis, dit Marsac, maintenant la brigade est habituée à l'alsacien, on ne va pas encore apprendre

---

45. *À prononcer* ferrack.

une autre langue !

Steinberger puisa au fond des ressources du sportif de haut niveau qu'il était pour rester conscient. Audrey lui sourit et posa timidement sa main sur la sienne, elle sentit que, tout aussi timidement, les doigts du gendarme s'insinuaient dans les siens.

Les secours arrivèrent peu après, en même temps qu'un détachement de gendarmes. Antoine Steinberger fut évacué sur l'hôpital militaire de Bordeaux.

À sa grande surprise, Audrey reçut pour son intervention les compliments du médecin militaire, un ancien d'Afrique, mais Marsac demeurait soucieux :

— Il va y avoir une enquête, on aura très certainement l'IGGN[46] sur le dos.

— Stein ne pouvait pas faire autrement, sauf à laisser sauter tout le quartier.

— Vous irez leur expliquer ! Il faudra prouver qu'il a fait les sommations…

— On le prouvera ! J'appelle Lebel dès maintenant.

— À cette heure-ci ?

— Bien sûr, il a assisté par téléphone à mon enlèvement et au meurtre d'Aby, il doit être dans ses tous ses états. Allô, Francis…

Après une courte conversation circonstanciée, l'ancien adjudant-chef s'exclama :

— Que le grand crique me croque et me fasse manger ma barbe si je laisse tomber le petit bleu. Il me reste encore quelques connaissances haut placées pour le tirer d'une sale affaire et même à lui faire avoir les honneurs !

---

46. *Inspection Générale de la Gendarmerie Nationale : les bœuf-carottes des gendarmes.*

Épilogue

Le corps de Frère Ambroise ne fut pas retrouvé. Celui d'Aby fut rapatrié aux États-Unis. Le décès de Virginio Rossi entraîna l'abandon des charges retenues contre lui. Élisabeth Neyrat fut condamnée à douze ans de réclusion pour le meurtre d'Émile Grangier ainsi que pour maltraitance sur personne fragile. Bien qu'elle fit appel de ce jugement, le tribunal conforta sa décision, Élisabeth Neyrat fut poignardée au cours d'une rixe entre détenues à la prison de Gradignan. Ce qui permit aux autres membres de l'Apis Dei de ne pas être inquiétés ; le gouverneur du château de Rocamadour reçut même de l'avancement avec un poste à Paris. Quant à l'Espagnol, alias Frère César, il était reparti assez tranquillement chez lui, à la suite de la pagaille semée par Audrey et Steinberger lors du conclave. L'Ordre fut mis en dormance, le temps de son renouvellement…

Inscrivez-vous gratuitement,
et sans aucun engagement de votre part,
à notre bulletin d'information
en nous retournant le coupon ci-contre.

Vous serez averti(e) des parutions en exclusivité,
pourrez bénéficier d'offres spéciales,
de cadeaux, etc.

Chaque nouvel inscrit recevra
une petite surprise…

Rejoignez-nous vite !

Et n'hésitez pas à proposer l'inscription
à vos parents et amis…

Je désire m'abonner gratuitement
au bulletin d'information des Éditions du Palémon :
je serai informé(e) des parutions
de Valérie Valeix,
ainsi que de l'actualité et des offres Palémon.

Nom ....

Prénom ....

Adresse ....

....

Code Postal .... Ville ....

Pour encore plus d'offres et d'infos,
indiquez votre adresse e-mail :

E-mail ....@.................

Bon à compléter ou à recopier
et à retourner par courrier à l'adresse suivante :

ÉDITIONS DU PALÉMON
ZI de Kernevez
11B rue Röntgen
29000 QUIMPER

Vos données sont collectées par les éditions du Palémon afin de vous inscrire à notre lettre d'information. Le recueil des données est facultatif et limité à ce qui est strictement nécessaire pour vous faire parvenir notre catalogue et/ou notre newsletter. Vous pouvez à tout moment accéder à vos données, les rectifier, demander leur suppression ou la limitation de leur traitement. En cas de question, vous pouvez nous contacter au 02 98 94 62 44 ou sur **contact@palemon.fr**.

❒ Je consens à l'utilisation de mes données

❒ Je souhaite m'inscrire à la newsletter

VV01

Retrouvez les ouvrages de Valérie Valeix
et tous les titres des Éditions du Palémon sur :

www.palemon.fr

ÉDITIONS DU PALÉMON
ZI de Kernevez - 11B rue Röntgen
29000 QUIMPER
02 98 94 62 44
Dépôt légal : 1er trimestre 2017

ISBN : 978-2-372600-75-0

Achevé d'imprimer en janvier 2023
sur les presses de la Nouvelle Imprimerie Laballery
58500 Clamecy (Nièvre)
Numéro d'impression : 212641 - 3e tirage

Imprimé en France

La Nouvelle Imprimerie Laballery est titulaire de la marque IMPRIM'VERT®